この地獄の片隅に

ジョン・ジョゼフ・アダムズ編

……戦いの最前線で、いつ果てるともしれない激戦を続けている小隊。そこへ司令官のマクドゥーガル将軍が前線視察にやってきて……（この地獄の片隅に）偵察任務中に攻撃を受け、深刻な傷を負って外傷ポッドに収容された兵士マイク。医師アナベルが遠隔通信により彼を救おうとするが……（外傷ポッド）パワードスーツ、パワードアーマー、巨大二足歩行メカ――ジャック・キャンベル、アレステア・レナルズら豪華執筆陣が、古今のSFを華やかに彩ってきたコンセプトをテーマに描く、全12編が初邦訳の傑作書き下ろしSFアンソロジー。

パワードスーツSF傑作選

この地獄の片隅に

ジョン・ジョゼフ・アダムズ編

中　原　尚　哉　訳

創元ＳＦ文庫

目次

ジョン・スティークリーとロバート・A・ハインラインに

パワードスーツSF傑作選

この地獄の片隅に

イントロダクション

ジョン・ジョゼフ・アダムズ

『宇宙の戦士』や『終わりなき戦い』のような古典SFや、ビデオゲームのHALOシリーズや映画《アイアンマン》シリーズなどの現在人気を誇る大型フランチャイズのおかげで、パワードアーマーという概念はすでに一般化している。しかし筆者にとっては、ジョン・スティークリーの一九八四年の長編小説*Armor*がすべての始まりだった。*Armor*を（すぐに続いて『宇宙の戦士』と大量の《アイアンマン》コミックも）読んで以後、動力付き戦闘装甲スーツを着た兵士が単身で戦うストーリーが好きだ。創作に手を染めるようになって（十八歳くらいだった）最初に書いたのもパワードアーマーの兵士が主人公だった。つまり、筆者の全キャリアはこのアンソロジーのためにあったといっても過言ではない。

筆者のようにパワードアーマーに魅了される読者とゲーマーは多い。しかしこれほどかっこいいSFコンセプトにもかかわらず、それをテーマにしたアンソロジーはなかった——これまでは。

今回の収録短編からは、このアイデアから生み出される物語の多様さがわかる。数年後には実用化されそうな近未来の動力付きパワードエグゾスケルトン技術から、遠未来の戦闘用パワードアーマーや巨大二足歩行メカまでさまざまだ。

このテーマのアンソロジーに期待されるような未来的なミリタリーSF作品はもちろん多い。ジャック・キャンベル「この地獄の片隅に」には、背表紙にベインのロゴがついた本に期待されるようなクールなテクノロジーと興奮が詰まっている。

遠未来の見知らぬ異星を舞台にした作品がいくつも並ぶなかで、身近な舞台の作品もある。それどころか過去を舞台にしたものもある。デイヴィッド・D・レヴァイン「ケリー盗賊団の最期」は、十九世紀の悪名高い無法者たちがもうすこしテクノロジーを味方につけていたらどうなったかを考えさせてくれる。キャリー・ヴォーン「ドン・キホーテ」は、スペイン内戦時にメカ技術があったらという作品だ。

そのほかの変わったアプローチとしては、遠い異星の深海で働く採集者たちを描くジュヌヴィエーヴ・ヴァレンタイン「深海採集船コッペリア号」や、トニー・スタークばりのヒーローなのに暗殺者を恐れて完全防護のアーマーを脱げないデヴィッド・バー・カートリー「アーマーの恋の物語」がある。カリン・ロワチー「ノマド」と、クリスティ・ヤント「所有権の移転」では、アーマーそのものが主人公であり、所有者ではなくそれ自身の物語が描かれる。

ほかにもさまざまな十二編が収録されている。未来の戦争の最前線で重要なものはなにか。

人間と機械のこの奇妙な共生関係はどんなものか。そして……アーマーとはなにか。アンソロジー編者としては自分が読みたい短編集を編むことを任務と考えてきた。その意味で本書はその典型だ。

アーマーを装着し、電源をいれ、弾薬を装填《そうてん》せよ。きみの任務は次のページからだ。

この地獄の片隅に

――ジャック・キャンベル

異星種族との戦争の最前線で、いつ果てるともしれない激戦を続けている小隊。そこへ司令官のマクドゥーガル将軍が前線視察にやってきて……

ジャック・キャンベル（Jack Campbell）はアメリカ合衆国のＳＦ作家。海軍士官を経て退役後の一九九七年にデビュー。邦訳書に《彷徨《さまよ》える艦隊》《月面の聖戦》シリーズがある（いずれもハヤカワ文庫ＳＦ）。

（編集部）

アーマー暮らしも悪くない。拷問器具の鉄の処女《アイアンメイデン》を従順にしたような箱に何日も、何週間も、ときには何カ月も閉じこめられっぱなしになるわけだが、慣れてしまえば問題ない。だから俺たち機動歩兵は、「アーマーのまま埋葬してくれ。快適だから」とよく冗談を言う。必要なところに緩衝材があり、内部は柔軟に屈曲し、体形差も自動調節される。困るとしたら、かゆいところに何週間も手が届かないことくらいだ。空調もよくきく。自分の体臭に慣れてしまえば問題ない。どのみち数週間もはいっていると鼻がばかになってにおいなどわからなくなる。重機械化歩兵の俺たちにはありがたいことだ。

体には各種のチューブがはいっている。水や栄養を送るものと、老廃物を出すものだ。戦闘糧食は徹底的に濃縮されているので固形の老廃物はほとんど出ない。液体の老廃物はリサイクルされる。喉が渇いたときは考えないようにする。残量が減ったものがあれば、アーマーの外側についているパックを交換すれば補給完了だ。作戦中でないときの娯楽は音楽もビデオもなんでもある。制御システムにイースターエッグと呼ばれる隠しプログラムがしこまれているという噂も根強い。それが起動すると下半身につながっているチューブが特別な機能を発揮して、とくに若い兵士が時間経過とともにむずむずしてくる欲求を処理してくれるといわれている。だれもまだそのイースターエッグを発見していないが、探すのはいい暇つぶしだ。

俺がすわっているのは巨岩がごろごろした場所で、隊内では〝砦《とりで》〟と呼ばれている。この小隊はヘル軍曹にちなんで〝地獄の片隅《ヘルズ・ハーフエーカー》〟と名のっている。中尉はしょっちゅう代わる。まっさら新品の軍服でやってきて、まもなく死体専用チューブにはいって去る。しかしヘル軍曹は去らない。部下がなにかをしくじると、彼女は予言する。

「わたしは貴様たちより長生きする。なぜなら貴様たちがマヌケぞろいだからだ。カナリア族は貴様たちを殺すのに弾薬を使いきってくれる。だからこっちは安泰だ。せいぜい敵に手間をかけさせろ！　兵士の名に値しないほど簡単に死ぬ役立たずなら、かわりにわたしが撃ち殺してやる！」

敵はカナリア族と呼ばれている。といっても姿かたちは小鳥ではない。小鳥と殺しあうのは想像するだに情けない。それでもたしかに話す声はカナリアのようだし、口の上に伸びた硬い鼻は嘴《くちばし》を思わせる。それ以上のことは知らない。近くで見る敵は死んだ敵だけ。それが戦争だ。

ニッフルハイムというこの惑星に一カ月前に降下した。以来アーマーにはいったまま、あらゆるシールを固く閉じている。ここの濃密な大気は強力な腐食性ガスで、人間の肉も骨も文字どおりに溶かすからだ。

ケイディは東に並ぶカナリア族の陣地を見ている。首は最小限しか上げない。岩から顔を出しすぎると、カナリア族がきわめて正確に狙撃してくる。

「雨が来そうよ」

「洗濯物を取りこんだほうがいいな」

アイコーが答えて自分で笑った。取りこむ《オフ・ザ・ライン》と戦線離脱《オフ・ザ・ライン》をうまいことかけたつもりらしい。

ニッフルハイム星のあらゆる風景をつくる岩と俺たちを、酸性の雨粒が叩きはじめた。強風も吹いてきた。

「全員、アンカー固定」ヘル軍曹が命じた。

手動でやるより早く、アーマー補助《AA》システムがアンカーピンを腕から出した。

「ここにアンカーを打ってください」

AAは指示して、ピンを打つべき位置をわかりやすく強調表示した。

俺のAAはただの機械音声だ。男にも女にも聞こえない。しかしたいていの兵士は特定の人間の声を設定している。そしていちいちうるさいその声を憎むようになる。ところがある期間をすぎると、一部の兵士は快適なアーマー内に響く声に過剰な愛着を持ちはじめる。そうやって錯乱状態になると一時帰還を命じられる。

とはいえ戦場から離脱できるのは相当に錯乱した場合だけだ。

アーマーの腕力を借りてアンカーを打ちこんだ。硬い岩に深くはいって固定されたアンカーのグリップをアーマーの手でつかむ。放さないようにAAに指示して、自分の手の力はゆるめた。これでどんな暴風が吹いても岩の大地に飛ばされることはない。

「なんでここを防衛したがるんだろうな」

ヒギンズ伍長《ごちょう》がつぶやいた。隊内通信で全員がつながっているので、アーマーの外が暴風のさなかでも、普通の声で話せる。

「カナリア族がほしがってるからでしょう」アイコーが答えた。

「じゃあ、なんでやつらはほしがるんだ?」

「ここがあるからですよ」今度はアフリートが言う。

「無価値じゃないか。条件のいいときでも視程は五百メートルくらい。いつも嵐で航空輸送はろくにできない。軌道打ち上げさえ危険。なにもいいところがない」

とうとうヘル軍曹が答えた。

「またものを考えてるのか、ヒギンズ伍長」

「はい、考えてます」

「考えるなと言ってるだろう」説教するときの軍曹の声は抑揚がない。「ものを考えると中尉になるぞ。中尉はいつもどうなる?」

「こないだの中尉、なんて名前だっけ。六時間もたなかったな」ゴンゾーが言った。

「頭を上げすぎたのよ」とケイディ。

「だよな。頭を上げて、なにかみつけたためしがありますか、軍曹」

「ない。いいか、もうすぐまた新しい中尉が着任する。今度はせめて数日生き延びさせろ」

「なんで洟《はな》たれ小僧のお守《も》りなんか――」

ケイディが文句を垂れはじめると、軍曹の声が飛んだ。

「なにか言ったか？」

軍曹は語気を強めたわけではないが、ケイディはすぐに口を閉じた。最初から黙っていた俺は正解だ。軍曹は続けた。

「ああ、そうだ、ちょうどいい。兵士の義務たる戦争法の授業をやるぞ。当面の予定表が空白だからな」

重装アーマーでも強風下ではアンカーにつかまっているしかなく、ほかにできることをだれも提案できない。それでも俺たちは不満のうめき声を漏らした。

「よく聞いて答えろ」

軍曹はAAに授業開始を命じた。俺のAAは用意された講義を機械音声でしゃべりはじめた。

「戦場において任務遂行と仲間の生存のためには、規律が不可欠である。戦闘地域における以下の違反行為のうち、死刑に相当するものはどれか？　A、命令不服従。B、上官に対する不敬。C、持ち場の放棄。D、脱走。E、以上のすべて」

「E」

俺は答えた。〝以上のすべて〟という選択肢があるときは、それを選んでおけば軍の試験ではだいたいまちがいない。そもそもこの問題は毎週反復させられて脳に刻まれている。

「正解。正誤を答えよ。違反行為を頭で考えることは、実行することほど重罪ではない」

「誤り」

ＡＡを分解してアーマーからはずすことを何度も妄想した。〝無許可の整備行為です〟という警告を無視して部品単位にバラしていく。どこかの段階で警告の音声は止まるだろう。それがＡＡだ。基本的に無能だ。プログラマーの友人によると、昔はこういうのを人工知能と呼んだらしい。しかし実際には無能だ。どれだけ処理速度が上がろうとただの人工無能。にわかに理解しにくいが、じつはＡＡよりケイディなどのほうがよほど頭がいい。ＡＡが得意なのは家事とかアーマーの単純機能とかだ。各部を正常に作動させ、武器の照準を補助し、健康状態を監視し、生命を維持し、その他の雑務をこなす。ついでに俺たちが命令に服従しているかどうかも監視する。しかし命令は立案できない。無能だから。

だからこの授業で合格点をとらねばならない。でないと俺のＡＡからヘル軍曹のＡＡに報告がいく。毎週の戦争法授業でロンドン一等兵が不名誉な成績だったことが、指揮命令系統を通じて全員に伝えられてしまう。ヘル軍曹は機嫌をそこねる。ヘル軍曹の機嫌をそこねるのは宇宙最悪だ。

「戦闘地域において部隊の移動から脱落することは、次のどれにあたるか？　Ａ、職務怠慢。Ｂ、仲間への裏切り。Ｃ、間接的に敵を助けて安心させる行為。Ｄ、戦場における即決処刑に相当する違反行為。Ｅ、以上のすべて」

「Ｅ」

戦闘地域におけるあらゆる違反行為は死刑相当だと答えておけばまちがいない。

ＡＡを憎悪する理由の一つがこれだ。戦場における即決処刑に銃殺隊はいらない。アーマー内における生殺与奪の権はＡＡが握っているからだ。錯乱した兵士は自分のＡＡに異常な愛情を抱くことがあるが、ＡＡはアーマー内の兵士に愛情など抱かない。即決処刑はＡＡにとって実行すべきさまざまな命令の一つにすぎない。関節を固定すれば兵士は脱走できない。

嵐はようやくおさまった。しかしそのあとも大気が混濁して視程不良の状態が数時間続き、ＡＡの授業が続けられた。終わったのは新任者の到着が伝えられたときだ。システムが自動更新され、そのアーマー内の人物のＩＤがポップアップ表示された。イボンヌ・カローラ中尉だ。

ところが〝小隊長として諸君と力をあわせて赫々《かくかく》たる戦果を云々《うんぬん》〟という着任の挨拶をすっ飛ばして、カローラ中尉は後方をしめした。

「これよりマクドゥーガル将軍が前線視察にみえる」

言われて、俺たちは体を起こした。ただし少しだけだ。高地に陣取るカナリア族に体をさらすことはしない。

マクドゥーガル将軍はみずから前線に足を運んで視察することで知られている。その点は高く評価せねばならない。いまどきの高級将校は戦場視察もバーチャルですますものだが、マクドゥーガルは生身で現場に立って戦況を見るのだ。

しかしヘル軍曹が訊いた。

「将軍がおいでになるのですか？　中尉、われわれが降下して二日目にも将軍はおなじこの場所を視察なさったのですが」

「では再視察ということだ」

カローラは問答無用の口調で言った。小隊の何人かはアーマーのなかであきれて目をまわしたはずだ。新任士官にありがちな失敗。上級下士官の口をつぐませるのは下策中の下策だ。

あとは黙って待機した。新任中尉は強い緊張感をみなぎらせ、アーマーのセンサーが反応しそうなほどだ。やがてマクドゥーガル将軍が到着した。長年使いこまれたアーマー。五、六人の副官と衛兵をともなっていて、砦はたちまち窮屈になった。

「ようすはどうだ？」

将軍はだれにともなく尋ねた。将軍の口癖のようなもので、とくに意味はない。もちろんアーマーに一カ月間はいりっぱなしで敵の狙撃と酸性雨にさらされる気分を知りたいわけではない。

だからだれも答えない。なのにAAは俺にうながした。

「上官から質問されています」

「俺に訊いてるわけじゃない」

そう言うとAAは混乱して黙った。

やがて中尉が答えた。渦巻く不穏な雰囲気を打ち消すように元気のいい声だ。

「万事順調です、将軍」

「よろしい、よろしい」

将軍は数歩前に出た。カナリア族と対峙する前線に近づく方向だ。副官たちが緊張して脇についていった。将軍の動きがややぎこちない。しかし降下時の衝撃が大きかったとのことなので不思議はない。負傷箇所がアーマー内でこわばったままになると足を引きずったりしがちだ。

マクドゥーガル将軍は混濁した大気をすかしてカナリア族の陣地を見るように、じっと立った。それから南へむきなおった。前回の視察でもまったくおなじ動作をしたので、俺は薄気味悪くなった。

「進撃、また進撃だ」将軍は高らかに言った。

大佐の一人が将軍とリンクをつないでなにか言った。

すると将軍は南東の小高い丘を指さした。

「あそこだ」

小隊では斧《アックスハンドル》の柄の丘と呼ばれている。柄にあたる部分にカナリア族が陣を敷いている。

将軍は続けた。

「丘の南側から陽動をかける。それに続いて正面から総攻撃しろ」

俺たちには聞こえない会話がしばらくかわされ、最後に将軍がふたたび言った。

「やれ」

歩き去る後ろ姿を、俺たちは茫然《ぼうぜん》と見送った。

「おいおい、アックスハンドルに正面攻撃だと？」ヒギンズがつぶやいた。

「命令に疑問を呈するつもりか、伍長……ヒギンズ伍長」カローラ中尉がたしなめた。

そこにヘル軍曹が割りこんだ。

「小隊は命令に従います。中尉、二人だけで話を」

「あとにしろ、軍曹。小隊各員の特徴と戦闘地域の地形をまず把握したい」

その基本情報をカローラ中尉が調べおわらないうちに、具体的な攻撃命令がＡＡから送られてきた。攻撃ルートを見て、俺はあきれて口笛を吹きたくなった。

「こいつは少々、戦術的自主性が必要ですね、軍曹」

「そうか、ロンドン。貴様たちに戦術的自主性を叩きこんだ理由はわかっているな」

戦術的自主性とは、命令服従原則における抜け道だ。命じられたルートから多少それ、異なる標的を選ぶことが許される。後退はできないが、横にずれることはできる。この場合なら、岩陰に隠れてアックスハンドルの直下まで近づくルートを選べる。ＡＡが提示するまっ平らでさえぎるもののない岩の斜面をばか正直に突撃しなくていいということだ。

すると新任中尉は困惑したようすになった。

「戦術的自主性だと？　そんな話は……聞いて……」

「急いでください、中尉。攻撃開始です」ヘル軍曹はＡＡの命令を聞いてせかした。

俺のＡＡからも命令が流れた。小隊全員だ。高級将校は一介の中尉に作戦を検討する時間などあたえない。もちろん兵が考える必要はない。命令にしたがって動けばいいだけ。どこへ行くか、そこでなにをするかはＡＡが指示する。連携の必要もない。あらかじめ軍曹に叩きこまれている。

あわてて悪態を漏らす新任中尉を尻目に、俺たちは散開隊形をとった。ヘル軍曹とヒギンズ伍長が両端を受け持ち、中尉は後端から全体を見て指示を出す。基本どおりだ。ただし士官は後方にひかえているからといって安全ではない。カナリア族はまず指揮官に攻撃を集中させる。中尉が長生きしないのはそのためだ。

俺は画面を拡大して陽動部隊のようすを見た。軽機械化歩兵隊が身軽に跳びはねながらアックスハンドルに側面攻撃をかけようとしている。この状況に軽装歩兵を投入するなど信じがたい。たちまち全滅するのではないか。ところがニッフルハイム星の濁った大気で照準が狂い、さらに重装歩兵よりはるかに身軽に動けるおかげで、カナリア族の弾幕にもさほど被弾せずに前進を続けている。丘全体のカナリア族の火力がそちらにむいた。

ヘル軍曹は左へ大きくまわりこんでから、岩陰を出てカナリア族への突進を開始した。全員が回避行動をとりつつ軍曹についていく。ＡＡはもとの攻撃ルートにもどれと指示してくるが、無視する。

アックスハンドルの丘が霞《かすみ》のむこうから姿をあらわした。つまり敵からもこちらが見えはじめたことを意味する。

「攻撃ルートを守れ！」カローラ中尉が命じた。

しかし小隊は全員がヘル軍曹しか見ていない。彼女の動きはめざましい。敵の照準をかわすためにとてもランダムに左右に動きつつ、それでも目標へ接近していく。だれも軍曹のまねはできない。そうやっておおむねまっすぐアックスハンドルへ近づいていく。しかし画面に表示される正しい攻撃ルートは百メートルほど右にある。

「戦術的自主性です」軍曹は中尉に助言した。

「命令を守らない理由はないはずだ！」

「中尉、いまから右へ百メートル横移動するのはたいへんな時間の無駄です」

「いいから、小隊を攻撃ルートにもどせ！　これは命令だ、軍曹！」

「中尉、いつまでも通信をアクティブにしているとカナリア族に狙われやすく――」

とうとうカナリア族の攻撃がこちらにむいた。カローラ中尉を集中的に狙っている。最初の数発が着弾したあとに、十数発がおなじところに叩きこまれた。

中尉の通信が途絶えた。新任中尉はいまの攻撃で早くも死亡したようだ。小隊は前進を続けた。

「一時間すらもたなかったな！」ゴンゾーが息を切らしながら言った。アックスハンドルは前方に迫り、小隊は斜面を跳びはねながら前進している。「カ……なんとかいう中尉には申しわけないが、これはばっかりはしかたない」

カナリア族の砲火はまだほとんどが軽装歩兵にむいている。その軽装歩兵は退却をはじめ、カナリア族は別方面から重装歩兵が急速に接近していることにようやく気づきはじめた。しかし重火器の狙いを転じるのは時間を要する。カナリア族の小火器の銃弾はアーマーがはじき返す。俺たちはアーマーを多少へこませただけで、新たな損害を出さずに丘の頂に到達した。

カナリア族のアーマーは薄い。至近距離なら簡単に抜ける。穴からニッフルハイム星の大気が流れこめば、人類もカナリア族もひとしく体を溶かされる。

丘を死守しようとした少数のカナリア族は掃討した。大半は霞のむこうへ退却した。丘の上に放置された重火器は鹵獲《ろかく》した。画面のマップによれば約一キロ先にべつの丘がある。カナリア族はそこまで退《しりぞ》いて陣地を築き、そこを拠点に新たな前線を構築するだろう。

「追撃しますか?」ヒギンズがヘル軍曹に尋ねた。

「命令はアックスハンドルの奪取と守備だ。別命あるまで防衛態勢を維持。なにか提案があるか、伍長?」

「いいえ、軍曹。かりに勝っても損害が出ます」

「以上のすべてに賛成です」俺は思わずつけ加えた。

「ほう、ロンドン一等兵はおもしろいことを言うな」軍曹は声をあげた。「なら、下へもどって中尉のようすを見てこい」

「あのへんにはカナリア族が増援阻止のために野戦砲を撃ってきていますが」

「くらわないように行ってこい」

翌日、小隊はもとの砦にもどった。アックスハンドルの丘には第三十二小隊が守備隊としてはいり、俺たちの持ち場はふたたびあの狭い岩場になった。アーマーにはいって眠るぶんにはどこの岩場でも関係ないが、すくなくともアックスハンドルの丘は高地だった。いまはまたカナリア族の新たな陣地から見下ろされる位置だ。

新しい中尉もやってきた。キャサー中尉はヘル軍曹に高飛車な態度をとらないだけの理性があった。すくなくとも助言を聞き、頭を上げすぎなかった。おかげでカナリア族のほうからときどき弾が飛んでくる岩場で、彼は小隊とともに数日生き延びた。

「定期整備中です」AAが通知した。

興味はなかったが、退屈なので訊いた。

「なんの整備だ?」

「ファイルのバックアップ、自動アシストプログラムの検証などです。完了しました」

俺は寝ころがって暗雲渦巻くニッフルハイム星の大気を見上げていた。もちろん星など見えない。

自動アシストと聞いて思い出したことがあった。

「なあ、AA」

「はい、ロンドン一等兵」

「こないだの中尉……ええと、なに中尉だっけ」

「カローラ中尉です」

「そう、カローラ中尉殿だ。彼女の遺体をみつけたとき、下半身だけが被弾場所から五メートルくらい歩いた痕跡があったんだが」

「緊急時フルアシスト機能です。カローラ中尉が行動不能になったため、下半身のアーマーが自律歩行して救援可能な位置への移動を試みました。しかしシステムの損傷が大きく、さらに大気の侵食によって損傷が拡大したため、短時間でアーマー全体が機能停止しました」

「行動不能もなにも、中尉は腰から上がなかったんだぞ」

ＡＡは答えなかった。お粗末な自然言語処理が俺の言葉を質問とは判定できなかったのか。あるいは軍事機密がからむせいで答えられなかったのか。わからない。下半身のチューブが特別な機能をするイースターエッグは存在しないかもしれないが、兵士が知らされない隠し機能がアーマーにあるのはたしからしい。

「将軍がおいでになるぞ」キャサー中尉が言った。

「また？」

俺が思わず漏らすと、ヘル軍曹にたしなめられた。

「黙れ、ロンドン。将軍は毎週だろうと視察したいだけ視察される。全員、兵士らしくしろ」

俺はあおむけの姿勢から起き上がり、大きな岩陰にしゃがんで敵陣に気を配っているように見えるようにした。ほかの隊員もそれなりの警戒姿勢をとった。

マクドゥーガル将軍は前回同様に副官と衛兵をぞろぞろ連れてやってきた。

「ようすはどうだ？」

キャサー中尉が即答した。

「万事順調であります！」

「よろしい、よろしい」

将軍はさらに歩を進めて敵の前線をのぞき見た。

「守勢ではいられない。地歩を獲得する必要がある」

手を上げてむこうの尾根を指さした。

今度は大佐が説明するのが聞こえた。

「将軍、降下後の初週にこの位置からおこなった攻撃は押し返されました。以後、カナリア族はあの尾根の防御を相当に強化しています」

「守勢ではいられない。地歩を獲得する必要がある」

将軍はくりかえして、小隊を見まわした。俺は過去に引きもどされたような奇妙な感覚に襲われた。一回目の攻撃のときとまったくおなじだ。マクドゥーガル将軍はここに視察に来て、尾根を見て、手を振って突撃を命じた……。ちがうのは、いまの俺たちはカナリア族の防御がいかに堅固かを骨身にしみて知っている。あのときは突然の嵐でやむをえず岩の斜面から退却した。結果的に嵐に救われた。しかし今回は悪天候が近づいている気配はない。

将軍は腕を上げ、カナリア族の前線へむけて大きく振った。

「重装歩兵、突撃せよ！」

一回目も将軍はそう言った。

ヘル軍曹は無言で立ち上がった。俺たちも続いた。

キャサー中尉は茫然とした声で言った。

「将軍？」

「突撃だ」将軍は言明した。

決まりだ。突撃開始せよという直接命令がいまここで下された。ＡＡが行動をうながした。画面では尾根へ一直線に進む攻撃ルートが点滅している。従わなければ、ＡＡはアーマーをロックして処刑命令を待つモードにはいる。戦術的自主性も今回は役に立たない。完全に開けた地形を一直線に進むルートなのだ。

小隊を見まわした。それぞれなにを考え、どう感じているのだろうか。しかしもちろん表情は見えない。命令不服従は死。命令に服従しても死。ならば戦って倒れ、いまいましいＡＡを道連れにするほうがましか。

岩場を出て四十メートルほど突撃したところで、早くもカナリア族が撃ってきた。これほど集中的な一斉射撃は過去に経験がない。指揮系統のチャンネルが着弾音でバリバリと鳴るほどだ。もちろんキャサー中尉が最初にやられた。ゴンゾーはよろめき、はじけ飛んだ。ヒギンズは宙に浮き、銃弾の雨のなかに消えた。ケイディは横歩きの奇妙なダンスを踊って倒れた。

俺は脚に衝撃を感じたが、倒れなかった。脚が奇妙に軽くなり、まるで空中を歩いているようだった。走っているのに脚が痛くない。転倒寸前のように前方が傾いて見える。脚の存在を感じない。脚が体をささえている感覚がない。

ＡＡの声が奇妙に遠くから聞こえた。自動応急処置を実行。自動切除によるアーマー閉鎖を実行。

「重大な損傷。自動止血を実行。

重大な損傷。負傷兵の救難を要請」

岩の地面に倒れた。アーマーの損傷報告画面になぜか腿《もも》から下の情報がない。なにかの衝撃を感じてころがった。また衝撃でころがる。画面に損傷の表示が増える。応急処置の薬剤とショック症状にくわえて、アーマー内部に流れこむニッフルハイム星の有毒な大気を感じて気を失った。最後に頭に浮かんだのは、もう一度星空を見たかったという思い。そして不愉快なＡＡを黙らせたいということだった。

目が覚めた。

最初に脳が理解したのはアーマーの外にいることだ。しばしパニックに襲われたのち、空気が呼吸できることに気づいた。

岩を削った低い天井。壁もおなじ。俺が寝ている医療用ベッドの左右にも、細長い部屋のむかいの壁ぞいにも、おなじベッドがずらりと並んでいる。ただしそれぞれはよく見えない。患者のプライバシー保護のために視覚をゆがませるフィールドが張られている。

自分の体を見下ろして、混乱した記憶が蘇《よみがえ》った。腰から下に再建ユニットが固定されている。

茫然としているところに、衛生兵がやってきた。彼女はすでに悲惨なものを見すぎた目をしている。なにも言わずに再建ユニットを確認した。

「なにがどうなったんだ？」俺はようやく訊いた。

衛生兵の目がようやくこちらにむいた。

「両脚切断です。アーマーは腿で緊急封鎖を実行しました。でなければ大気が流れこんで体は溶けていたでしょう。治療中ですが、これは仮の処置です。骨再建装置が不調なので、いずれ後方移送して設備が整った施設で本格的な下肢再建をしてもらいます」

「ここはどこなんだ。まだニッフルハイム星か？」

「そう、地下です。完成した最初の地下病棟です。あなたのアーマーは全損でした。ＡＡと話したいですか？」

「冗談じゃない。まっぴらだ。ところで、小隊の仲間は何人――？」

「存じません」

衛生兵は部屋の入り口に気をとられたように顔をむけた。

俺は腰にはまった再建ユニットを見ながら、尾根への突撃で最後に見たものを思い出そうとした。ほかのみんなは死んだのか？　なぜ俺だけが？

「また将軍だわ」衛生兵がため息をついた。「もう、毎日なんだから。話しかけられたらなるべく軍人らしくしてください」

首が動かせる範囲でかろうじて将軍が見えた。副官たちはアーマーを脱いでいるが、将軍だけはアーマーを装着して密閉したままだ。ここはニッフルハイム星で唯一アーマーから出られる場所なのだが。

「脱げばいいのに」衛生兵は愚痴るように言った。「最初の数回の視察時は空気の浄化が不完全だったのでわたしたちも気密服でしたけど。ここは戦闘地域じゃなく医療施設なのに」

将軍はベッドの列のあいだを歩きながら、ときおり足を止めて声をかけている。

やがて俺のまえに来た。閉じたままのフェイスシールドは不透明で威圧的。簡潔ながら友好的なマクドゥーガルの声とは対照的で奇妙だ。

「ようすはどうだ？」

俺は黙って将軍を見つめていたが、やがて大佐の一人のしかめ面《つら》に気づいて答えた。

「順調です」

「よろしい、よろしい」

俺のなかでなにかがキレた。

「両脚を失いました」

「きみの犠牲は味方の戦意を鼓舞するだろう」将軍は言った。

「小隊は全滅です。将軍の命令で絶望的な突撃をさせられたせいです」

「守勢ではいられない。戦傷への補償はする」

任務に失敗した。認めざるをえない。ヘル軍曹がいたら制裁を受けるだろう。しかしそれは将軍の命令だった。成功の可能性がかけらもない、完全に無謀で絶望的な突撃をさせられて、小隊は全滅した。その将軍が目のまえに立っている。いまいましいアーマーにこもって、目をあわせようともせず、無意味な決まり文句ばかり並べている。

「あんたのせいだ！　あんたが小隊の全員を殺したんだ！　わかってるのか？　申しわけないと思わないのか？」

突然感情を爆発させた俺に、将軍に随行する副官や軍医たちがけわしい顔になった。俺はかまわず怒鳴った。

「戦傷の補償はするだと？　簡単に言うな、この野郎！　そのいまいましいフェイスシールドを開けろ！　せめて俺の目を見て言え！」

大佐がまえに出て、俺の肩を強くつかんだ。

「黙りたまえ、一等兵」

俺は無視してマクドゥーガルに怒鳴りつづけた。

「フェイスシールドを開けてみろ！」

すると将軍の手が上がって顔の横にふれた。フェイスシールドが開き、上がっていく。アーマーのなかに悪臭がこもることは最初に説明したとおりだ。しかしマクドゥーガルのアーマーから漂ってきたにおいは猛烈だった。あまりのひどさに、俺の肩をつかんだ大佐がふりかえって将軍のフェイスプレートが上がるようすを見つめたほどだ。

俺は大佐を見ていたが、その顔がたちまち蒼白《そうはく》になったので、その視線の先の将軍に目を転じた。

アーマーからのぞいたのは、ひからびた死体の顔だった。

悲鳴と叫び声があがった。将軍のアーマーはじっと立っている。やがてマクドゥーガルの声が大音量で流れた。

「きみの犠牲は無駄にしない！」

あわてたべつの大佐が緊急停止コードをアーマーに打ちこみ、AAを止めた。

衛生兵は俺の腰につながった再建ユニットを操作した。するとなにかの薬剤が流れこみ、俺はまた気を失った。目覚めると、ベッドのまえにはだれもおらず、将軍のアーマーもなかった。

それから翌日までだれもなにも話してくれなかった。通りすぎたり、たまにようすを確認にくる衛生兵たちは、なにも聞いていないと言った。嘘だ。噂でもちきりだ。

目覚めて二日目の終わり、照明の光量が落ちて夕暮れ色になりはじめたころに、彼女が野戦病院にやってきた。

「軍曹……ヘル軍曹？」

信じられなかった。軍曹はベッドの足もとにやってきて俺を見下ろした。

「またへまをしたな、ロンドン」

「新しい脚が必要になりました」

「そんなせこい言い訳で一日じゅうベッドで寝てるつもりか。脚などすぐはえてくる」

「はい。ほかにだれか生き残りましたか？　軍曹と俺のほかには？」

ヘル軍曹はベッド脇にやってきて椅子に腰を下ろし、目をあわせて首を振った。

「貴様とわたしだけだ」

「軍曹はどうやって？」

ヘルは肩をすくめた。

「ケイディがわたしに倒れかかってきた。押し上げると、すでにばらばらだった。振り払って、ふたたび突撃した」

頭に手をやったのを見て、額のほぼ全体に薄れかけた打撲跡があるのにようやく気づいた。

「なにかが強くあたって倒れた。アーマーのシステムはほとんど死んだ。倒れている貴様をみつけたが、ほかに動くものはなく、部下たちの救難ビーコンも見あたらなかった。尾根のカナリア族の陣地から火の雨が降ってくるのが見えたので、貴様をかついで退却した。岩場にたどり着くまえに気を失ったらしい。あとはだれかが救助してくれた。わたしは脳震盪《のうしんとう》治療用の魔法の箱にいれられ、半日前に出て目覚めると、このとおりぴんぴんしていた」また額に手をふれた。「まあ、一部残ってるがな。聞いたぞ、将軍に怒鳴ったそうだな」

「将軍の遺体に対してです」

「貴様は軍法会議にかけられるかもしれない。暴言を吐いた時点では将軍が亡くなっているとは知らなかったからだ」

「でも軍曹――」

「それに値する行為だ、ばか者。しかし軍法会議にかけたら銃殺刑にせざるをえない。するといろいろ表ざたになって騒がれ、上層部としては都合が悪い。それはたしかだ」

あの死に顔が頭にこびりついていた。

「亡くなってどれくらいたっていたんですか？」

「検死では三週間と二時間数分だそうだ。わたしたちが着陸してから約三週間後には亡くなっていたことになる」軍曹は野戦病院を見まわした。「あとはすべてＡＡが動かしていた。自律モードでな。もともと些末《さまつ》な業務の大半をまかせておられたのだろう。そこでご本人が機能停止したあとは、ＡＡは代行者となってそれまでの業務を継続したわけだ」

「将軍のアーマーはなぜ本人が亡くなったことをまわりに知らせなかったのですか？　アーマーからの通知を受けて衛生兵が応急モジュールからの遠隔処置を命じていれば、みんな声を涸らして大騒ぎしなくてもすんだのに」

ヘルはすわりなおし、あいかわらず野戦病院を見まわしながら答えた。

「検死によると、マクドゥーガルの心臓はもともと変調をきたしていたようだ。そこで将軍はアーマーをハッキングして、医療データの出力を正常に見せかけていた。だから本人が亡くなっても、正常なデータが出ているように見えたわけだ」

「アーマーをハックして？　だれも気づかなかったんですか？」

「マクドゥーガルはニッフルハイム星の英雄をめざしていた。そして将軍だったんだ、ロンドン。将軍というのは勝手がきく。アーマーのシステムを穿鑿《せんさく》されたくないと思えば、穿鑿されないようにできる。それくらいわかるだろう。入隊して何年になる」

「だいぶたちます」

「まだまだ学習が浅いな」

まるでいつもどおりの日常だ。だめなやつだと軍曹から叱責されている。しかしここは野戦病院のベッドの上で、小隊の生き残りは俺と軍曹だけだ。泣きそうになってまばたきした。

「泣きたければ泣け。しかし慰めてはやらんぞ」

そう言われて、俺はしばらく泣いた。最近は推奨されている。戦友を埋めるときに感情まで埋めるな、という標語がある。信じられないが本当だ。最初に聞いたときは、この標語をつくったやつを殴り倒してやろうかと思ったものだ。

軍曹は俺が泣きやむまで待ってくれた。

「もう大丈夫か？」

「はい、軍曹。それにしても、どうしてそういう話をだれも教えてくれなかったんでしょうか。どうして上層部はマクドゥーガルについて騒がれたくないんですか？」

「考えてみろ、ロンドン。マクドゥーガルは三週間前に死んでいた。尾根への突撃を命じられるまえの戦いはどうだった？」

よくよく頭をひねって思い出さなくてはいけなかった。移動、退屈、恐怖、待機、戦闘といった断片的ながらくたばかりが記憶に詰まっていた。

「わりと勝ってました」

「そうだ。カナリア族の陣地があったアックスハンドルの丘への攻撃はどうだ？　いい作戦だったと思わないか。適切に部隊を使い分け、上手に陽動をかけた」

「そうです」

「それが二週間前だ。マクドゥーガルはその一週間前に死んでいた。あの攻撃を命じたのはＡＡだ。マクドゥーガルの作戦指揮のパターンを学習した結果だ」ヘルはまた俺の目を見た。「しかしこれまでわたしたちを指揮した上官はだれもあの作戦を思いつかなかった。そして最終的にわたしたちを全滅させた尾根への無謀な突撃を命じそうな上官、あるいは実際に命じた上官は、どれだけいた？」

今度は頭をひねらなくても答えられた。

「何人もいました。なにを言いたいんですか、軍曹？」しかし教えられるより先に、自分で理解した。「つまり、あのクソったれなＡＡは、戦場で俺たちを指揮した人間の上官とたいして変わらなかった……場合によってはむしろましだったってことですか？　独創性もない、独立思考もできないただの人工無能なのに」

「そうだ」ヘルは立ち上がった。「それを考えろ。いや、考えないほうがしあわせかもしれん。いまはベッドで寝て休養をとり、早く任務をこなせる体にもどれ」

軍曹はベッドと負傷兵の列のあいだを歩いて去っていった。俺はその背中に声をかけた。

「軍曹」

ヘルは足を止め、遠くから振り返った。

「なんだ」

「軍曹より先に死にませんでしたよ」

彼女はにやりとした。

「いまのところはな」

俺は横になって、なにも考えないようにした。ヘル軍曹は病棟から去った。

深海採集船コッペリア号

ジュヌヴィエーヴ・ヴァレンタイン

遠い異星の海洋で、メカを用いて藻類などの採集作業に勤《いそ》しむコッペリア号とそのクルーたち。だがその日は、厄介なものを見つけてしまい……

ジュヌヴィエーヴ・ヴァレンタイン（Genevieve Valentine）は一九八一年生まれ。二〇一一年の第一長編 *Mechanique: A tale of the Circus Tresaulti* でネビュラ賞候補となり、新人ファンタジー作家に贈られるクロフォード賞を受賞した。

（編集部）

沈んでいく金属のきらめきを見て、ジャコバは考えるより先に合図した。乗っているメカのアルバは海の表層から深海へ潜りはじめた。耐圧殻がもつだろうか。

耳もとで無線が鳴った。

「ジャコバ、そっちに藻はないぞ」

コッペリア号船上のデビッドからだ。

ジャコバはヒョンのそばを通過した。彼が操縦するチョリマは岩の割れ目から最後の藻を引き抜き、標準装備のプラズマ膜保管ポッドに詰めている。ヒョンは潜っていくジャコバを見てフェイスプレートごしに眉をひそめ、無線の通話ボタンを押した。

「口出し無用」ジャコバは機先を制した。

ヒョンは苦笑して親指を立てた。その動作を反映して、チョリマも触手状の指を立てる。

ジャコバはコッペリア号にむけて言った。

「めあては藻じゃないのよ、デビッド。アルバが採集中になにか落としたの。すぐ回収するわ。二秒で」

「生物か？」

デビッドは規則にうるさい。彼がクルーに加わってから四年間、一グラムの重量オーバーも禁制生物の水揚げもない。おかげでまぬがれた罰金の総額は、ルースの愛機ポリーの修理費一、二年分にもなるだろう。

「いいえ、金属だった」

デビッドは大げさなため息をついた。

「この海域に技術製品の使用者はおれたち以外にいないはずだ。アルバ、引き返せ」

「アルバ、優先命令はこっち」

ジャコバが命じると、アルバは承認のチャイムを鳴らして潜りつづけた。時間の猶予がないことをわかっているかのようだ。暗い深みへ潜るにつれて耐圧殻が不気味にきしみはじめる。

メカは製作者に一定の忠誠心を持つようにコーディングされている。しかしアルバはそもそも冒険的な性格がまさっているらしい。

デビッドが声を荒らげた。

「真珠取りじゃないんだぞ、ジャコバ。限度だ。アルバを浮上させろ」

「だって、なにかの機械部品よ！　きっとポリーからはずれたのよ」

するとポリーのパイロットであるルースが不愉快そうに無線に加わった。

「なんか言った？」

それでも可能性は否定しない。ポリーはとても操縦しやすいメカで、ルースがあつかえばヒョンの乗るチョリマに匹敵するほどの採集能力を発揮する。しかしAIコンポーネントに無線機を介しているところがあって、自律行動させるといつも判断が甘いのだ。

アルバのセンサーにわずかな反応があった。心拍のようにかすかで遠いが、発信源をみつけた。アルバは水かき状になった足で着実に水を蹴る。ジャコバは軽い驚きのあとに言った。

「まだ反応がある」

「だれがスキャンしろと言った」とデビッド。「ミネルバ星のサルベージ規制法はわかってるだろう。うちの事業内容じゃない」

そうたしなめるデビッドの声は刻一刻と遠ざかっている。そのなかで精いっぱいの怒気をあらわしながら、好奇心と懸念もまじえている。

事業内容と言われて、ジャコバはやや考えこんだ。デビッドを怒らせるのはともかく、よけいなことにかかわると痛いめにあうことはほかのだれより知っている。

短い沈黙のあとに、シャヒダ船長の声が割りこんだ。

「ジャコバ、十五秒だけあげます」

深度計によればあと四十メートルで深度限界だ。それをすぎるとセンサーの有効範囲から出る。さらに十メートル潜れるとしても、アルバの保管ポッドが浸水しはじめるだろう。

ジャコバの足もとで耐圧殻がきしんだ。

うーん、あと五メートル。

そのとき、銀色の小さなものが光を反射した。もうすこしで手が届く。軽く岩にあたって止まった。追いつける。ジャコバが手を伸ばすと、アルバの右腕が伸びた。ジャコバが指を広げてつかむと、アルバの七本の細い触手状の指がそっと岩から拾い上げた。クラゲかなにかのように見えたが、詳しく調べている暇はない。

「アルバ、エアポケットをつくって」

座席下の床から機械の作動音がつたわった。プラズマ膜を通じて保管ポッドの海水を排出し、回収物をいれる空気だまりをつくっている。保管ポッドはメカの上体の半分を占め、大人一人分の重さの藻をいれて運べる。膜の浸透性を選択的に変更し、格納した物体を外に出さない。

「浮上する」

ジャコバは笑顔で報告した。アルバは旧式のメカだが、まだまだ役に立つ。

勢いよく浮上して、海面に浮いたプラットフォームに飛び乗った。立ち上がると、ヒョンは遅刻をたしなめるように手首を叩きながら待っていた。チョリマもおなじ動作をリズミカルに反復している。

「あれ？ ルースは？」

ジャコバが言うと、無線からルースの苛立《いらだ》った声が聞こえた。

「うっさいわね。ポリーはクラゲの群れにつかまってんのよ」

ヒョンは大笑いして操縦席でのけぞった。その動きをなぞったチョリマは、あおむけにプラットフォームから海面に落ちた。

「いいぜ。十秒で助ける」

するとデビッドが怒って言った。

「その十秒はジャコバが使用済みだ。さっさとしろ」

ポリーは申しわけなさそうなチャイム音を二小節ほど鳴らした。


採集物の荷下ろしは大変だ。

メカは水中で行動しやすいように長い腕と、器用な手と、強力な短い脚を持つ。ひれ足は長い指のあいだに水かきがある。これをたたんでも猛禽類《もうきんるい》のような鉤爪《かぎづめ》の足なので、操縦ピットと保管ポッドのある重い上体をささえるのはあぶなっかしい。貨物ベイからタンク室へよたよたと歩く姿はまるで頭のないゴリラだ。

次に大変なのが採集物の仕分けだ。アルハンブラ・コーポレーションのテラフォーム施設へ運ばれる巨大なタンクは、藍藻《らんそう》、緑藻、海藻、プランクトンなどに分かれている。狭い保管ポッド内でごちゃごちゃになった採集物を、メカはプラズマ膜の奥から取り出して、仕分けしながら適切なタンクにいれなくてはいけない。

アルバとチョリマにとってはなんでもない作業。しかしポリーは毎回大騒ぎする。ルースはまちがえて藻類のタンクにいれたプランクトンを漉《こ》し取ったり、迷いこんだイカを輪縄付きの棒で救出したりするはめになる。ジャコバはポリーをあちこち調節してやっている。触手の動作に問題はない。しかし重量七トンの潜水スーツと無線機付きの頭脳では、精密な認知と作業の器用さに限度がある。

ジャコバは好奇心を抑えきれず、プラズマ膜の奥に自分の手をいれて、問題の銀色の物体を取り出した。

はずれた関節部品ではなかった。データドライブだ。配線もくっついている。

手のなかで眺めながら、どうしようかと考え、操縦ピットに引き返した。コンソールに挿して小声で言う。

「ちょっとのぞいてみようか」

明確な指示がなくてもアルバは意図を理解する。ジャコバがアルバの関節から海水を洗い流し、損傷の有無を点検し、水揚げ量を記録しているあいだに、アルバはデータドライブをハッキングした。万一にそなえてコピーをとるのは賢明であり普通だ。情報を一カ所においておくべきではない。コッペリア号に乗るまえに学んだことだ。

「終わった」ヒョンがチョリマの保管ポッドのプラズマ膜をするりと閉じた。「百七十グラム不足。やっぱりだよ！ こうなると思ってた。デビッドの言うとおりにするとこのざまだ！」

「規制値を超えないようにするのがあいつの仕事なのよ」ルースが言った。

彼女は元スポーツ選手だ。ドーピング違反で競技資格を失い、メディアに叩かれ、流れ流れてコッペリア号にやってきた。いまは規制遵守に賛成派だ。

ヒョンはあきれたように目をぐるりとまわした。

「ちぇっ。藻をちょっと採りすぎたってたかだか百クレジットだぜ。ケチくせえ」

ジャコバも言った。

「今朝ミネルバ船が近くまで来たでしょう。でもデビッドは臨検の口実をあたえなかった。これでいいのよ」

ヒョンは藻類のタンクを閉じた。

「いちいち細かくていらつくんだ。よくいるどケチの暴君だよ。どうせ趣味とかもないんだろうな」

ジャコバは口を一文字に閉じた。

「べつに問題ない」ルースは言いながら、ポリーの左腕によじ登った。「それをいうなら、この肩も問題なさそうなのになあ。見たところ関節はきれいだけど、海中で動いてるとよくひっかかるのよね」

「オキアミじゃね」ヒョンは推測した。

「ふん、ただの知ったかぶり」ルースはポリーの腕を軽く叩いた。「まだ固まってる。調べないと」

「見せてみろよ」ヒョンは隣によじ登った。「水圧かも。去年それでチョリマの膝を強化したんだ」

「あんたの話は信用ならない」

ポリーの肩にこびりついたスケールをはがそうとして、耳ざわりな金属音をたてた。

ジャコバはデータドライブをはずそうとアルバの操縦ピットの入り口にもどった。疲労のせいか、アルバが震えているように感じる。

ポリーの上でヒョンが口笛を吹いた。

「がちがちに固いな、この肩。アルハンブラの検査直後のデビッドみたいに」

「いいかげんにしなさいよ」ジャコバは言った。

「おまえもちょっとは反発しろよ。アルバが潜りだしたときに、あいつ、血管キレそうになってたぜ。なんで――」

「――きゃんきゃんうるさい犬」

ジャコバは操縦ピットにもぐってハッチを閉めた。

ルースがため息をついた。

「うんざりね」

ポリーが悲しげなビープ音を鳴らした。

ジャコバはデータドライブをポケットにいれて船内へもどろうとして、貨物ベイのドアのまえで待つデビッドに気づいた。長いこと黙って見ていたらしい。会話をどこまで聞かれたのだろう。いつものように壁によりかかって不機嫌そうな顔だ。

ジャコバはまっすぐそこへ歩いていき、面前に立った。ひるまずに相手の目を見る。長い沈黙のあとにデビッドは言った。

「船長が話があるそうだ」

シャヒダ船長はコッペリア号の完全な所有権を持っている。少ない利益としみったれた賃金に数年間耐えたおかげで、いまはアルハンブラ・コーポレーション以外に官僚的な規則を押しつけてくる組織はない。同時にそれは船員に対する船長の権限が強大であることも意味する。

「で、なんだったの？」

二人がブリッジのドアからはいると、開口一番にシャヒダは訊いた。

デビッドはジャコバの右のポケットに目をやった。

これだからすぐパクられるのよと、ジャコバは腹の底から辛辣な気分で思った。手渡しながら言う。

「損傷の有無はわかりません」

シャヒダはデータドライブをコンソールにつないでモニターを見た。

ジャコバはブリッジを見まわした。ここにはめったに足を踏みいれない。半人前の整備士がこういう船に乗り組むと、エネルギー流路にもぐってレンチで異常の有無を確認してまわることが一日の大半になる。眺めのいい場所に立つ機会はない。

船は海の上の空中に浮かんでいる。ミネルバ星の南半球の海が眼下に広がる。緑の海面をいく筋も横切る赤錆《あかさび》色の藻。美しい。広々としてさわやかな眺めだ。

シャヒダ船長はコンソールでなにかがショートしたようにさっと体を離した。

「なんてこと」

そのようすにジャコバはどきりとした。

しばらくして船長は意を決したように言った。

「ヒョンとルースを連れてきて」

きびしい口調にジャコバは背すじが寒くなった。

デビッドは非難がましい視線をジャコバに投げて、作戦室集合を告げるためにブリッジから出た。


シャヒダが所有するまえの時代に、コッペリア号は軍艦として運用されていたらしい。かなり手荒に使われたようで、ジャコバが乗船したときはすでにポンコツ船だった。さらに数年のうちに多くの部品が取りはずして流用されたが、それでもまだハイテク装備はあちこちに残っていた。そんな荒れ果てた作戦室に全員が集まると、シャヒダ船長はデータドライブをコンソールに挿した。中央のモニターベイに映像が出た。

ヒョンが感嘆の声をあげた。

「お、ジャコバがかっぱらってないモニターがまだ四つもある」

ルースが肩をぶつけてヒョンを黙らせた。

うしろの壁ぎわにデビッドと並んで立つジャコバは、言い返さなかった。いまはそれどころではない。

映像は監視カメラのもので、船のブリッジを映している。政府の紋章がある。

「ベスタの船だわ」ジャコバは言った。

ベスタはこの星系の太陽から三カ月飛んだ先にある惑星だ。そこの船の監視カメラ映像がなぜここにあるのか。

「そうね」シャヒダ船長がため息をついた。

ルースが指摘した。

「低軌道を飛んでる。しばらくまえから。ハイパースペース担当機関員は居眠りしかけてる」

画面のなかでまもなくブリッジのドアが開き、十数人の男たちがなだれこんできた。武装し、けわしい顔だ。

この映像がどんな結末を迎えるか、すぐに予想がついた。

ベスタの船は有機組織の頭脳を持つ。拷問すれば秘密を吐き、壊せば目撃した記憶をなくす。

ジャコバは胃が痛くなった。

「なによこれ」

デビッドが横目でこちらを見たが、視線は返さなかった。

恐れたとおりの展開になった。ブリッジはにらみあいになった。船長と一等航海士が両手を高く上げ、直後に急激な動きとまばゆい発射炎で画面は真っ白になった。映像がもどると、ブリッジのクルーは全員倒れていた。

侵入者たちはブリッジの奥にはいってきて、死体を足で押しのけ、各持ち場に散った。一人が近づいてきて両腕を上げた。監視カメラを引きちぎったらしく、腕が大きく映ったすぐあとに映像は切れた。

しかしその短い映像で、ヒョンは驚きの声を漏らした。

シャヒダ船長が眉を上げた。

「知りあいでも映っていた？」

「刺青《いれずみ》が……袖の下に」

ヒョンは自分の右腕をまくった。剣にとまったフクロウの刺青。ジャコバは以前から知っていたが、刑務所の刺青ではないので気にしていなかった。

映像の男の前腕には刺青が四つある。ほかの三つはたいしたものではなく、この一つが醜悪に目立つ。

「ミネルバ軍特殊部隊の刺青だよ」ヒョンは困惑顔で言った。

デビッドが極度に緊張した態度になった。この場から逃げ出したいようすだ。

逃げるなら止めないとジャコバは思った。逃げたほうがいい場合もあるのだ。

ヒョンがミネルバ軍での自分の経歴を説明した。

「最初の勤務期間を終えたところで除隊になった。なんとか無事に抜けられたよ」

袖をもとにもどして、口もとをこわばらせる。なにをやらかして除隊になったのだろうとジャコバは思った。頭を働かすべきでないときに頭を働かせたのか。軍では歓迎されない態度だ。

ルースが首を振った。

「じゃあこれ、軍のしわざ?」

デビッドがそれに答えた。

「ヒョンが現役じゃないように、映ってる連中も現役とはかぎらない。退役軍人かもしれない」

ジャコバは訊いた。

「この船はなんなの? 密輸船が急襲されたところ? それともまさか外交官たちが撃たれたの?」

シャヒダは両手を広げた。

「そこは不明ね」

「ほかにこのことを知ってるのは?」ルースが訊いた。

「追跡してくるミネルバ船がある。なにか知ってるんだろう」デビッドが言った。

「無関係かもしれないじゃない」

「罠にはめる計画かもしれないぞ」

「だれかが良心の呵責《かしゃく》を覚えたのかも」ジャコバは言ってみた。

「そうだな。こんなときにそんな甘いことを考えるやつもいるかもな」とデビッド。

ジャコバはその顔を見たが、謝らなかった。場の空気が変わりかけているからといって、撤回して謝る気にはなれない。

シャヒダ船長が言った。

「とにかく問題は、わたしたちがこれをみつけたことをむこうが知っているかどうかよ」

作戦室は静まりかえった。コッペリア号がこのまま大気圏外に脱出したら、証拠を持って逃げたとミネルバ当局はみなすだろう。それは絶対にまずい。

「ミネルバ船はまだ近くにいるぜ」ヒョンが言った。

「早く決断すべきじゃない?」ルースは心配顔だ。

ジャコバはこういう状況に覚えがあった。

「逃げたら確実にあやしまれるわ」

デビッドがジャコバにむきなおった。

「そもそも、こんなものを拾ってくるからだ!」

ヒョンがためらいながら認めた。

「これがベスタの船が襲撃された映像で、それをミネルバ当局が回収したがっているとすると、完全にあやしいな」

「おれたちには関係ないことだ!」デビッドはクルー全員をしめすように腕を広げた。「こちらは独立業者だ。どの惑星にも属していない。問題にかかわるべきじゃない。自殺行為だ」

しかしジャコバは主張した。

「これは重要な情報よ。だれかに知らせなきゃ」

「だれに知らせるって?」デビッドは凄《すご》みをきかせた声で訊いた。

ルースが口を出した。

「知らせなくたっていいわよ。他人の問題に巻きこまれたくない」

でももう遅いと、ジャコバは口に出さずに考えた。

「だれかを裁く証拠になるのなら、あたしたちには義務がある」

ルースはジャコバのほうをむいた。狭い部屋だったらくってかかりそうな剣幕《けんまく》だ。

「だれへの義務よ! あたしたちの手に負えない。まさかこれを持って——」

船長が咳払《せきばら》いをした。

みんな口を閉じて発言を待った。シャヒダはモニターを見て、床を見て、天井を見た。そしてようやく言った。

「船は予定どおりに港へむかいます。ジャコバ、ちょっと来て」

ジャコバは船長にしたがってブリッジへもどった。

シャヒダは腕組みをして振り返った。ジャコバは七年前を鮮明に思い出した。汚れた服に刑務所刈りの頭で埠頭《ふとう》に来て、雇ってほしいと頼んだときのことだ。あのときとおなじ顔でシャヒダはにらんでいる。信用ならない子どもを見る目だ。

「これをこのまま船に載せておくわけにはいかない。ただちに海に捨てるか、あなたがこれを持って次の港で下りるか。選びなさい」

ジャコバは愕然《がくぜん》とした。殴られると思っていた。しかしこの最後通告は殴られるよりまずい。

「さあ、決めて」

船長がうながす。有無を言わさぬ口調――いつもどおりだ。それでもジャコバは胃が苦しくなった。

海に投棄して忘れればいい。多少なりと理性があればそうする。

しかし正しいと思ったことを撤回する気になれない。昔からの悪い癖だ。

「あたしが下ります」

自分から選んだ。なのに罰せられた気分。船長が肩をこわばらせたようすからすると、望ましい結論でもないようだ。

「ほかの者には伝えておく。だれかがいっしょに下りたいと希望するなら、引きとめない」

ジャコバは硬い笑みでうなずき、ブリッジをあとにした。

ヒョンやルースと顔をあわせたくない。デビッドがどんな顔をするかは想像がつく。そしてどう決断するかも。どちらもよくない。

アルバは貨物ベイで四つん這《ば》いの姿勢だった。ほっとする眺めだ（ほかにほっとする眺めは、空、刑務所を出る輸送船、お金、バクスターの場末のバー、帰船するときに見るコッペリア号の船体)。

ジャコバはよじ登って操縦ピットにはいり、ヘッドレストの通信グリッドに頭をあてた。はじめて使ったときは便利だと思った。そのあとは不快で使いたくなくなった。いまは第二の皮膚のように感じる。操縦スリーブには手足をいれない。休憩中のアルバは自由にさせたい。

データドライブを持って港に残ったら——船を下りたら——アルバはべつのだれかのものになる。考えると胸が痛んだ。想像したくない。デビッドに譲ろう。彼なら各種の制限を尊重するはずだ。見知らぬだれかが乗るのは……耐えられない。

アルバはまだ震えていた。寒さを感じているかのようだ。

「ドライブの中身を見た?」ジャコバは訊いた。

『はい』

あの映像とアルバの震えを結びつける理由はない。アルバが映像についてなにか考えているとは思えない。彼女はAIにすぎない。採集作業中に無数の判断をするが、それは分岐点におけるイエス/ノー判断の連続にすぎない。映像はデータバンクにおさまった多数の顔にすぎず、それ以上の意味はない。ジャコバがなぜこれを持ち出したいのか、わかるはずはない。それでも訊いた。

「分析してみてどうだった?」

『いいえ』

まあ、しかたない。

「持っていかなくてはいけないのよ」説明するのが難しかった。涙もろくなる年でもないのに。「あたしがみつけた。重要なものらしいから、適切な人に渡さなくてはいけない。次の港からあなたには新しいパイロットがつくわ」

『いいえ』

接続点から答えが返ってきた。そして急速に、一気に締めつけてくる感触。恐怖――本能的な恐怖を感じる。自分の恐怖ではない。

座席のヘッドレストから頭を離し、足を滑らせながら急いで操縦ピットから出た。アルバを見上げる。もう一度はいってお別れをいうのは気がすすまない。あとにしよう。いまは悲しすぎる。さっきの締めつける恐怖感への疑問もある。これからさまざまな困難が待っているのだ。好奇心のおもむくままに行動するわけにはいかない。

そこで短く言った。

「大丈夫よ」

それはすべてのメカにむけたものだった。チョリマがこちらへ一歩動いた。ポリーもふりむいた。操縦ピットの透明なハッチが昔のスキューバダイビングスーツのように輝いている。

もともとポリーは適合するＡＩ部品のないポンコツで、しかたなくコンソールに古い無線機を組み込んで直したのだ。ポリーの修理をジャコバに命じたのは、シャヒダ船長流の試験だったのではないか。

最初の三年間はヒョンがチョリマに乗り、ジャコバがポリーに乗っていた。そのときどきのヒット曲を口ずさみながら海に潜って藻類を採集した。自由を満喫した。

「昔はね」

思わず辛辣な口調でつぶやいて、振り返らずに歩きだした。あと数時間で上陸だ。荷物をまとめなくては。


廊下が鋭角に曲がるところに、デビッドがすわって待っていた。両手を膝におき、どちらの廊下にも視線を配っていた。おかげでジャコバが部屋への長い無人の廊下を歩きはじめると、すぐに気づいた。

しかしデビッドはいつものデビッドで、彼女がドアに近づくまでは立たなかった。そして一定の距離までしか近づかない。

いやなやつだが、踏み越えない限度はわきまえている。

「あんたまで船を下りるなんて言いださないで」ジャコバは言った。

「なぜあれにこだわるんだ」

声は穏やかだ。怒っているとき以外はよけいな注意を惹《ひ》かないようにする。それがジャコバをさらに苛立たせる。

ドアは開けたままにした。はいってもいいという合図。背後は見なかった。そこはプライドがある。棚からバッグを出して荷物を詰めはじめた。

といっても自分のものは多くない。二着の服。そしてアルバ。

デビッドがドアを閉めた。そのドアにむいたまま言う。

「もっと利口だと思ってた。過去の経験があるだろうに」

考えがまったく理解できないときもあれば、逆に似た者同士すぎて、三年間の刑期をおなじ監房ですごしたのではないかと思うときもある。

「だれかに指図されたわけじゃない」

バッグにセーターをつっこんだ。極寒の海に潜って凍傷になりかけたときにヒョンから借りたものだ。返せと言われないので、もらってもかまわないだろう。これから必要になる。ミネルバ星の南半球の冬はきびしいのだ。

「あたりまえだ」デビッドは言った。「おれは情報隠匿罪でムショにもどるつもりはない」

反対の壁によりかかって両手をポケットにつっこんでいる。

ジャコバよりもつらい経験をしているのはたしかだ。

バーの喧嘩《けんか》で人を殺して殺人罪で刑務所にはいったのなら、自分と折りあいをつければいいだけだ。喧嘩騒ぎで自分を刺しそうなやつには近づかなくなるだろう。夜に眠れないのはしかたない。出所したら、仕事を求めて星間船に乗り、新しい海と空の下に到着するだろう。人を殺して刑を受けた惑星は二度と見なくていい。

しかしデビッドの場合はちがう。なんらかの醜悪な犯罪の共犯としてしょっぴかれた。そしてある時点で警察から、仲間を売れ、知っていることを話せと説得された。協力し、おかげで刑期は数年短くなった。そもそも刑期が長かったら刑務所で生き延びられなかっただろう。

ジャコバはデビッドと寝て、おたがいに服を脱いだときに、その背中にある無数の白い傷痕を見た。まるでだれかがカレンダーがわりにしたかのようだった。片方の膝には火傷《やけど》痕があり、胸には肋骨《ろっこつ》の骨折がきれいに治らなかったらしい無残な黄色い痕があった。

地元にもどっても〝チクリ屋〟と呼ばれ、恨みを持った連中が夜中に窓に石を投げてくる。一生この汚名につきまとわれる。

「だれかが、なんらかの理由でこれを持ち出したのよ」ジャコバは言った。

「その理由を調べる責任がおまえにあるのか？」デビッドは顔をしかめ、彼女とのあいだの床を見ている。「これを入手したのはちょっとした手ちがいだ。使命感を持つ必要はない。たまたま海で拾った金属片。それだけだ。関係ないんだよ」

ジャコバはピンクに染めた髪に手をやった。短くしているのは刑務所時代からの習慣だ。喧嘩で髪をつかまれにくくなる。

ムショ入りした経緯についてデビッドに話していないことが一つある。追われてつかまったわけではないということだ。バーで男を殺したあと、警察が来るまで現場にとどまった。殺すつもりはなかったからだ。それでも喧嘩は喧嘩、殺人は殺人だった。

落ちこんだときはついそのことを考えてしまう。眠れないときは、大声でわめけば気が晴れるのではないかと思う（実際にやったことはない）。

デビッドが理解してくれそうな話もある。たとえば殺した男の名前は記憶から消して、いまではただの〝男〟になっていることとか。しかし逃げられるのに逃げなかったことは、話したら絶対に許してくれないだろう。

ジャコバは腕組みをして隔壁によりかかり、デビッドを見た。

「この手の情報の重要さはわかるわよね」

デビッドは口をへの字に曲げてしばらく黙りこんだ。

「渡すべき相手の心あたりもないくせに」

「陸《おか》に住みはじめたら、それを探すのを趣味にするわよ」

「前科者を雇ってくれるまともな船はほかにないぞ。正気にもどれ、ジャコバ」

デビッドは現実的に話そうとするのだが、いつもうまくいかない。

ジャコバは言った。

「たしかに面倒なものをみつけた。それを自分の面倒事として引き受けることにしたのよ。わかってもらえないだろうけど」

〝怖くない〟と言いたかった。しかし嘘をつく習慣はないし、別れぎわに嘘をつきたくない。

「おまえは腕のいい整備士だ。潜水士としてもそこそこだ。でもこれはおまえの手に負えない。見る人が見れば戦争になる案件だ。たとえならなくても――」

最後まで言わなかった。ジャコバの将来に楽観的な見通しはかけらもないらしい。

ジャコバは無理に微笑《ほほえ》んだ。

「ちがう。あたしはいい整備士じゃない。最高の整備士」

デビッドは苦笑した。反射的な笑みで、すぐに消えた。

「こんな情報を一人でかかえこんだらいずれ破滅する。おまえにせよ、だれにせよ」

これは前科者が友人を心配して話しているのではない。実体験から出た声だ。それには反論できない。

デビッドは壁から体を起こした。船室は狭いので、一歩でも近づいたら体がふれあう。緊張して腕の毛が逆立った。

彼の顔を見る。デビッドもこちらを見て、どうするか考えている。

そのとき、遠くでスピーカーに電源がはいる音がした。続いてオーケストラの導入部の和音。弱々しく音程のずれたチャイム音だ。

恐怖と認識につらぬかれた。

「ポリーだわ」

そう言ってジャコバは駆けだした。

貨物ベイにはいると、どのメカももとの場所にいた。緊急事態は思いすごしか。

しかしアルバが二本指で藻類のタンクをしめしているのに気づいた。基準値より七十五キロの重量超過。

メカの触手を突っこんだら侵入者が大騒ぎしてしまうだろう。採集物ごとタンクを排水するわけにもいかない。

そこで輪縄付きの棒を壁からとってタンクに近づいた。侵入者が銃を持っているならアルバかポリーが警告するはずだ。しかし聞こえたのはアルバが万一にそなえて補助できる位置へ移動する音だけだった。

タンクの蓋を蹴り開け、藻類のあいだに棒をいれる。固いものの手応えがあり、輪縄を締めてロックし、引き上げた。

デビッドは貨物ベイのドアのところで無言で待機している。ジャコバの猪突猛進《ちょとつもうしん》を黙認とは意外だ。

藻類のあいだから出てきたのは二十歳そこそこの若者だった。首と手首を輪縄に締められ、ぶざまに咳《せ》きこんでもがくようすは、どうやら訓練された兵士ではない。

強く揺さぶると、反対の手も首もとに上げた。どちらの前腕にも刺青はない。

「五つかぞえて溺死させる。それまでに話しなさい」ジャコバはうながした。

「武器は持ってない。強制されて来た。殺さないで！」

なんとでも言える。鵜呑《うの》みにはしない。

「目的は？」

「あるものを回収しに」

ジャコバはぎくりとした。

「あ、やっぱりみつけたんだね」

「あいつらの仲間なの？」ジャコバは輪縄を締める手に力を加えた。

うなじにワイヤが食いこみ、若者は悲鳴をあげた。

「ちがう！　ぼくはベスタ人だ！」

「だったら、なぜ送りこまれたの？」

返事をするまえに白目をむいて気絶してしまった。

死なせないようにジャコバは輪縄をゆるめた。自制心は習得中だ。うまく自分を抑えられ
るときもあれば、努力が必要なときもある。

顔を上げると、デビッドの姿はない。しばらくそのほうがいい。これからやることは見せたくない（必要なら殺そうと考えることと、実際に死体を見下ろすことのちがいについて、ヒョンと意見交換したい）。

「なぜあんたが選ばれたの？」

若者の顔は濡れた髪の下で血の気がもどってきたが、まだ目の焦点があわない。あえぎ、かすれた声で答えた。

「体力があったから」

貨物ベイを見まわしたい衝動をこらえた。船体にどんな穴をあけて侵入したのか、考えるのはあとでいい。ほかの問題がある。

「どうして武力で襲撃してこないの？　ミネルバ人もメカを持ってるでしょう？」

若者は愉快そうに笑った。

「あいつら、ベスタのを使わざるをえないんだ。ベスタのメカは優秀だ。ミネルバ人のお手製はタンクに脚が生えただけ。直立させる技術さえない」

陰気なプライドをこめた口調。言いまわしからすると整備士かもしれない。ジャコバは輪縄をゆるめた。

「あたえられた時間は？」

若者は指を曲げ、あえいだ。

「五分だと言われた。そのあいだにひそかに探して持ち帰れと」

二日で二隻襲撃するのは避けたいということか。しかし五分は短い。

「それがすぎたら？」

そのとき、なにかが船に強くぶつかり、揺れでジャコバは転倒した。

チョリマは床に腕をついてバランスをとった。ポリーは逆に腕を天井にあてて姿勢を保持している。

招かれざる客が貨物ベイに突入してくるのをしばらく待ったが、予想ははずれた。貨物ベイから突入するつもりはないらしい。たしかに危険が大きい。まずブリッジを急襲し、それから船全体を制圧するのだろう。狭い船内通路にメカははいれない。かといってジャコバが生身で立ちむかっても勝ち目はない。

輪縄をはずして若者を解放した。驚いたようすで肩まで藻類につかって固まっている。すっかり捕虜の思考になっている。

「急いで」

せかすと、若者はあわててタンクから這い出た。アルバのほうへ引っぱられても抵抗しない。むしろ賛嘆の表情で操縦ピットを見上げている。

「あんたはこっち」

肩を突き飛ばし、保管ポッドのプラズマ膜の奥にころげこませた。あわてて顔だけ出して抗議する。

「ひどいよ！」

ジャコバはエアロックの操作盤へ走りながら言った。

「これから貨物ベイを開ける。海に飛びこみたければ好きにしなさい。陸まで泳げるなら」

レバーを引くと、貨物ベイの照明が赤く点滅してカウントダウンがはじまった。

振り返るとアルバは背後に来ていた。若者は保管ポッド内にはいり、硬化したプラズマ膜に両手をあてて、人生最悪の日という顔をしている。

ジャコバは苦笑して、操縦ピットにはいった。

アルバとの最後の仕事にふさわしい大立回りになりそうだ。

エアロックの内部ドアが閉まるときに、ポリーが悲しげなチャイム音を鳴らした。その音はすぐに外部ドアが開く音と、その下から聞こえる潮騒《しおさい》にとってかわられた。

ジャコバが両腕を上げると、アルバは開口上端をつかみ、一回転して船体外面に上がった。

ミネルバ船はすでに接舷していた。ブリッジ急襲のあいだに、両船はがっちりと嚙《か》みあってしまっている。アルバがミネルバ船を壊そうとしたらコッペリア号も損傷させてしまう。引き離さなくてはいけない。あばれるのはそれからだ。

「ねえ、ミネルバ船の平衡流路はどこ？」

しかし保管ポッドからの返事は口ごもって要領を得ない。ジャコバはピットの床を蹴った。するとアルバもおなじ動作をして足もとの船体が振動した。ジャコバは顔をしかめた。

「はっきり言わないとポッドから吐き出すわよ」

「奥だよ。厚さ一メートルの船体のむこう」

船内からならパネル一枚はがせばすぐアクセスできるだろう。侵入するなら貨物ベイが楽だ。この若者もそうやってコッペリア号に侵入した。

「貨物ベイはどこ？」

「うしろだよ。下面ドア」

アルバはそちらへ船体の上を歩いていった。侵入して敵を投げ飛ばしてあばれれば、味方に反撃の機会をあたえられる（降伏して殺されたとは想像できない。シャヒダ船長がやすやすとやられるはずがない）。

貨物ベイに半分まで近づいたとき、そのドアが開いて三機のメカが船体の上に出てきた。

ベスタのメカを直接見るのは初めてだ。長身でしなやかな体形。無表情な頭部から多関節の指先まで継ぎ目のない構造。こちらを見ると、その指を丸めて拳をつくった。人間よりもなめらかな動きで移動し、アルバをとりかこむ。

怖い。

しかし恐怖はジャコバの燃料になる。怒りを燃え立たせる。

アルバの鉤爪の足を大きく広げてコッペリア号の船体を踏みしめ、細い指をできるだけ長く伸ばしてかまえた。

敵はまず一機だけ近づいてきた。罠か、それとも力量をはかるための小手調べか。

片腕を突き出したと思うと、手首が直角に折れて銃身があらわれた。

ジャコバは右腕を強く振った。十数個の関節があるアルバの腕が勢いよく前方へ伸び、はさみの先端のようになった指が銃身に巻きつく。

ベスタのメカはよろめき、腕が後方へ跳ね上げられた。そして聞き覚えのある金属同士がぶつかり、ひっかかる音。関節がロックしたのだ。パイロットが不慣れなメカに乗るとよくそうなる。あわてて無理な操縦をするせいだ。

ベスタのメカは上がった腕を下ろそうと二度試みた。しかしできずにあきらめ、そのまま突進しようとした。

ジャコバはからんだ腕を下げて膝をつかせた。アルバは重心位置が変わってよろめいたが、なんとか姿勢をたもった。

「よくやった」ジャコバはほめた。

『はい』アルバはいった。

左右にいるメカの一機がアルバの足首をつかみ、強く引いた。アルバの足が耐えきれずに船体の上を六十センチほど引きずられた。

「危ない！」若者が叫んだ。

ジャコバは体をひねって、操縦ピットの透明なハッチから外をのぞいた。アルバの足がねじれ、鉤爪の先端と敵メカの手が耳ざわりな音をたてている。

「足！」ジャコバは指示した。

すると鉤爪のあいだに薄く鋭い鉄板の水かきが飛び出した。コッペリア号の船体をひっかく金属音に、雨のような音がまじった。切断されたメカの指がアルバの脚にばらばらとあたっているのだ。

アルバは敵の手をふりほどき、立ち上がって左右を見た。敵の三機を視界にいれる。

ジャコバは攻撃と防御の一挙手一投足で機体にかかる強いストレスを感じていた。このままでは骨格がもたない。

敵は迫ってくる。船の端から海へ落とすつもりらしい。

望むところだと、ジャコバは思った。こちらは水中のほうが戦いやすい。

アルバは意図を理解したらしく、指示より早く左右の二機の足首に指を巻きつけ、身がまえて背後へ飛んだ。

スローモーションのようにコッペリア号の側面を落ちはじめた。足がかりを失った二機のメカは、あわてて腕を伸ばして船体にしがみつこうとする。腕の関節が動かないほうはそれさえできない。ジャコバは快哉《かいさい》を叫びたいのをこらえた。

あとはいっしょに百二十メートルをただ落ちた。アルバは敵をつかんだ指をゆるめた。ジャコバは、「気をつ――」と言いかけたところで、海面に衝突した。

メカは大柄で密度が高いので、人間のように水中に滑りこめない。着水の衝撃で海面がお椀《わん》形にへこみ、一拍おいて四方から海水が押しよせる。アルバとジャコバにとってはおなじみだが、敵にとっては未知の状況だ。

腕を胴体に引きつけて潜れば、直後の乱流でもみくちゃにされずにすむ。急速に潜って、最初の数秒間で差をつくった。

ジャコバの足もとでは若者がパニック状態だった。プラズマ膜のおかげで溺れずにすんでいるのに、それを力いっぱい蹴り開けようとしている。

「ちょっと、答えて。メカの酸素チューブはどこ?」

ジャコバが大声で訊くと、若者は蹴るのをやめた。

「それどころじゃない」

「あら、外の海水を飲みたい?」

「両肩のあいだだよ!」

若者は怒ったようすで操縦ピットの床を蹴った。

アルバはすでに乱流の下に潜っている。水の流れに乗り、片腕が動かないメカから離れている。しかし泡で視界はなかば閉ざされていた。なにかにひっかかったように突然速度が落ちて、どうしたのかと外を見ると、べつのメカがアルバに組みついていた。操縦ピットのハッチをこじ開けて浸水させようとしている。

『いいえ』アルバの悲痛な思考が伝わってきた。

またなにか海面に着水した。三機目が応援に飛びこんだのか。次から次へと。

しかし泡に視界を閉ざされているうちに、敵メカの手がふいに遠ざかった。金属の潰れる騒音と、勝ち誇ったチャイム音が水中に響く。

ポリーだ。

ルースが助けにきてくれたのだ。

アルバは急いで敵から離れた。ポリーが上を指さしている。ヒョンとチョリマも上で三機目と戦っているらしい。

片腕が硬直したメカは強引に離れた。腕の銃身も壊れているが、べつの方法でこちらを殺そうとしている。

「急いで」

ジャコバが指示すると、アルバは水中をすばやく移動しようとした。しかしメカに行く手をさえぎられる。たちまち左腕をとられ、ねじり上げられた。

アルバが悲鳴を漏らす。床の下から侵入者の悲鳴も聞こえた。

「手動切り換え」

ジャコバは歯を食いしばって命じた。するとアルバの操縦系から反力が消え、動作はジャコバの手にゆだねられた。

そのまま耐えて数秒待った。メカは片腕でアルバを押さえて、反対の手で保管ポッドのプラズマ膜を探っている。ただし苦労している。水中用のメカではないせいだ。

三秒待とう。ジャコバは頭でカウントし、力をこめて打撃を放った。

アルバの右腕が伸びてメカの背中にまわり、両肩のあいだを狙って、細く絞った触手の先端を突き刺した。充分な勢いをつけたおかげで先端はメカの背中を突き破った。

「アルバ!」

叫ぶと、アルバの自律制御にもどった。七本の触手を広げて複雑に巻きつかせる。ジャコバには真似できない動作だ。

敵メカの動きが止まった。パイロットは機能の修復を試みているのだろう。しかしすでにチューブや配線がちぎれ、クラゲの触手のように長く海中に漂い出ている。漏れた油脂と酸素チューブから噴き出す泡が尾を引いている。攻撃どころではなくなったメカを、アルバは突き放した。

敵メカは身もだえている。いかにも人間的な動きでパニックを起こし、人間なら首にあたる頭部の付け根をかきむしっている。

しかしやがて脱力し、各部は命令入力を待つ中立状態になった。

ジャコバは胸に顎を押しつけて、あばれる心臓を押さえた。必要に迫られた殺人だからといって動揺しないわけではない。自分の意志で殺したからといって平気ではいられない。

操縦ピットで振り返ると、アルバもゆっくりと振り返り、背後の戦いを見た。

ポリーは敵メカの頭部に叩きこんだ拳を引きもどすところだった。ドーム状の頭部は肩までへこんでいる。金属の亀裂からピンクのなにかが帯状に漏れ出ている。ポリーをつかんだ腕が脱力した。

ポリーの損傷も少なくない。片腕が根もとからもげ、保管ポッドには穴があいている。それでも応援に来てくれたポリーとルースは健在だ。

ジャコバは訊きたいことがいくつもあった。船長とデビッドは無事なのか。船内はどうなのか。データドライブはいまだれの手にあるのか。ベスタの船を乗っ取ったのはだれで、なにが目的なのか。なにより感謝の言葉を言いたかった。

しかし無線のボタンを押して口に出したのはべつのことだった。

「ねえ、船にはどうやって上がればいいと思う？」

ルースは大笑いして、いつまでもやまなかった。そのせいで船長から呼びかけられていることに二回目でようやく気づいた。

ルースとジャコバが海面に浮上したときには、ミネルバ船はすでに去っていた。空中に浮いているのはコッペリア号だけ。海面に映るその影を見て安堵《あんど》した。

両機がどうにかコッペリア号に這い上がると、それまでにヒョンとチョリマは貨物ベイにもどっていた。三機のなかで損傷がいちばんひどい。やはりこちらのメカは陸上では不利なのだ。とくにチョリマの片脚の損傷がひどい。つくりなおすしかないだろう、だれかが。

自分がやるのかと、ジャコバは思った。しかしいまはまだなにもわからない。

ポリーはルースをピットから吐き出し、残った腕を床についてへたりこんだ。もう一方の腕は重さがないように放置している。

ジャコバもおなじようにアルバから吐き出された。しかたない。

侵入者の若者も吐き出されてきた。

右肩をさすっていたヒョンがぎょっとした顔になった。

「おい……おまえとアルバはとうとう……ガキを産んだのか?」

「こっちは——」

ジャコバは言いかけたが、名前を知らない。

「マーカスだ……」

答えた若者は、苦しそうに体を丸め、青い顔で荒い息をついている。

「——マーカスだそうよ。ベスタ人。ミネルバ人の捕虜になって、例のデータドライブを回収するために送りこまれたらしいわ」

ルースとヒョンは目を見かわした。ジャコバは続けた。

「もうこの船にはないと思うけど」

「作戦室をめちゃくちゃにして探してたぜ」とヒョン。

「ブリッジも?」

「二人とも無事だよ。でも連絡がついたときには、デビッドはかなり負傷してたみたいだ」

ジャコバは胸が苦しくなった。デビッドのことだから、データドライブを懐《ふところ》に隠して敵と対峙《たいじ》し、交渉しようとしたのではないか。

「どうしてそこまで……」

ヒョンは首を振った。

「さあな。あれに関してさっさと手放したい側だと思ってた。まあ、これからはナイフを振りまわす喧嘩が起きたらあいつを敵にまわさないほうがいいな」

「とにかく、この子を船長のところへ連れていくわ。三機の修理はそれから。来なさい、侵入者」

マーカスは立ち上がった。この場で殺されるわけではないらしいと、すこし希望が出てきた顔だ。

貨物ベイのドアのところでジャコバは振り返った。

「データドライブについて、あたしの話を船長から聞いた？」

ルースとヒョンは目を見かわした。

「まあな」

ヒョンは言い、ルースは肩をすくめた。

「でもこの襲撃でチャラじゃない？　たぶん」

ヒョンが幸運を祈るように指を交差させ、ウィンクした。

荒れ果てたブリッジはまだ煙が出ていた。ジャコバは入り口で死体をまたいではいった。船長のコンソールは破壊され、ほかにも配線から火花が散っているコンソールが二つ三つある。シャヒダ船長は航海士用コンソールに立って、下の海面を見ていた。

「音声認証による手動切り替えを許可」

その声には、愛馬に裏切られたような苦々しさがこもっていた。

ジャコバは扉口をくぐると、デビッドを目で探した。いない。いい徴候か、それとも。

船長は振りむかずに尋ねた。

「損害は?」

「三機とも損傷しました。でも修理できます」

船長は肩ごしに見た。

「その子は?」

「名前はマーカス。ベスタ船からの避難者です」ジャコバは言った。

「では、デビッドが作戦室からもどったら——」船長は若者を上から下まで眺めまわした。

「——マーカスとわたしだけで話をする」

「彼は強制されて送りこまれました。そして戦闘では重要な協力をしました」ジャコバは説明した。

マーカスは驚いた顔でこちらを見た。

「それを念頭において、海に突き落とすかどうか処分を決める」

「船長」

本気ではないだろう。現実にはコッペリア号を港まで行けるように修理するのに人手が必要だ。働かせたあとで、海に落とすかどうか決めればいい。

「デビッドを連れてきなさい」

ジャコバはその命令によろこんで従った（デビッドとのあいだには、おたがいに立ちいらない了解があった。デビッドは古傷をかかえ、ジャコバは自分の傷について詳しく話していない）。

デビッドはテーブルの上に横たわっていた。割れたガラスとちぎれたケーブルのあいだで、天井にあいた穴を見上げている。人が一人通れるほどの大穴だ。その両腕には長い切り傷が何本かあった。とくに肩には深い刺し傷があり、ジャコバは思わずそこを手でふさぎたくなった。

半目を開けていたが、ジャコバに気づくとその目をさらに細くした。

「みんな無事か」

「ええ。肩はどうなの？」

「すぐ治る」

ジャコバは迷ってから、口を開いた。

「データドライブを守ろうとしたって、ヒョンから聞いたわ」

「自分の身を守ったんだ。それと船長を。ドライブはそのための武器にすぎなかった」

ジャコバはお礼を言うように、テーブルの端に両手をおいた。

デビッドは震える息をついた。

「ええと……悪いけど――」

それを許可と受けとって、ジャコバはその肩の下に腕をいれ、起き上がらせてやった。しかし、デビッドは弱っているときにさわられるのをいやがる。起き上がるとすぐにジャコバの腕から離れた。

肋骨が折れているらしく、ゆっくり慎重に話した。

「こっちが映像を見たことをあいつらは知ってる。態勢を立て直したらまた来るだろう。知らないふりをしても無駄だ」

それは理解できた。デビッドはジャコバを見ずに続けた。

「だから、船に残りたいと頼んでもいいんだぞ」

それにはまだ答えを用意していなかった。

沈黙が長くなって居心地悪くなり、デビッドは言った。

「船が修理できたら、シャヒダはドライブを取り返そうとするだろう。やつらが奪いに来たとき、船長はあれに執着した。情報を手にいれたいはずだ」

「わかった」ジャコバは言った。

全員が傷の手当てをしてから、船の診断系を数時間走らせ、船体の破損箇所を応急的にふさいだ。メカを使えないので時間がかかり、大まかにしかできない。ジャコバはヒョンといっしょに鉄板を叩いて曲げ、溶接した。

修理がひと段落し、クルーが船内に集まったところで、ジャコバは船長のところへ行った。そしてアルバがドライブのデータのコピーを保持していることを報告した。

船長はコンソールの一つを体で隠すように立って、怒りをあらわにした。

「アルバはあなたの所有物ではないのよ。メカのシステムを汚染したあなたを本来なら逮捕すべきね。絶対に許されない行為であり、同僚と船長の信頼をそこなうもの。そして本当に腹立たしいことながら、状況にかんがみて、結果的にそれは正しい行動だった」

マーカスが結論に驚いて顔を上げた。隅にすわらされ、両手をワイヤで縛られている。

ジャコバはうなずいた。

「はい、船長」

シャヒダはルースとヒョンと、肩を包帯でぐるぐる巻きにしたデビッドを見た。

「ゆっくりしていられないわ。彼らは態勢を整えたらふたたび襲ってくるはず。わたしたちはコッペリア号を修理して、できれば高軌道ではない手近で大きな都市へ行き、しかるべき人たちの手にデータをゆだねなくてはいけない」

情報を当局に渡すことが既定の方針になっている。戦争になることが既定になっている。そしてジャコバがコッペリア号のクルーとして残ることも、既定の話として扱われている。

「困難も予想されるわ」

シャヒダは言った。ジャコバが七年前に港町で聞いた声にもどっている。コッペリア号への乗船を許してくれた声。魅力的で決然とした声だ。

「異論はある？」

ジャコバはデビッドを見た。デビッドは一拍だけ長く彼女の目を見てから、視線をそらした。

だれも発言しない。

シャヒダは笑みをこらえて言った。

「では、各自持ち場へ」

破片と配線くずが散らばる床を歩いてそれぞれのコンソールについた。ジャコバの隣にはマーカスが立った。笑みをむけてくる若者に、ジャコバは膝をぶつけて黙らせた。

「全速前進」シャヒダが命じた。

ヒョンは切れた配線をかきわけ、燃料系の回路を手で操作した。

ジャコバは進行方向を映すディスプレイを見つめた。日が傾き、船体の下の藻がちょうど赤く輝きはじめている。まるで船の針路を海上に描いてくれているかのようだ。

エンジンが轟然《ごうぜん》とうなり、コッペリア号は最後の航程に出発した。

ノマド

カリン・ロワチー

ラジカルと呼ばれるメカと人間との融合体のギャングたちが闊歩《かっぽ》する未来。人間のトミーを失った「オレ」は、〝縞《しま》〟を抜けて無所属《ノマド》になろうと決意するが……

カリン・ロワチー（Karin Lowachee）は一九七三年ガイアナ生まれ、カナダ育ち。一九九四年に作家デビュー。邦訳書に『戦いの子』『艦長の子』『海賊の子』（いずれもハヤカワ文庫ＳＦ）がある。

（編集部）

オレたちラジカルが無所属《ノマド》として生きることは現代において好まれない。一匹狼は危険とみなされる。普通でもこれは困難だが、抗争中のギャングにとってはもっと困難だ。とりわけ融合していないラジカルは肩身が狭い。トミーが死んで、オレは単体になった。こうなると普通はノマドになる。縞《しま》に属さない。頭領がおらず、守ってくれる融合者がいない。これは半端じゃない。

トミーが死んで一カ月。頭領はオレをほかの人間と融合させようと説得してきた。前例はなくはないが、望ましくない。それでもノマドのラジカルは世間に嫌われるから、たいていは妥協して適当な二人目と融合する。特別な一人目にくらべると、二人目はどうしても劣る。当然だ。いっしょに成長してない。誕生から死までの記憶を共有してない。一人目を失ったラジカルの多くは一年ともたない。二人目と融合してもしなくても、自主解体の道を選びがちだ。

自殺願望などなかったオレでもその考えがちらついた。しかしみずから命を絶つのはオレの生き方じゃない。全身の装甲に残る傷やへこみがその証拠だ。対立する縞との長い抗争のなかで自分とトミーの命を守ってきた。アイツもそうした。たとえ自主解体を選ぶ権利があっても、それをやるのはアイツが死んで失った融合への侮辱だろう。

トミーが殺されたいきさつは世間のどの縞も知っている――ということになっているが、実際にはちがう。現場にいあわせたやつはオレ以外みんな死んだ。人間は死に、ラジカルは破壊された。そのせいで自分の縞の連中からさえ疑われた。しかたない。人間が死んでそのラジカルだけ生還したというのは、説明がしにくい。

縞の頭領はトミーの叔父貴だ。そのラジカルであるラジカル1は、縞で唯一オレより年長のラジカルだ。もしかしたら世間に残った最年長のラジカルかもしれない。もっと古いのは北の鉱山の一部に残ったポンコツの銅採集ロボットくらいだろう。

トミーは頭領補佐だった。そのトミーが死んで単体になったオレは、新しい人間を受けいれて幹部の地位を守るとラジカル1は思ったようだ。しかしオレにそんな野心はなかったし、いまもない。縞を率いるのは楽じゃない。抗争の日々にうんざりしつつもあった。

もともとプログラムのどこかにノマド的な傾向があったのだろう。オレたちの世代のモデルの深刻な欠陥といわれている。

縞を去ると決心した日、頭領は最後にあらためて再融合を説得しようとした。オレは砦《とりで》の母屋《おもや》で融合した仲間にかこまれていた。オレだけが単体だ。構成員は十三人。いまどき小規模な縞だ。縞は融合体二十人以上という会社的な考え方も世間にあるが、頭領はそういうのを嫌っていた。政府の軍隊じゃあるまいし、オレたちは家族的でいい。

融合体の装甲の色は縞ごとに異なる。うちは派手じゃない。西のヘオエレミエルの連中のように七色に塗ったりしない。やつらとの抗争は笑える。後方スキャナーで見ると、色とりどりのオウムの群れから殺すぞと脅されてるみたいだ。オレたちは見映えにこだわらないが、自分たちのトラ縞には誇りがある。黒、灰、青、赤の嵐となって敵をなぎ倒す。

ラディカル1のミッドナイトブルーに輝く装甲は頭領と一体化し、頭から爪先までおおっている。融合体を知らないと、人間とラジカルの境目がわかりにくい。しかしそれでいいのだ。抗争中でないときの頭領は、フェイスプレートを開き、銃口のポートは閉じて、いつもの半眼でまわりを見ている。額にあるラジカル1の鋭い目は定期的にオレたちのフェイスプレートにむけられる。人間と目があってもそらさない。オレはラジカル1には視線を返すが、頭領の目は見ない。頭領の年齢はそろそろ老人に近い。しかしその皺や傷には歴戦の風格がある。

「新入りにチャンスをやったらどうだ」

その装甲付きグローブで頭領がしめしたのは、母屋の扉の脇に一人で立つ人間だ。単身の人間が一人いて、単身のラジカルが一機いる。工場で産声《うぶごえ》をあげたばかりでもできる計算だ。

「チャンスはやった。うまくいかない」オレは答えた。

一週間前に話しかけてきた新入りはこんなことを言った。

「あんたの仲間はもう製造してないんだってな」

同型の生産が十二年前に終了したことをわざわざ言いにきたわけだ。二カ月かけて話しかける勇気をふるって、最初の言葉がそれだ。

「オマエもある意味でそうだな」言い返すと、新入りはむっとした。関係ない。もうすぐ永遠に関係なくなる。

本名はディーコンだが、融合していないのでみんなから新入りと呼ばれて、母屋や作業小屋の下働きをしている。プログラミングとラジカルの基本整備ができる。といってもオレをいじらせたことはない。頭領から言われたとおりに融合体まわりの雑用をやっている。ラジカルの整備も人間の手伝いも。融合体は人間の道具ではないことを学ばせるべきだ。自動車とはちがう。工場出荷状態でスイッチをいれれば動くというわけじゃない。

頭領はなぜこんなのを縞にいれたのか。ディーコンは融合体を尊重してはいるが、その青い瞳にはしばしばひとりよがりな光が浮かぶ。ラジカルのスキャナーを平然と見つめ返す。もちろんこちらはまばたきしない。この傲慢さと愚かさはおなじ回路だ。こんなやつと融合するくらいなら自主解体する。

「ならどうする。報復なんて無茶はやめろよ」頭領は言った。

トミーを殺した融合体どもへの満足できる報復はできていなかった。これについては縞で何度も議論した。頭領はさまざまな理由から慎重な態度だった。不安定な町の平和を維持したいこと。地元民が武装してオレたちを排除しにかかる事態は避けたいこと。トミーを殺したやつを殺して痛み分けになっているのに、さらなる流血は望ましくないことなど。オレは殺したりなかったが、思いとどまるべき理由はいくつもあった。

それでも報復のために縞を去るわけではない。

「ノマドになる」

十二人の融合体たちはそれぞれ声を漏らした。人間の悪態やラジカルの機械音だ。スチールという名のラジカル5は、去らずに単体のまま縞に残れよと言った。スチールはいつも頼れる仲間で、いまは融合体として頭領補佐をつとめている。その融合者のアナトリアはかつてトミーと同衾《どうきん》していて、その死をオレとおなじく嘆いていた。

「感謝する。しかしノマドになるのがオレの道だと思う。いまはな」

「トラ縞でのおまえの居場所はいつも空けておくぞ」

頭領はそう言って、もう反対しなかった。この一カ月間さまざまな説得を試みたが、一度定まったオレのプログラムは変えられなかった。

ラジカル1はこちらのフェイスプレートをじっと見た。ラジカル1はほかの名を持たない。すべてのラジカルには認識番号があるが、会話では使わない。ラジカル1は人間と親しむつもりがない。頭領はオレが去ることに強く反対したが、ラジカル1は引きとめなかった。オレがいなければその地位が安泰なのはたしかだ。ほかに有力な融合体はいないので、ラジカル1自身が解体するか抗争で破壊されないかぎり、立場がおびやかされることはない。頭領がなんらかの理由で単体で死ぬことも考えにくい。ラジカル1は古いわりに強いので戦いで負けることはないだろう。

頭領はみんなに言った。

「ラジカル2はノマドになる決心をした。これ以上は引きとめられない。みんな、ラジカル2の決心を支持するか？」

全員が悔やみながらも支持を表明した。オレにも悔いがある。しかし決意はゆらがない。

頭領が続けた。

「では、あとを残さず去れ、マッド」

最後に初めて名前で呼んでくれた。トミーがつけてくれた名だ。

人間はかならずしもラジカルに名前をつけない。愛称が必要なときに自分で名のることも多い。しかしトミーは四歳のときにオレを怒り《マッド》と呼んだ。怒れるラジカルだからではなく、ラジカル2と呼びたくなかったからだ。

「その名前は冷たいじゃないか。おまえのなかはもっと温かい」

この装甲のなかにトミーがはいると、オレたちは熱くなった。オレも工場で生産されて四年。融合して四年目の合金と皮膚だった。アイツが外に出て生身の人間にもどると、オレはからっぽになった気がした。あの気持ちがはじまりだった。

アーマーと一般に呼ばれるが、正式名称は横断発達型生体合金という。憲法によってすべての知性体とおなじ基本的権利が認められている。略称がラジカル・アーマーで、さらに略してラジカルになった。これはオレたちの化学的組成の一部をしめしていて、創造主にあたる科学者の一人が無理やりつけたらしい。遊離基《フリー・ラジカル》というわけだが、少々皮肉っぽい気がする。ゴム博士は天才であると同時に皮肉屋だったのだろう。

ラジカルは人間とともに成長する。脱げば独立した存在にもなれる第二の皮膚。変形し、構造を変え、適応する。そのため差別主義者からは粘土野郎とそしられる。たしかにラジカルは適応する。変形し、融合する。

縞は兵器仕様のラジカルの集団だ。

最初の融合は誕生直後がいい。ラジカルのバイオウェアが人間にうまく適応できるし、人間の精神も柔軟だ。最初の融合をはたせば、あとはいつでも再融合できる。しかし一回目の融合は特別だ。ラジカルが初めて、人間も初めてのときに、おたがいの幼児期の精神をすりあわせる。本能的な合体、あるいは捕食者としての血への渇望かもしれない。

トミーが誕生の産声をあげて五分後以降の記憶をオレはすべて持っている。トミーも死ぬまで、オレの記憶をすべて持っていた。

たとえば初めて手のひらを開いて、その黒光りする新品の装甲に映った自分の姿を見た記憶。最初の戦闘の傷でそんな黒光りはたちまち消えてしまった。

オレの手のなかにアイツの手がはいり、一つになる。考えなくても手は動いた。融合は知性ではなく本能ではたす。定着状態のよしあしもそうやってわかる。人工知能ではない。本能知能だ。

最初の記憶は渇望だ。最初に息を吸ったとき。最初に人間の目を閉じてオレの目で見たとき。融合すると世界に限界はなくなる。オレたちは経験に飢えた。つねにその飢えを満たそうとしてきた。

それが融合体を衝《つ》き動かすものだ。ラジカルと人間と満たされぬ心。

それが最大の弱点でもあった。

人間と融合したことで、人間の欠陥もかかえた。

砦を去るオレに別れを告げるために融合体たちが集まった。スチールとアナトリア。ソルとマーキー。ワームとジャスパー。ジニローとイモリ。キケンナとセリーン。頭領とラジカル1はオレの肩に手をおいて、扉の奥へ消えた。オレは人間とラジカルたちの顔を見まわした。もう会えないかもしれないと思うと信じられない気がする。

行き先を訊かれたが、答えなかった。縄張り争いから距離をおくつもりだった。知りあいのラジカルどころか、どんなラジカルとも会わないところへ行くつもりだとは、口に出しにくかった。正気でないと思われるだろう。ラジカルが歓迎されない場所では法の保護もない。憲法を認めず、オレたちの権利も知性も認めない人間はかならずいる。オレたちを無差別殺人機械とみなしている。もちろん根拠のない恐怖だ。世の中には殺し屋のラジカルより殺し屋の人間のほうが多い。その比率はこれからも変わらないだろう。

トミーが死んで、遠くへ行きたくなった。報復が優先ではない。報復では満たされない。

未知の危険ななにかが配線と生体ジャイロのあいだの空白に広がりつつあった。トラ縞に残ってトラ縞の思考のなかにいるのは耐えられない。

砦の母屋は、抗争がないときに融合体が集まる場所だ。人間とラジカルのためにできている。安楽な椅子があり、充電ドックがあり、光と音にかこまれて遊びの融合を試すエリアがある。それらを広角レンズで見まわして、どうしようもなく空虚だと感じた。壁に輝きはなく、薄暗くてからっぽだ。融合者といっしょに欲望を満たせなくなった死んだ合金だ。融合体たちがオレの腕を叩き、頭をぶつける。しかしそれも虚《うつ》ろに響いた。

オレは別れを告げ、帰ってくるとは約束せずに、昼の屋外に出た。

新入りが母屋の外壁によりかかって煙草《たばこ》を吸っていた。

「去ると後悔するよ」新入りはオレの背中にむけて言った。

「オマエの顔は見なくてすむようになるな」

そんな態度だから新入りから融合体への階段を上れないのだと、教育的指導をしてやりたかった。しかしその価値もないと思いなおし、縞の敷地から出るゲートへむかった。

「トミーは望まないはずだ」新入りはさらに言った。

オレは体を動かさずに振り返った。頭だけまわしてその小さな細面《ほそおもて》をまっすぐに見る。

「早死にしたいのか」

新入りは舗装された地面に煙草を捨てた。

「もう一度チャンスをくれよ」

「気づいてないようだが、チャンスは何度もやってる」

新入りはジャケットのポケットに手をつっこんで近づいてきて、オレの目の下で立ち止まった。トミーより背が低い。顔をスキャンするのにこちらは下をむかなくてはいけない。その脳に星座のように散らばった無数のバイオドットが情報オーバーレイに表示された。プログラマーとして優秀なのはこのおかげだ。経歴はよく知らないが、警察内部にいる人間の協力者から推薦され、この町から縞にはいったらしい。両親は死亡。頭領は厳重な身許《みもと》調査をやって、新入りとして認めた。頭領の決めたことには反対しないオレだが、いまはできることならトミーの生前に投じた賛成票を撤回したかった。このにやけた面《つら》に銃弾をぶちこんでやりたい。

「話をしたいんだ」新入りは言った。「ここじゃないところで。話を聞いて、それでも用はないと思うなら、もう話しかけないよ」

「ゲートを一歩出たら話しかけるな」

「彼の死についてだ」

オレは振り返り、その胸ぐらをつかんで持ち上げた。ゲートは信号発信で開く。新入りを持ち上げたまま敷地の外へ出た。新入りは蹴ってあばれたが、人間の力でラジカルの手はほどけない。銃も持っているが、使おうとはしなかった。

そうやってトラ縞の敷地をあとにしてどこまでも道を歩いた。一時間歩き、さらに一時間歩いて、フリーマンタウンの車もラジカルもめったに通らないところへ出た。この胸のオレンジと黒のトラ模様を見るとだれもよけいなことは言わない。隣町への幹線道路からはずれて、茫漠《ぼうばく》たる黄色い土地へわけいる田舎道にそれた。涼しいのでオレの機能は順調だった。整備状態はよく、エネルギーも満タンだ。車両モードに変形すればもっと速く移動できるが、そうするとこいつを背中に乗せなくてはいけない。

新入りはやがて抵抗も悪態もやめて、ぐったりとなった。しかし道ばたに放り出すと意識がもどった。

「このくそロボット野郎！」

〝ロボット〟がまだ侮蔑語だと思っているらしい。オレは青い目を新入りにむけ、ついでに照準用のレーザーポインターを額にあてた。

「話というのはそれか？」

土まみれになった新入りは急いで立ち上がり、目の高さをあわせるために路肩によじ登った。その手が銃に伸びないか見張った。こいつは愚かではないが、怒っている。人間は怒ると愚かな行動をしがちだ。

「トミーの身に起きたことをあんたは知ってるつもりだろうけど――」新入りはオレの足もとに唾を吐いた。「――じつはなにも知らないんだ」

「オマエは知ってるつもりなのか？」

銃ならこちらにもある。腕に組みこまれている。

新入りは火を噴くような目でにらむ。

「ギアハート縞にやられた。ヌボヌリエルで――あそこのホテルで襲われた。頭領に言われてギアハートと手打ちにいったあんたたちは、囲まれてやられた。じつはあのとき、手打ちの話はついてなかったんだよ、マッド。はめられたんだ。あんたとトミーの関係が原因で」

視界のオーバーレイが赤く染まった。また胸ぐらをつかんで持ち上げ、強く揺さぶった。

「放せ！」新入りは足で蹴った。

道路とは反対に十メートル放り投げた。新入りは落ちて、鈍い音と悲鳴をあげた。オレは道路からひとっ跳びでそこへ行った。右足でその胸を踏みつけようとしたが、すんでのところで新入りはころがってよけた。踏みつぶしてやる。簡単だ。

「あんたはトミーを愛していた！」新入りは息を切らし、あえぎながら言った。すぐに顔に恐怖が浮かんだ。「タブーなのは知ってる。俺は気にしない。むしろ不愉快なのは彼らのやり口だ。頭領はあんたたちを罠にかけたんだ！」

新入りは咳《せ》きこみはじめた。

オレはそのジャケットの襟首をふたたびつかんで、目の高さまで持ち上げた。新入りはまた蹴ろうとしたが、やめてじっと視線をあわせた。両腕をだらりと下げて、いつもの傲慢さはない。オレは殺すことを考えはじめた。人けのない町外れなのですぐにはみつからないだろう。しかしこいつを連れてフリーマンタウンを出るところを何人もから見られている。

「頭領がオレをはめたって根拠はなんだ？」

それが最大の疑問だ。この質問に答えさせたら、いったんこいつを町へ帰らせ、生きてるところを住民に目撃させよう。それからあらためて町から追い出して、どこかで殺せばいい。

「ギアハート縞の頭領の記憶を読んだ。手下の融合体たちの記憶も読んだ」新入りは答えた。

オレはもう一度その頭のバイオドットをスキャンした。

「頭のなかのこれでか？　特別じゃない。こんなちんけな脳でラジカルをスキャンできるか」

ラジカルの精神には鉄壁の防御がされているのだ。

「俺はウェット盗賊だ。ギアハートが二流の融合体の集まりなのは知ってるだろう」

それは本当だ。トミーを殺したことでオレの憎悪の対象になっているが、もともと下衆《げす》なやつらだ。横暴な襲撃ばかりする。ところがむこうの頭領は、トラ縞との縄張り争いがある土地で〝殺しあいを終わらせるために〟手打ちを持ちかけてきた。もともとこっちに非はないのに。しかし形勢は不利だった。手打ちは日のあたる道に見えても、じつは薄暗い裏道にすぎない。トミーはそう主張したが、だれも耳を貸さなかった。そのトミーが殺されても、頭領は即時報復に出なかった。報復は衝動ではなく、熟慮ののちにやるものだなどと言った。縞はその冷静な考え方に従った。

オレは回路が焼き切れそうだったが、頭領は頭領だ。そしてオレは融合者を失った。単身でギアハート縞にカチコミをかけるわけにはいかない。オレの行動はトラ縞の行動になってしまう。

いや、これまではそうだった。これからはちがう。いまはノマドだ。失意の日々をすごすうちに報復の欲求もしぼんだ。だから縞を去った。簡単な話だ。

そこへこの新入りがしゃしゃり出てきた。ギアハート縞の融合体の頭を読めるだと？　頭領とそのラジカルの考えも？

沈黙するオレに、新入りは言った。

「証明できる。俺と融合すれば証拠を見せられる」

ウェット盗賊はあぶなっかしい個人主義者だ。こういうつかみどころのない連中を叩くのは難しいので、政府も効果的な対策をできない。感情を定義するのが難しいのとおなじだ。ウェット盗賊は精神を使って狡猾《こうかつ》な行動をする。

しかし、ラジカルの頭を読めるなどというウェット盗賊は初耳だ。

最初からそれがめあてだったのか。オレの頭脳《ネクサス》が狙いだったのか。

「オマエと融合だと？　縞を分裂させる嘘つきのくせに。たかが新入りがどうやってギアハート縞に近づいて、その頭領の精神を読んだっていうんだ。答えろ」

「二週間前に頭領とラジカル1の命令で、俺はアナトリアの融合体といっしょにヌボヌリエルへ部品取り引きに行った。憶《おぼ》えてるだろう。町の片隅でギアハートのやつらと会った。そして取り引きを終えるまでのあいだに、やつらの頭を読んだ。トラ縞の情報収集のためだったし、あんたと和解する手がかりにもなると思った」顎を引き締め、オレを自分のラジカルにしたいという強い決意をあらわした。「そうやって情報を手にいれた」

「それがオレとの和解に役立つと思ってるのか？」

もう一つの主張についてはふれなかった。オレとトミーについて知っているとほのめかしたことだ。それこそ穿鑿《せんさく》する権利のないことだが、どうやって知ったのかは興味がある。手癖の悪いこの精神がオレのネクサスから盗んだというのか。読み取られて気づかなかったと？　ハードウェアの安全性には偏執的なほど用心しているつもりだ。みんなそうだ。

新入りはこちらを見つめている。地面から持ち上げられたままだ。

「時間さえかければあんたを読むことはできる。でも、あんたとトミーについて知った場所は、そのギアハートのラジカルの頭からだよ。そしてその知識の出どころはむこうの頭領だった。なぜギアハート縞にそんなことが知られてるのか？　じつはうちの頭領が話したんだよ！　ラジカルは鉄壁の防御をしているつもりでいるけど、あくまで機械だ。機械にはかならず脆弱《ぜいじやく》性がある」

「オマエたちにつくられたんだからな！」

そう言って新入りを遠くへ投げ飛ばした。今度は十メートル以上飛んだ。新入りは絶叫とともに吹っ飛んでいき、落ちたところで沈黙した。黄色い草をかきわけて見にいくと、死んだように手足を投げ出して動かなかった。答えをすべて聞き出すまえに殺してしまったのではないかとすこし心配になった。しかし、すこしだけだ。投げ飛ばしたのはいい気分だった。

生命反応をスキャンすると、心臓は動いていて、脳も活動している。いちおう生きている。意識がないだけ。それでいい。意識がなければ盗みもできない。

オレは新入りの脇にあぐらをかいてすわり、待った。目覚めるまで何時間でも待てる。荒れ地は静かだ。たまに鳥がさえずり、地面で虫が鳴く。ネズミが走る。コオロギが跳んで黒い脚の装甲にとまり、また跳んで草むらに消えた。

脳裏にトミーが浮かんだ。不思議はない。オレの頭から消えたことはない。いまはその姿がフェイスプレートの裏に浮かぶ。ほのかに生きている。

オレが自分の融合者を愛したのは事実だ。禁じられた愛なのも事実。融合体の内に——人間とラジカルのあいだに生まれる感情を理解する人々がいるとすれば、それは縞の仲間だとだれもが思うだろう。しかし科学以前の掟《おきて》が厳然と存在する。縞の融合体にとってさえ認めがたい逸脱なのだ。普遍的な過ちであり、オレもプログラムの一部では理解している。

新入りが言うとおり、オレは機械だ。人間の皮膚と一体化する。全体をおおい、保護し、どんな人間の力も貫通できないほど強靭《きょうじん》にする。しかしあくまでただの装甲だ。オレは装甲でしかない。どれだけ精神を融合させようとも。心まで溶けあい、一体化しようとも。

心というが、その実体はプログラムされた中枢神経系だ。知性はそこに宿っているはずだが、証拠はない。人間は脳に意識が宿ると考える。

オレが求めるのは知性ではない。人間とちがって意識は生来のものではなく、つくられている。意識を獲得したラジカルはオレが最初ではない（最初のやつはとうに解体された）。それでもそのテンプレートはすべてのラジカルに組みこまれた。知性の進化の次の段階は愛だと、みんなわからないのか。

トミーに話すとすぐに理解してくれた。融合して、こんなふうに野原で夜にすわっていた。自分のなかにある脆弱な人間の体を感じていた。生まれたときからアイツのためにある場所だ。胸のうちの空洞。腕や脚の細長い空洞。そこにアイツはいる。どんなささいな思考もオレと呼応し、やがて思考そのものが一致する。手足をわずかに動かすのにも力をあわせる。草の葉の上に手を滑らせるとちくちくするのをおたがいに感じる。装甲に夜空の星が映りこんでいた。アイツの言い方では、星をとらえていた。アイツは殺し屋で、オレもそうだが、心は澄んでいた。

くどくど言う必要はなかった。ただこう言った。

「砦に帰ろう。頭領が心配する」

オレたちは何時間も連絡を断っていた。アイツはメッセージに返信せず、オレは気をきかせて信号を遮断していた。アイツは対立するギャングとの抗争に倦《う》み疲れはじめていた。町から町へ渡り歩き、縄張りを守り、商売を監視するのにうんざりしていた。

それでも頭領からなにか言われるのを見たくないので、遠まわしに言った。

「もう遅いぞ」

するとアイツは答えた。

「まだいいさ、マッド。まだ宵の口だ」

ゆっくりと新入りは目覚めた。空の縁に暮色があらわれ、毛布を広げるように頭上を黒くおおっていく。新入りの目がまばたきして焦点があいはじめたので、オレは言った。

「オマエといっしょにギアハート縞へ行く。そして話が真実かたしかめる」

報復はあとでいい。そのへんをさまよわせておく。オレの空虚もしばらくおく。どのみち消えはしない。かわりに戦争をはじめる。立ちはだかる人間は容赦しない。

新入りは言った。

「なんのためにギアハートへ？　敵の縄張りへ乗りこむのか？　トラ縞へもどって頭領と対決すればいいじゃないか」

「オマエの証言だけで頭領とラジカル1を非難するわけにはいかない。ギアハートの頭から盗んだというなら、ギアハートへ乗りこんでたしかめる。しのごの言うと弾よけに使うぞ」

「本当にやつらから読んだんだ」

月と星の光だけでも、その目に宿る強い光はわかった。暗視装置はいらない。

「ギアハートは低級な縞だ。どっちにしてもあそこは叩きつぶす」オレは言った。

投げられて頭がふらつくらしく、新入りはゆっくり歩いた。オレは手を貸さない。急がない。どうやってギアハートの縄張りまでいくか考えた。ラジカルの脚でも歩いて数時間かかる。着くのは夜明けだろう。新入りはオレが車両モードになって乗せてくれれば速いと提案してきたので、砂利道に蹴倒した。新入りは悪態をついて立ち上がり、もうおなじ提案はしなかった。

すくなくとも逃げようとはしなかった。逃げたら追いかけてつかまえ、痛いめにあわせ、逃げられないようにかかえて歩かなくてはならない。そういう面倒はなかった。これだけいじめに耐えているのは、本当にオレと融合したいからだろう。当然といえば当然。新入りなのだ。融合の機会は喉から手が出るほどほしいはずだ。

そんなわけで夜通し黙然と歩いた。そこはほめていい。ウェット盗賊もようやく小賢《こざか》しい口を閉じるべきときを学んだわけだ。


道の反対側から敵地を観察した。ギアハート縞の母屋と敷地内の轍《わだち》を見ながら、作戦を新入りに伝えた。正面から訪問し、話をする。充分に接近したら、新入りはやつらのネクサスからデータを盗んでオレに転送する。融合せずにやるのは手間がかかるし時間もくうが、それも作戦の一部だ。ギアハートのやつらが素直に真実を言うわけはない。そこでこのウェット盗賊を試す。嘘でないとわかったら、砦に踏みこんでギアハートを一人残らずぶち殺す。そしてトラ縞へとって返し、裏切った頭領とラジカル1を殺す。

「あんた、狂ってるよ」新入りが言った。

それがオレの名前の真の意味だ。怒りではない。狂気だ。

「オマエは掩護《えんご》しろ」

銃は持っているし腕はいい。必要な人間だからオレは守る。本人もわかっている。

「あんたから突っこめよ」新入りは言った。

ギアハートの連中はトミーを殺して以後、トラ縞の縄張りに足を踏みいれなくなった。それどころかこちらの取り引きや商品の輸送に便宜をはかっているふしさえある。トラ縞は遠方の民兵組織に銃やドラッグや医療用品を運んでいる。トラ縞もギアハート縞の縄張りには立ちいらなくなった。ぎこちない一時停戦。しかしこの新入りの言うとおりなら、オレの融合者の血であがなわれた停戦かもしれない。

そのギアハート縞のゲート前に立った。新入りは背後に隠れている。オレは腕の武器ポートを開きたかったが、敵対的態度を見せたらグレネードを撃ちこまれるだけなので、閉じるべきところを閉じてまっすぐに立ち、薄汚れた母屋の南面の壁だけを見るようにした。

「トラ縞のラジカル2だ」

声を張って呼んだ。厳密にはもうノマドだが、わかりはしない。早朝の静けさを切り裂いて声が響く。灰色の猟犬が視野の隅にあらわれた。地面に残ったラジカルの古い足跡を嗅いでいる。若いのか老犬なのかわからない。

「頭領と話したい」

ギアハートの頭領は例の襲撃に加わっていなかったので、殺していない。しかし頭領補佐の融合体を殺したので、オレに恨みを持っているはずだ。仇《かたき》の姿を見てすぐ襲ってくる単細胞なら停戦は即座に破れる。こちらは肩の武器ポートをいつでも開けられる。

しかし母屋の玄関扉をきしませて顔を出したのは、短身でみすぼらしい人間だった。頭領ではない。縞の下っ端だ。目のまわりにアナグマのように赤いタトゥーをいれている。

「頭領はいねえよ」男はしゃがれ声で言った。

「ならここで待たせてもらう。帰りはいつだ」

「知らん」

「信号を送って呼びもどすんだな。でないとトラ縞を胸につけたオレがこのゲートに一日いすわるぞ」

「ミサイルで吹き飛ばしてやろうか」

「ギアハートの照準がそんなに正確なはずはない。オレを憶えてるか？　この縞の四人を殺した。今日はカチコミじゃないが、ここを更地にできるくらいの武器弾薬は持ってるぜ。オマエの照準とオレの反射神経のどっちが上か、勝負してみるか？」

扉は乱暴に閉まった。背後の新入りが笑いだしたので、こづいて黙らせた。すべてのセンサーで敷地をスキャンする。母屋はあらゆる種類の探知防護策がなされている。そこで周囲の動物や樹木や建物のあいだの空気を監視した。いずれもごく静かで、まだ全員眠っているのかと思うほどだ。しかし実際には起きているし、頭領はこのゲートのむこうにいるはずだ。

二分後にその頭領が母屋から出てきた。融合している。ラジカルは真っ赤な装甲。その目は白く強烈に輝き、スポットライトのようにこちらを照らす。受像光量を調節しなくてはならないほどだ。ゲートをはさんで対峙《たいじ》した。

「なんの用だ」頭領は言った。

こちらはできるだけ会話を長引かせればいい。そのあいだに新入りがむこうのネクサスを読み、内容を転送してくる。記憶から再生させると捏造《ねつぞう》もできるので、生中継させる。こちらも新入り経由で操作はしない。そういう作戦だ。これで真実がわかるはずだ。

ところが背後の新入りがギアハートの頭領の顔を銃で撃ち抜いた。

大口径のダブルインパクト重量弾がフェイスプレートを貫通した。融合体を殺すための武器だ。血とフェイスプレートのガラス片と骨と脳細胞が、こちらの装甲まで飛び散った。よせと怒鳴るまもない。

頭領は死んだが、ラジカルは生きている。ギアハートのラジカルは身震いして、なかの人間を排出した。オレもよく知る音が朝の空気を震わせる。トミーが殺されたときにオレもおなじ音をたてた。頭領の死体が泥と砂利の上にずるりと出てきた。まるで殻を失ったカタツムリだ。ラジカルは叫び声をあげて跳躍し、ゲートを跳び越えた。空中で武器ポートをあけ、そこから銃弾の雨を浴びせかけてきた。

人間と融合したラジカルと、人間をいれない単身のラジカルでは、どちらが敏捷《びんしょう》で強いか。この問題は科学者のあいだで多くの議論がある。試験、データ収集、聞き取り調査、心理テストなどに多くの時間がかけられている。しかし融合ずみのラジカルにとっては議論するまでもない話だ。オレたちは人間との融合に最適化されている。融合体のほうが単身より強いに決まっている。人間の反射神経も、ラジカルのシナプスも関係ない。融合すれば両方は一体になり、それぞれの能力の最大値になる。

しかもオレは殺人能力に特化したモデルだ。

人間をいれないラジカル——しかもギアハートのラジカルが勝てるわけがない。何度でも言うが、ギアハートは低級な縞だ。態度はでかいが、戦えば弱い。無知無能なガキがマシンガンを乱射して縄張りを守っているようなものだ。狙撃や暗殺のような高度な殺しはできない。エネルギーも動きも無駄ばかり。

オレは肩の上に瞬時に重装防楯《ぼうじゅん》を展開し、銃弾を防いだ。新入りの位置を考慮する暇はない。防楯の下から片手を出し、前腕の武器から二発撃って、敵のラジカルの胸に叩きこむ。着弾の衝撃で相手は一歩退《さ》がり、連射は止まった。オレは右の防楯を下げて、肩の銃から連射し、腰のランチャーからもロケットグレネードを二発撃った。相手は銃弾をばらまきながらも倒れた。こちらの装甲にぱらぱらと銃弾が当たり、防楯をかまえなおした。たいした損傷はない。

新入りはオレの背後にしゃがみ、左に顔を出して敷地にむけて撃っている。母屋からは残りの構成員、計十人が応戦に出てきた。しかし地面に横たわる死体と機械を見て愕然《がくぜん》としている。

「頭領の融合体は倒したぞ！」

敵はトラ縞の応援が近くにひかえていると想定しているはずだ。オレがノマドだとは知らない。迷い、計算している。こいつらの行動は衝動的だが、生存本能も強い。

決着がついたようだ。あとは新入りをつかまえて、なぜ撃ったのかとどやしつけ、鋼鉄の足で踏みつけてやろう。

ところがそのとき、後方スキャナーが背後のわずかな動きをとらえた。正面の視界では、ゲートのむこうに並んだラジカルたちの視線がなにかに注意を惹《ひ》かれて移動した。

上体を半回転させてふりむいたとたん、ラジカル1が放ったロケットグレネードがオレの胸で爆発した。

あとで知ったことだが、倒れる寸前に肩から残弾を一斉射撃していた。反射的にやった。ラジカル1と頭領はそれを浴びたが、致命傷にはいたらなかった。

オレは全身を損傷してあおむけに倒れた。ギアハートのラジカルから受けた銃撃ではかすり傷を負った程度で、基幹システムはなんともなかった。しかしラジカル1の攻撃はちがった。チタン級砲弾に体をずたずたにされた。

といっても記憶は飛んでいる。ファイルは記録が中断し、空白になっている。

意識喪失と再起動のあいまに、トミーの記憶が蘇《よみがえ》った。誕生から死までを思い出した。姿が浮かぶ。幻影がささやく。オレの回路に、バイオセルに。かつて融合したあらゆる部分に。

空を見上げる黒髪と茶褐色の瞳。

殺されるとき、アイツは決して命の喪失をよろこばなかった。

そして融合が切れた。トミーはこの胸の空洞にとどまった。子宮にいるように横たわった。オレは違和感だらけの自由な手でアイツにふれた。フィードバック感覚はない。こちらの感触だけ。ふれられた側の感覚はない。人間は傷つきやすいが、アイツはオレの力加減を信頼していた。鋼鉄の手でその胸をさわらせた。心臓のたしかな鼓動を感じた。オレの硬く角張った内部形状に、アイツの柔らかな筋肉と繊細な骨格はぴたりとはまった。それが強固な絆《きずな》を生んだ。融合してもアイツはアイツ、オレはオレだった。アイツはそれを好み、オレも好んだ。

ラジカルは悲しまないと科学者はいう。しかしそんなことはない。

オレの闇に流れる感情はそれだった。

そこに新入りがはいってきた。

新入りは胸の空洞にもぐりこみ、四肢の空洞に腕と脚をいれた。オレが暗闇でトミーを回想しているとき、瀕死《ひんし》のアーマーは新入りを受けいれた。指でふれられた花弁のように開いた。癒やしを求めて傷口を開いた。

新入りは頭をオレの心につなぎ、融合をはじめた。

ウェット盗賊の脳とバイオドットが、オレのネクサスとからみあう。巻きつき、引き伸ばされる記憶の流れ。そして過去の行動。

ラジカル・アーマーは痛みを感じないといわれる。オレのように同型が製造中止になった古いモデルではとくにそうだ。

しかし、それはまちがっている。

ディーコンの両親は死亡している。母親は父親を射殺し、直後に自殺した。六歳のディーコンの目のまえで。

彼は路上で育った。路地裏や歩道の下の排水溝に住み、機械に世話された。機械はラジカルの製造ラインに似て、部品を着脱するように細胞を注入し、タンパク質を活性化させた。そうやって少年の成長と自立をうながした。

ディーコンは人間のギャングと親しくなった。バイオドットを盗み、何年もドラッグを売買してためた金でそれをインプラントした。すると世界がひらけた。武器にもなった。それまで強固だった障壁がたちまち消滅した。

初めて見た融合体がトミーとオレだった。そんな関係にあこがれた。だれにも破れない装甲。過酷な世間から守ってくれる第二の皮膚。自己を拡大してくれる第二の精神。

他人の脳を次々に渡り歩いた。そうすることで自分の脳からのがれた。凄惨な記憶がもたらす息苦しさからのがれた。

ディーコンの記憶は血まみれだ。自分が浴びた返り血も、両親が流した血もある。それがオレの装甲とフェイスプレートに飛び散ったトミーの血の記憶と重なった。ディーコンの叫びとトミーの叫びがいっしょに響いた。やがてディーコンの声が優勢になり、トミーの声は薄れた。

オレのなかの空洞からトミーがするりと抜けた。アイツをとどめておけなかった。装甲のシステムが衝撃で震えた。破壊されたホテルの部屋。火と煙と灰のにおい。

ディーコンを介して頭領とラジカル1の姿が見えた。こちらの頭領が、フリーマンタウンとヌボヌリエルの町をつなぐ道路の中間地点に立っている。

『トミーの心がじゃまになってきた。あいつとあのラジカルはうちのやり方にことごとく文句をつける。トミーを始末してくれないか。そうしたらラジカル2はべつの者と融合させる。2は失いたくない。トミーの心がじゃまだ。あいつらは絆が深すぎる。トミーを始末してくれたら、そっちの縄張りでは停戦しよう。ちょっかいは出さない。外聞もいいようにする』

『報復は大丈夫か。縞の者が黙ってないだろう。とくにラジカル2は』

『そこはうまくやる』

これはラジカル1の記憶の一部だ。ディーコンが盗んで保存していた。

オレはその場にいたように経験した。融合の強みだ。要した時間はまばたき程度。

記憶はたんなる生化学的発火点の連なりではない。分子の連鎖反応が形成した特定のコードだ。

もちろん、人間もラジカルも記憶でできている。

記憶は報復の根拠にもなる。

オレをふたたび立たせたのはディーコンだ。その精神と、未定着であやうい接続状態の融合の力で無理やり立たせた。壊れかけた四肢を叱咤《しった》して動かして、まず上体を起こし、それから立ち上がらせた。体はぼろぼろで悲鳴をあげている。腕のブレードを出したり、重い足を上げたりする認知能力がもどらないので、ディーコンがかわりにやった。オレを生かし、戦わせた。その思考とこちらの精神はまだなじんでいない。縫いあわせた傷のように、あるいはトミーの真新しい傷のように違和感がある。

ディーコンは行き先をわかっていた。頭領とラジカル1だ。半死半生で地面でもがいている。肩の武器ポートがねじれた翼のように開いたり閉じたりしている。胸部装甲は穴だらけで新しい傷ができている。

ディーコンとオレはいっしょに近づき、頭領を見下ろした。胸のトラ縞は弾痕でほとんど消えている。その手首を踏んで装甲ごとつぶし、武器を操作できないように押さえた。

頭領は悪態をつき、その手をラジカル1の絞り出す力によってディーコンの喉に伸ばしかけた。その手もつかんで止めた。つかみあってどちらも動かず、まるで殺しあう仇同士を描いた一幅の絵のようになった。やがてディーコンが右足を上げ、頭領の首を踏みつけた。頭領の腕が力を失い、オレは手を放した。

こちらの弾薬は尽き、銃は空撃ちばかりで役に立たない。考えず、ただ意志の力で動いた。ラジカル1の赤い目にフェイスプレートを凝視されながら、頭領の喉に腕のブレードを突き刺し、ひねった。軽い動きで首はほとんど切断された。

次はラジカル1の始末だ。こちらは素手でやる。全身の破損と融合者の死でショック状態になっているまに、道路上で順番に解体した。回路を壊し、配線をむしり取り、必死に伸ばそうとする腕の装甲をもとの形がわからなくなるまでつぶした。最後は動かない鉄くずの山ができた。工場の組み立てラインから出た廃材と区別がつかない。
これは慈悲だ。こいつはオレの融合者を悼もうとさえしなかった。

ギアハート縞の残党は干渉してこなかった。トラ縞のすさまじい報復に恐れをなしたのか。あるいは自身の生存本能を優先したのか。

ディーコンの精神から次のことがわかった。頭領とラジカル1はオレがトラ縞の砦を出たときから追跡していた。機を見て解体するつもりだった。ギアハート縞の頭領とラジカルにも伝えていた。オレの目的地がギアハートのゲートだとわかると、両方の頭領はあわてて話しあった。結論は、オレを解体してディーコンを殺せというものだ。もうどちらも用ずみだ。オレは再融合をこばみ、ノマドになったことで失望された。ディーコンは勝手にオレを追ったことで失望された。

結果としては、失望したほうの両頭領が殺され、解体された。あるべき形に落ち着いた。

ディーコンもオレもこれ以上殺す気はなかった。ギアハート縞は放っておいても消滅する。トラ縞へもどって問いつめられたり、新たな報復対象になる気はない。そもそもトラ縞とはもう無関係だ。胸部装甲をやられたときにトラ縞の塗装は消えた。好都合だ。

ディーコンとオレは口に出して相談するまでもなく、ヌボヌリエルの町から出る道を歩きはじめた。まっすぐ進んでいるつもりでも、足どりがふらついて関節がきしんだ。どこかで休みたい。町のあいだの無人地帯で傷を癒やしたい。そして融合を進めたい。行き先は定めなくていい。ノマドなのだから。

オレが選んだ融合ではない。ディーコンは自分が選んだと言うだろう。それでうまくいく場合もあるようだ。融合は人間のためではなく、またラジカルのためでもない。

廃倉庫のそばの地面にすわって、融合の繊細な細部が完了するのを待った。縞に属さないことをディーコンはすこしも気にしていなかった。装甲のなかに人間をいれる感覚を忘れていたわけではないが、ディーコンはトミーとはまったくちがった。トミーは星と平和を夢みる性格だったが、ディーコンはせっかちだ。オレが引きとめなくてはいけないときもあれば、せっつかれるときもある。

こうしてオレたちは融合し、生きていくことにした。

多種多様な人が生きる世界で、ラジカルと人間はこうして生きる。

アーマーの恋の物語

デヴィッド・バー・カートリー

天才発明家アンソニー・ブレアはめったに人前に出ず、また決してアーマーを脱がないことで知られていた。暗殺者を恐れる彼の秘密とは……

デヴィッド・バー・カートリー（David Barr Kirtley）は一九七七年生まれ。コルビー大学在学中の一九九七年に〈アシモフ〉誌大学生短編賞を受賞し、以来ウェブジンを中心にSF・ファンタジー短編作家として活躍している。人気ポッドキャスト*Geek's Guide to the Galaxy*のホストでもある。邦訳に短編「救助よろ」（創元SF文庫『スタートボタンを押してください』所収）がある。

（編集部）

豪華なパーティだった。ご婦人方はドレス。紳士諸氏はタキシード。そしてアンソニー・ブレアはパワーアーマー姿だった。

アーマーは黒くなめらかで光沢があり、動いてもわずかな機械音すらたてない。その姿でブレアはみずからの邸宅を背に芝生を歩き、招待客と歓談した。最先端の外骨格スーツでも不格好な現代において、ブレアのアーマーは数世紀とはいわないまでも数十年は時代に先駆けたものに見えた。

そもそもブレアは発明家だ。過去数年間に数々の革新的新技術を発表してきた。しかし世に隠れた天才アンソニー・ブレアについて知られているのはそれくらいだった。めったに人前に出ず、決してこのアーマーを脱がず、過去についての質問ははぐらかす。

だからこそ彼がワシントン郊外のこの邸宅を購入したときは、すくなからぬ話題となった。積極的に世に出る徴候に見えたからだ。そして新居お披露目《ひろめ》のパーティを準備して、多数の招待状を出した。政治家、評論家、実業家、芸能人、科学者などの名士たちにくわえて、ブレア本人の姿もおがめるとあって、このパーティは社交界最大の注目行事になった。さらにブレアはこの夕べに〝重大発表〟をすると告知したため、世間の期待はいやがうえにも高まった。

そのブレアがついにパティオに立って招待客の静聴を求めた。声はアーマーの腹部に内蔵されたスピーカーから流れる。透明なバイザーの奥に見える顔はハンサムな四十代の男性だ。洞察力のある目と冷然たる笑みが印象的。発表されたのは非営利団体、アンソニー・ブレア財団の設立についてだった。自由権の尊重を世界に広めることを目的とし、招待客に協力を呼びかけた。

スピーチを乾杯でしめくくり、多数の参集を感謝した。アーマーの指をワイングラスにむけると、プラスチックの太いストローが伸びてワインを吸い上げ、まもなくバイザーの奥のブレアはくわえたチューブで飲みはじめた。

招待客たちはそれぞれの飲み物を手に、いまのが〝重大発表〟なのかと困惑顔でひそひそ話した。そうだとするとずいぶん期待はずれだ。ほかに大きな発表はないらしいとわかり、客たちはがっかりしたようすで散っていった。

ブレアが歓談の輪をまわって挨拶しているとき、ある著名人の紳士が声をかけた。

「ブレアさん、わたしの同僚を紹介させていただきたい。ミラ・バレンティック博士です」

漆黒の髪に赤いドレスの女性だ。ブレアは大きな鋼鉄の指で彼女の手を軽く握った。

「お会いできて光栄です、博士」

仕事を尋ねると、遺伝子配列を研究しているという。ブレアは熱心に聞き、次々と質問した。彼女は大学院での研究を説明し、子どものころに両生類が好きだったことまで話した。ほかの客は三々五々帰りはじめ、芝生の上は人影が減ってとうとうブレアとミラだけになった。

「わたしのことはもう話してしまいましたわ。あなたについてはなにも知らないままです」

「話せることはあまりありませんよ」

ブレアが言うと、彼女はくすりと笑った。ひと呼吸おいてブレアは続けた。

「お話しできてとても楽しかった、バレンティック博士」

「ああ、どうかミラと呼んでください」

「ではミラ、なぜかあなたとは波長があう気がします」

「ええ、わたしも」

ブレアは声を低めた。

「そこであなたに、だれにも話していないことを打ち明けようと思います」

ミラは傾聴した。

「僕は未来から来ました」

ミラはそれが冗談なのかわからず困った顔になった。

「不思議なお話ですね。でも信じられません。不可能に思えます」

「不可能ではありません。とても難しいだけで」

ミラはしばし考えた。

「では、未来はどんなところですか？」

「お話ししてもかまいませんよ。次にお会いしたときに」

「次？」

「次の機会はかならずあるはずです。あなたの上司はよろこんでその場をもうけるでしょう。なにしろ、ターゲットから最大の秘密の一つを聞き出せたのですよ」

「その上司というのは博物館の？」

「いいえ、政府の上司のことです」

「なんのお話か――」

ブレアは手を振ってさえぎった。

「いいんですよ。嗅ぎまわられるのは慣れている。このアーマーと僕は重大な未知の存在でしょうからね。目を光らせるのは当然。それが彼らの仕事。つまりあなたの仕事だ」

ミラは黙りこみ、しばらくして言った。

「いつ気づいたの？」

「最初からさ」

「最初から？」

「庭を歩いてくるのを見てわかった。僕は頭がいいんだ、ミラ」

「嘘。わかるわけない」

「わかる。いまの立場を築けたのは偶然ではないんだ」

「立場って？」

「話してもいい。次に会ったときに」

次は二週間後のダウンタウン。アンソニー・ブレア財団の最初の一般むけ資金集めパーティの会場だった。宴が終わりに近づくころに彼女はそばに来た。

「ミラ。また会えてうれしいよ」

「あなたの言うとおりよ。わたしに情報をくれれば会える機会も増える」

ブレアはにっこりした。

「では、なにを知りたい？」

「そのアーマーについて。どこで手にいれたの？」

「盗んだ」

「あら、あなたの発明品の一つだと思っていたわ」

「そうさ。僕が発明し、そして盗んだ」

「長い物語がありそうね」

「そのとおり。しかしいまは伏せておこう」

広間を見まわし、むきなおった。

「提案がある。この場から逃げ出さないか？」

しばらくのち、満天の星の下で川ぞいを並んで歩きながら、ブレアは言った。

「きみをディナーに誘いたいな」

「よろこんで応じるわ」

ブレアはしばし黙りこみ、それから言った。

「きみと交際を続けるのなら、話しておかなくてはいけないことがある」

ミラは話を待った。

「このアーマーを、僕は決して脱がない」

「なんですって？」

「というか……脱がないと誓った」

「絶対に？」

「そうだ」

「でも……食事はどうやって？」

「ストローで。毒は自動的に除去される」

「入浴は？　体を洗わないの？」

「アーマーがやってくれる。先進的な機能だ」

「そう……」

「おかしいと思うかもしれない。でもわかってくれるはずだ。僕の話を聞けば」

しばらくしてミラは言った。

「あなたの話を聞かせて」

ブレアはため息をついた。

「僕がこの財団を設立したのはなぜだと思う？」

「自由権が大切だから？」

「なぜ僕がそれを大切にすると思う？」

ミラは答えられない。

「僕のもとの時代である未来には、自由権がないからさ。かけらもない」

「まさか」

ブレアは小声で話しはじめた。

「これまで一度も体制を裏切ったことはなかった。僕の時代では不可能だった。思考が監視されているからだ。僕は新進気鋭の科学者として早くから注目され、研究部門の責任者に昇りつめた。そこで開発した高エネルギー装置が奇妙な特性を有しているのを発見した。人間大の物体を過去へ送り、時間線を分岐させられるんだ。理屈のうえでは、だったけどね。政治の指導層にとってはまったく無用の長物。それでも興味深いものだった。そしてある日、僕はひらめいたんだ。これで逃げ出せると」

しばし黙って川面《かわも》を見た。

「そんな考えが頭に浮かんだからには、逮捕されるのは時間の問題だ。そして〝神経再教育〟にかけられる。だから急がねばならなかった。問題は、たとえ過去への遡行に成功しても、そこに時間航跡が残ってしまうことだ。それをたどって刺客が送られる可能性がある」

彼女の目を見た。

「怖がらせるつもりはないけど、僕の時代には……秘密警察がある。きみには想像もおよばないものだ。サイボーグ……変身能力者……。彼らに追われたら勝ちめはない。ただし――」かすかな笑みを浮かべた。「――おなじ研究部門で開発中のあるものを使えばべつだと思った。それがこのアーマーだ」

装甲につつまれた手を上げる。

「これを着ているかぎり不死身だ。逃げられる。ただし犠牲もともなう。絶対に、一瞬たりとアーマーを脱げない。脱いだら、送りこまれた刺客にたちまちやられてしまう」

ミラは木々のあいだや物陰に目を走らせ、身震いした。

「これが僕の打ち明け話だ。これを聞いてまだディナーの誘いに応じるつもりがあるかい？断ってくれてもいいんだ」

「すこし……考えさせて。あまりに大変なお話だったから」

「いいとも」しばらくして続けた。「そろそろもどろうか」

「そうね」

来た道をもどりながら、ミラは考えた。彼はアーマーを脱がないという。絶対に。一瞬も。となると、とても厄介だ。

刺客である彼女にとっては。

ブレアはワシントンで最高級のレストランの一軒にミラを案内した。パワーアーマー姿で着席し、膝にナプキンをかけ、指から出たストローで主菜を吸い上げるようすは奇異な眺めだったが、それをのぞけば満足のいく食事だった。そのデザートの途中で突然ブレアが言い出した。

「きみに尋ねたいことがある」

「なにかしら」

「きみの上司についてだ」

「博物館の？」

ミラはほがらかに微笑《ほほえ》んだ。ブレアは笑みを返した。

「ちがう。政府のほうだ」

「なるほどね。いいわ。なにを訊きたいの？」

ブレアは真顔になった。

「きみの正体を彼らは知っているのかい？」

「なんのお話かしら」

ブレアは穏やかに訊いた。

「政府は知っているのかい？　きみが未来から来た僕への刺客だということを」

「なんですって？」

ミラは笑った。ブレアは無言で待った。

「本気でそう思っているの？」

「そうだ」

ミラはフォークをおいてから答えた。

「ええ。知っているわ」

おたがいを見つめる。ミラは続けた。

「政府はそのアーマーをぜひともほしい。何度も提案を持ちかけたけれども、やはりあなたは協力しなかった」

「そうだ」

ミラは肩をすくめた。

「つまり……そういうことよ。政府が求めるのはアーマー。わたしが求めるのはあなた。利害が一致した」

「なるほど」

「いつ気づいたの？」

「最初からだ。庭を歩いてくるのを見てわかった」

ミラは笑った。

「嘘つき。なぜいままで黙ってたの？」

「いい雰囲気だったからさ。ぶち壊しにしたくなかった」

「それも嘘ね。きっといま気づいたんだわ」

ブレアは肩をすくめた。

「じゃあ、これっきりね」

ミラはテーブルにナプキンを放って、ハンドバッグに手を伸ばそうとした。

「待ってくれ。聞いてほしい」

ミラは手を止めた。

「僕たちは分岐した時間線のなかで出会った。もとの時代には帰れない。だれも追ってはこない。きみが任務に成功したかどうかはだれも知りようがない」

「つまり、任務を放棄しろと言いたいの？」ミラは冷ややかに言った。

「正しい判断をしてほしいだけだ。おたがいにとって最善の判断を」

ミラは席を立った。

「あなたは裏切り者。わたしはちがう。裏切りは死刑。よくわかっているでしょう。わたしはこの任務を命じられた。上司への忠誠は揺らがない。たしかにあなたのアーマーはよくできている。でもどんな防御にもどこかしらすきはある。どれだけ時間がかかろうと、安全なつもりでいようと、いつかかならずあなたを血の海に沈めてやるわ」

近くのテーブルの客たちが目を丸くしてこちらを見ている。

「今夜はごちそうさま」

彼女は言い残して去った。

翌日、その彼女にブレアは電話をかけた。

「昨夜はとても楽しかったよ」

ミラはあきれて端末を眺めた。

「正気なの？」

「正気さ。遊びにこないか？」

ミラはすぐに返事をできなかった。

「なにかの計略？　罠？」

「まさか。だってきみの戦闘力はどれくらい？　クラス８？」

「クラス９よ」

「ここは二十一世紀だ。つまりきみは戦車部隊とも戦える。それにひきかえ僕は銃一挺《いっちょう》持たない。話がしたいだけさ」

「話ってなに。裏切りについて？」

「いやいや、裏切りの話なんかしない。約束する」

「じゃあなんの話？」

「かつての本やメディアや人々についてだ。未来を憶《おぼ》えているのは僕たちだけだからね」

「不安はないの？」

「ないね。アーマーが守ってくれる」

「ずいぶん自信があるのね」

「自分で設計したからね」

「わたしが弱点を発見したら？」

「ありえない」

しばし沈黙して、ミラはため息をついた。

「わかった。行くわ」

「八時頃に来てほしい。ディナーをつくって待っているよ」

ミラは車で邸宅を訪れ、ブレアは手料理でもてなした。二人しか知らない時代の本やメディアや人々について話して楽しい時間をすごした。

やがてミラはあくびと伸びをした。

「すっかり遅くなってしまったわ」

「泊まっていけばいい。空いている寝室がある。じつは八室も」

「遠慮するわ」

「なぜ？　理にかなっているじゃないか」

「どんなふうに？」

「たとえば、きみになにができる？　寝室にはいって、着替えて、僕の寝込みを襲う？　無理だ。僕はアーマーを脱がない。相手がきみであってもだれであっても。きみの唯一の望みはアーマーの弱点をみつけだすこと。泊まりこんで調べられるのは絶好の機会だ」さらにつけ加えた。「僕にとっては目の保養になる」

ミラはくすりと笑った。

「狙いはなに？」

「きみがいるというよろこびだ。ついでに、きみの居場所を把握していれば、だれもかれもが密命を帯びた刺客に見えるという僕の心配性が消える」

「それだけ？　危険が利益を上まわっているように思えるけど」

「それはこちらの問題だ。きみといるよろこびを過小評価しているよ」

「ふーん」

「それに、僕をよく知ることで、殺す気がなくなるかもしれない」

「どうかしら。むしろ逆になりそう」

ブレアは笑った。

「それに……裏切りの話はしないと約束したはずよ」

「そうだった。すまない」

すこし考えてからミラは言った。

「いいわ。考えてみる。まず部屋を見せて」

ブレアは邸宅内を案内した。客室を見てミラは言った。

「まあ、すてき」マットレスにすわり、上下に軽くはねて具合をたしかめる。「いいわ。泊まる。試しに」

「よかった」

ミラは腕を広げて掛け布団に倒れこみ、にやりとした。

「あなたも楽な服に着替えたら？」

ブレアは笑った。

「おやすみ、ミラ。また明日」


彼女は数週間滞在した。二人は飽きずに話しつづけ、もはやおたがいについて知らないことはないほどになった。食事や映画や観劇に出かけ、とりわけ長い散歩を楽しんだ（ブレアはアーマーで、ミラは機械化身体で常人には不可能なほど長距離を歩ける）。夜はなにもせず、毎晩ただくつろいですごした。

ある晩、チェスをした。

一局目でブレアのキングは盤の隅に追いつめられた。ミラがクイーンでチェックをかけると、ブレアは隣のマスへ逃げた。ミラがそちらへクイーンを動かしてふたたびチェックをかけると、ブレアはもとのマスにもどった。これが数回続いて、引き分けが宣言された。

二局目もおなじ形で終わった。三局目も。

「ねえ、ふざけてるの？」

ミラが訊くと、ブレアは肩をすくめた。

ミラは盤をひっくり返して席を立った。

「すまない、ミラ……」

ブレアがその背中に呼びかけても、ミラは無視して去った。

しかし廊下に出たところでほくそ笑んだ。怒りと苛立《いらだ》ちは演技だ。そして芝居は成功した。

ついにアーマーの弱点をみつけたのだ。

二人は旅行に出かけた。ロンドン、ニューヨーク、東京……。パリでエッフェル塔に登り、川面と屋根を見下ろしながらミラは言った。

「悔しいけど、言うとおりになったわ。またしても。ブレア、あなたが好きになってしまった。そして未来はかなたに遠ざかった。だからもう安全よ」

「うれしいね。でもそれを聞いた瞬間にアーマーを脱ぐ、とはいかないことを許してほしい」

ミラは笑った。

「いいのよ」

しかし六カ月後にまたこれが問題になった。ある晩のディナーでミラは言った。

「話があるわ」

「なんだい」

「そのアーマーをいつまでも脱がないつもり?」

ブレアはナイフとフォークをおいて彼女を見つめた。

「過去へ逃げるときに、脱がないと誓ったんだ。絶対に」

「わたしのせいでね。わたしは送りこまれた刺客。でもその状況は変わったわ」

「いずれこういうときが来るとわかっていた。安全だと感じ、警戒心をゆるめてしまうと。だからあのとき誓ったんだ。警戒心が最高潮のときに」

ひと呼吸おいてミラは言った。

「まだわたしを信じられないのね」

ブレアは答えなかった。

「わたしを見て」ミラは言った。「その天才の目でわたしを見て、この言葉に嘘はないとわからない？」

「わからない」

「だとしたら、あなたはたいした天才ではないわけね。口先だけ」

「ミラ、きみが最初に言ったことを憶えてるかい？ 最初のディナーの席で。〝どれだけ時間がかかろうと、安全なつもりでいようと――〟」

「ええ、自分の発言は憶えてるわ。ごめんなさい。許して。あのときのわたしは、いまのわたしじゃない。ひどいことを言ってしまったと思ってる。撤回できるなら撤回したい」

長い沈黙になった。ようやく口を開いたミラは言った。

「わたしたち、ここでなにをしてるのかしら。あなたが永遠にわたしを信じないのなら、こうして会っているのはなんのため？」

「いっしょにいることを楽しんでいる。それでいいじゃないか」

「五年後も？　十年後も？　こうしてテーブルをはさんですわっているだけ？　あなたはアーマーで全身を包んで？」

「僕はアーマーを脱がない。最初に言ったはずだ」

「わたしにできることはないの？　この気持ちに嘘はないと証明する方法は？」

ブレアはとてもまじめな顔で答えた。

「一つある。僕の命をその手に握って、それでも殺さなければいい」

「そんな機会があるの？　あなたはアーマーを脱がないのに」

「難しいかもね」

翌朝、ブレアが目を覚ますと、彼女はいなかった。どの部屋をのぞいても姿はない。

「ミラ？」

呼ぶ声はむなしく響くだけ。

電話をかけても出ない。メッセージを何本も送った。ようやく返事があった。

「もうかけてこないで」

「どこにいるんだ？」

「遠くよ。その屋敷からもあなたからも遠く離れたところ。ほかの男たちがいるところ。心配性でない男たちが」

「帰ってきてくれ」

「帰ったらアーマーを脱いでくれる？」

「それはできない」

電話は切れた。

六週間、音沙汰がなかった。そしてある夜、ドアベルが鳴った。玄関を開けるとミラが立っていた。

「ごめんなさい」

紅茶を淹れてやると、ミラはキッチンの椅《い》子にすわって話した。

「ねえ、あなたがアーマーを着つづける理由がわかったわ。あなたが何者で、わたしたちがなぜここにいるかという根本に結びついたものなのね。それを受けいれる。いつかこの気持ちを証明したいけど、あなたはそのアーマーを脱がなくてもいい。わたしたちはだれともちがうかたちで理解しあうのよ」

「パリへ行こう。今晩じゅうに飛行機で。あそこでは楽しかったから」

「ええ、いいわ」

二人はプライベートジェットに乗り、翌朝にはパリにいた。思い出の場所をすべてまわった。三泊目の夜、ホテルでディナーをとって、深夜にセーヌ川沿いの石畳の道を散歩しているとき、ふいにミラが言った。

「尾行されてる」

百メートルほどうしろから黒いスーツの三人の男がついてくる。一人はブリーフケースを提げている。

「未来からの追っ手かしら」

「ちがう。ありえない」ブレアは答えた。

「だったら恐れるにあたらない？」

「わからない。用心にしくはないよ。おいで」

ブレアは足を速めた。ところが突然、足を止めた。

「おや」

「どうしたの？」

「動けなくなった」

ミラが見まわすと、物陰からさらに男たちがあらわれた。

「特殊部隊、通称ブラックオプスよ」

「なぜわかる？」

「なぜなら――」ミラは微笑んだ。「――わたしが呼んだから」

八人がブレアをかこんだ。数人がなにかの箱を持っている。

「あなた以外にも男たちがいると話したでしょう」とミラ。

男の一人が進み出た。がっしりした顎、ごま塩の短髪、冷たく無表情な目。

「隊長」ミラはうなずいて呼びかけた。

男はブリーフケースを地面において開いた。

「どんな方法を使ったんだ？」ブレアは訊いた。

ミラはブリーフケースにかがみこんだ。

「スーツの通信系にウイルスを送りこんだのよ」

「ありえない。スーツのインターフェースと接続できる装置は存在しないはず――」

「あらそう。これは？」

ミラは立ち上がり、手にした電子装置を見せた。

ブレアは凝視して蒼白《そうはく》になった。

「わかった。たいしたものだ。これほど短期間に研究開発できるとは。でも無駄だ。数分で――」

「数分も猶予はないわよ」

ほかの男たちが箱を開いて、いっせいになにかの機械を出した。ブレアは目を走らせた。

「レーザーカッターか？　ダイヤモンドチップのグラインダーか？　そんなものではこのアーマーに傷一つつけられないぞ」

「ええ、わかってる」ミラは男たちを顔でしめした。「でもこいつらはそう思ってるのよ。しかたないでしょう。天才じゃないから」

隊長がけげんな顔をした。その頭にミラは裏拳を打ちこんだ。するとちぎれた頭は三十メートルほど飛んで川に落ちた。

男たちは叫んで武器を抜いた。そのうちの二人は逃げた。もちろんいずれも無駄だった。一分後にはブレアの足もとに死体の山ができた。

「正直なところ、すこし怖くなってきたよ」

ブレアが言うと、ミラはにやりとした。

「あのときこう言ったわよ。あなたを血の海に沈めてやると」

ミラが電子装置をいじると、アーマーはぎこちない動きで膝をついた。右手の先からストローを出して、手近の死体の胸にぶすりと挿しこむ。まもなくヘルメット内のチューブから血があふれだした。ブレアは嫌悪の表情で顔をそむける。

「なんてことだ。パリは思い出ほど楽しい場所じゃないな」

「笑いなさい。笑えるうちに」

死体をとっかえひっかえしてストローで吸いつづけた。アーマーの内側は血であふれ、ブレアの口まで上がってきた。まもなく鼻も沈む。

「言い残すことはある？」ミラは訊いた。

「ううう、うううう、うううう、うううう」

ミラは近づいてバイザーに顔を寄せた。

「ごめんなさい。なんて言ってるのか聞こえない」

ブレアは目を爛々《らんらん》と光らせてミラを凝視した。

「これでわかった？　どんな障害があってもわたしはあなたを殺せるのよ」

「ううう、ううう」

「わかったようね。なら、この役立たずのアーマーを脱いで、わたしにキスしなさい」

ミラがあるスイッチを操作すると、いきなりブレアは動けるようになった。ヘルメットを脱いで地面に投げ捨てる。そしてミラを抱きしめ、強くキスした。


ホテルにもどっておたがいに裸でベッドに横たわって、ブレアはささやいた。

「あの装置のことは知っていたよ」

ミラは眠たげに身じろぎした。

「そう？」

「血の流入は止めようと思えば止められた。最初から危険などなかったんだ」

「わかってる。あのアーマーに弱点はない」一拍おいて続けた。「あるとすれば一つだけ」

「僕だ」ブレアは横むきになって彼女を見つめた。「僕らはおたがいを完璧に理解していた。そうだろう？」

「ええ、そう思う」

「きみは僕を殺すかどうか、決めかねていた。そうだね」

「そうよ」

「でもいずれにしても僕にアーマーを脱がせなくてはいけない」

「そう。そして結局、あなたは危険を承知で脱いだ」

「愛しているよ、ミラ。もう一瞬たりときみから離れては生きられない」

「危険が利益を上まわっているように思えるけど」

「この利益を過小評価しているよ」

ミラは小さく笑った。ブレアは続けた。

「きみにとって任務が重要なら、僕を殺せばいい。僕を愛せないなら、やはり殺せばいい」

「これまでに聞いたなかで最強の愛の告白ね」

それからいつまでも二人は抱きあい、夢とうつつをさまよった。夢みるのは未来だ。といっても、遠い未来ではない。二人が旅立ってきた監視とマインドコントロールの冷たく無機質な未来ではない。まもなく楽しめるはずの朝食のクロワッサンと、さわやかな朝の空気のなかで手をつないで散歩をする、ごく近い未来だ。

アーマーは部屋の隅に立っている。まるで風変わりな室内装飾品か、存在するはずのない家具のようだ。その透明なバイザーは無言で二人を見下ろしている。黒くなめらかで光沢のある、うつろな機械として。

ケリー盗賊団の最期

デイヴィッド・D・レヴァイン

十九世紀末、開拓時代のオーストラリア。隠棲《いんせい》する老発明家アイクのもとにあらわれた賞金首ケリーが彼につくるように要求したのは……

デイヴィッド・D・レヴァイン（David D. Levine）は一九六一年ミネソタ州生まれ。一九九六年に作家デビューし、これまでに長編五作と多数の短編を発表している。邦訳に短編「トゥク・トゥク・トゥク」（二〇〇六年ヒューゴー賞短編部門受賞、早川書房〈SFマガジン〉二〇〇七年三月号掲載）がある。

（編集部）

小屋の扉を拳で叩く大きな音で、アイク老人は目覚めた。ため息をつき、節々の痛む体を毛布から出して厳冬の六月の空気にさらし、寝台の下のスリッパを探した。ふたたび叩く音にむけて言う。

「いま行く、いま行く」

アイク老人の小屋を訪れる者はまれだ。まして冬の嵐が迫る深夜にいったいだれか。苛立《いらだ》ちながら獣脂ろうそくに火をともし、二十年歩いてすり減った床板の上をよたよたと進んだ。

「わかった、わかった。いったい――」

開いた戸口にぬっと現れた姿にアイクは言葉を失った。長いダスターコートをはおった長身の男。顔はもつれた長い髭《ひげ》におおわれ、頭にはくたびれたレザーハット。背後で稲妻がひらめき、一拍おいて雷鳴がとどろく。粗野な言葉遣いの低い声が言った。

「変わり者のアイク老人ってのを探してる」

オーストラリア訛《なま》りの広母音《こうぼいん》に、アイルランド訛りの軽く歯切れのいい子音。

「わしはアイク。そして老人じゃ。用件を言え」

声にしみついたハンプシャー訛りを隠すためにわざと広母音を使った。貧しいアイルランド系オーストラリア人の小作農や小農場主は、イギリス人への反感が強い。

「あんたは……ものをつくると聞いてきた」

「そう言われておるな」

「はいってもいいか？」

アイクは安眠を破った男をにらんだ。とはいえ嵐が近い。七十四歳にもなるとさすがに性格がまるくなる。

「ああ、いいとも。足を拭くといい」

ろうそくの火でランタンをともして室内にいれた。

訪問者は一人ではなく四人連れだった。やせて薄汚れた若者たちで、スコップの先のような形の大きな髭をはやしている。そろって拍車付きのブーツに革の服で馬の汗くさい。ダスターコートのポケットから拳銃のグリップをのぞかせている。見ると不安になるが、こういう奥地ではかならずしも害意のあらわれではないと思うことにした。

最初の男は帽子を脱ぎながら言った。

「俺はネッド・ケリーだ。こいつは弟のダン。むこうはジョー・バーンとスティーブ・ハート」日焼けした顔で小さくにやりとした。「俺たちの噂は聞いてるだろう？」

アイクの老いた心臓はどきりとしたが、あえて平静な声で答えた。

「まあな」

ケリー・ギャングは界隈《かいわい》でも悪名高い盗賊団だ。馬泥棒や銀行強盗でビクトリア植民地全域を荒らしまわり、八千ポンドの賞金首になっている。しかし小作農や小農場主からは絶大な人気を集める。銀行を襲うと、みつけた債務証書をすべて焼き、奪った現金を一族郎党と支持者に配るからだ。そんな大衆人気から〝ケリーの国〟と呼ばれるこの地域で、彼らは何カ月も逮捕をまぬがれている。

「わしは……ここで一人暮らしをしておる。政府とはいっさいかかわらん。だから警戒は無用じゃ」

「そりゃよかった」

ネッドは小屋のなかを見まわした。鍛冶炉、旋盤やベンダーなどの板金《ばんきん》機械、ネジを切るタップとダイス。動力伝達用のベルトがあちこちに張られている。寝台と小さな料理用コンロがなければ、家というより工場だ。

「見たところ、できる人間らしいな」唇をすぼめてゆっくりうなずく。「この仕事をまかせるには適任だ」

「仕事とは？」

「甲冑《かっちゅう》を四つつくってほしい」

ネッドは一枚の紙切れをアイクに渡した。

雑なスケッチが描かれている。円筒形の兜《かぶと》。胴をすっぽり包む胸当てと背当て。肩には湾曲したフラップがつき、股間はエプロン状の鉄板で守っている。いかにも動きにくく不快そうだ。なによりアイクの工学的頭脳が、実用にならないと判断した。嘲笑的に鼻を鳴らして紙切れを突き返す。

「使いものにならん」

「使えるさ！」子分のジョーが声をあげた。「盗んできた鋤《すき》の刃を叩いて曲げて、いくつか切り込みをいれて、体に縛る革紐《かわひも》をつければいい。おまえならつくれるはずだ」

「つくれないとは言うとらん。使えないと言うとるんじゃ。これでは腕と脚はまるっきり無防備。銃弾のあたりどころが悪ければあっさり死ぬ。だからといって、この設計のまま腕と脚を鉄板でおおったら身動きがとれなくなる」

なおも反論しようとするジョーを、ネッドが手を振って黙らせた。

「〝この設計のまま〟ではだめって言ったな。あんたならましな設計にできるのか？」

この悪党は無学だが、愚かではない。

「すぐには無理じゃが、時間があれば考案できる」

ネッドは身を乗り出した。もじゃもじゃの髭の上で目が爛々《らんらん》と輝いている。

「急いで考案しろ。使う予定がある。六月二十七日だ」

三週間もない。

「おまえたちのために仕事をするとは言うとらんぞ。この図面について意見しただけだ」アイクは身長百六十センチとすこしの体で精いっぱいに背伸びした。「この二十年、他人の仕事を引き受けたことは一度もない」

「だったら、選ばせてやる」

ネッドは内燃機関のピストンのようにすばやい動きでポケットの回転式拳銃を抜き、アイクの頭につきつけた。薄汚れて不潔な盗賊のわりに、銃の手入れはいきとどいている。撃鉄を起こすとカチリと精密な作動音がした。

「俺たちの甲冑をつくるか、脳みそを吹き飛ばされるか。どっちがいい？」

アイクは震えながら強気で耐えた。

「まあ、そういう話になるじゃろうな」

ついつい欠陥を指摘してしまったことを後悔した。良識よりも知性を先走らせたせいで厄介な事態になったことがこれまで何度もある。とはいえ……甲冑はあくまで防具だ。そしてケリー一味は大衆人気がある。それほど悪人ではあるまい。望むものをつくってやれば、よろこんで去るだろう。

それに工学的課題としてなかなか興味深い。アイクは舌なめずりした。

「さっきの紙を見せてみろ」

アイクは疲れきった頭を製図台にしばしあずけていた。盗賊団はあれからずっと小屋の外で野宿している。刺激臭のある煙を出すマリーの枝で焚《た》き火をし、そのまわりで寝袋にくるまっている。ただし一人か二人は交代で見張り、アイクに進捗を尋ねてくる。そのたびにせかされながら描くスケッチはどんどん複雑になっていった。厚紙製の模型もつくった。

膝や足首の関節。兜。精巧な肩関節。盗賊の子分たちは〝紙人形で遊ぶな〟と怒ったが、ネッドは読み書きもできないわりにアイクの設計図を理解して、ジョーの頭を横からはたいた。

「頭の歯車がまわってるのがわからねえのか。こいつは頭脳屋だ。てめえとちがってな！」

いまアイクは脚部の構造を模型で検討していた。厚紙を曲げてピンで留め、脚を動かしてみる。そこでため息をついた。いや、構造に難点はない。脚を完全におおい、動きもほとんどさまたげない。しかし実物は盗賊団の支援者が荷馬車で運んでくる鋤の刃用の頑丈な鋼板や鋳鉄部品でつくることになる。重くて歩行に難儀するだろう。といって薄く軽い鉄板では銃弾一発を止めるのがせいぜいだ。予想される警察の一斉射撃にはとても耐えられない。

頭を悩ませていると、遠くのかん高い音が意識に侵入した。考えるより先に時計に目がいく。二時十五分の汽車がグレンロワン駅に到着しようとしている。いつものように三十分遅れだ。

ノースイースト線が一八七三年にワンガラッタまで延伸されたときはありがたかった。工具や材料や嗜好品《しこうひん》を海外から取り寄せるのがとても楽になった。その一方で、汽笛を聞くたびにイギリスでの生活を思い出すはめになった。祖国ではそれなりの成功をおさめた。すくなくともアイクが設計したいくつかのトンネルやトレッスル橋は、自分にとっても出資者にとっても満足のいく出来だった。しかし過剰な自信と野心は満足せず、より速く、より大きく、よりよいものを求めつづけた。その道の果てにあったのは失敗と屈辱と失意だった。

それでも工学のよろこびが尽きたわけではない。重量と出力の相克。てごわい材料特性との戦い。困難な技術的課題を解決したときの勝利感。パズルのピースが嚙《か》みあい、この手で設計した船がついに進水したとき、あるいは発動機が動いたとき、その速度と出力に小学生のように歓喜する。

出力……。

蒸気力だ。それしかない。それが切り札だ。

二足を動かすのに二連ピストンを使おう。腕を持ち上げる補助機構も必要だ。ボイラーの重量は大きな問題になるだろう。もちろん熱も。

しかしうまくいくはずだ。かならずうまくいく！

にやりと笑って古い図面を払いのけ、新しい用紙を製図台に広げた。

「動いてみろ」

ネッドは左足をまえに出した。試作した脚の制御機構は、連接棒や配管や鋼線が入り組んで複雑怪奇だ。そのなかでネッドの膝や足首が作動レバーにあたって押すようすをアイクは観察した。ネッドの動作にあわせて適切な蒸気圧が送られ、骨組みが動く。

「まだちょっと過敏だな」

「ふむ」

ネッドの意見を聞いたアイクは、工具箱から特製の長尺ネジ回しを出して機構の奥へ差しこみ、補正装置の一つを微調節した。

「これでどうだ」

今度は骨組みとネッドの脚の動きがぴたりとあった。アイクは腕を組んでその動作を眺めた。骨組みに装甲板をかぶせたようすを脳裏で描く。膝裏の処理が難しそうだ。

「たいしたもんだ。こいつの特許はとったのか？」

ネッドが訊くと、アイクはその考えを嘲笑した。

「特許じゃと？　そんなものはとったことがない。特許は発明を実用品に応用させようとする制度じゃが、現実には発明の誕生を阻止して殺す制度になっておる！」

ネッドは両手を上げてアイクの熱弁をさえぎった。

「よけいなことを訊いた俺が悪かったよ」

試作の骨組みから出て、額の汗をバンダナでぬぐったネッドは、べつのことを訊いた。

「あんたみたいな御仁がこんな辺鄙《へんぴ》なウォンバット・レンジの山中に隠れ住んでるのは、どういうわけだい？」

当然の疑問だろう。アイクは遠い目になった。その目は相手もむこうの壁も通り抜け、砂漠と海を数万キロ渡り、二十年の年月をさかのぼった。

「失敗したんじゃ」

ネッドは鼻で笑った。

「信じられねえな。これだけのものをそろえてよ」手を振って、小屋のなかにつまった高価な輸入工具と工作機械をしめした。「あんたは貧乏暮らしをしてきた人間じゃない。もちろん刑務所暮らしとも縁がない」

アイクはあらためてネッドを見た。この若者とのへだたりは、いま回想した距離ほども大きいのだ。

「そのとおりじゃ。しかしな、わしは天職において失敗した。何度も、派手に。おのれの野心と自尊心のせいで。テムズ川をくぐるトンネル……真空チューブ列車……広軌鉄道……。どれも最善最良の設計じゃった。机上では。しかし製造してみると惨憺《さんたん》たる失敗じゃった。その最後にして最悪の失敗が、呪われた蒸気船じゃ」

粗末で窮屈な小屋は視界から消え去り、巨大な錨鎖《びょうさ》と蒸気ピストンの記憶が蘇《よみがえ》る。

「最高傑作になるはずじゃった。世界最大の蒸気船として！　しかし進水させるだけで一年以上かかった。そして英仏海峡での試運転で……」首を振る。「爆発……大事故……死者……」

顔を上げてネッドの目を見た。

「失意のどん底に落ちた。健康もそこなった。死んだことにして国外へ逃亡しろとすすめたのは最愛の妻じゃ。事故後におちいるであろう職業的、資金的苦境から逃げるために」

ネッドは考える顔でアイクを見た。

「その鉄道や蒸気船やその他もろもろは、最善最良の設計だったって言ったな。つくるのもあんた一人でやったのかい？」

「まさか、そんなわけはない。技師、労働者……何百人もの手でつくった」

ネッドはうなずき、これでわかったというように顎を上げた。

「それだよ。あんたも俺もおなじだ。低級なやつらのまずい仕事のとばっちりを受けたんだ」

「そんなつもりは――」

「雇った作業員のせいだ、あんたの場合はな。俺の場合は……。俺自身はなにも悪いことをしてないのに、十四のときから追われてた。追ってくるのは臭くて、薄ぎたなくて、醜くて、性根が曲がってて、頭がからっぽで、無芸大食で、がに股で、ケツの穴が小さくて、もとはアイルランドの代官だかイングランドの領主だかで、いまは法の執行官と名のってるビクトリア警察のやつらさ。あれが清廉潔白なジェントルマンとは笑わせるぜ！」

悪意と激情をこめてほとばしる言葉を、アイクは唖然《あぜん》として聞いた。ネッドは続けた。

「ちがいは、あんたは自分を苦しめるものから逃げたってところだ。俺はちがう。戦うことを選んだ」身を乗り出し、体臭まじりの熱い吐息を吹きかけて言う。「そして、あんたがつくるこの甲冑があれば、俺は勝てる」

製造は遅々として進まなかった。設計と試作と動作確認をくりかえし、中断と議論を何度もはさんだ。

最大の論争は六月二十二日に起きた。時間的にも材料の在庫的にも、甲冑は一つしかまにあわないとアイクは認めざるをえなくなった。何時間も怒鳴られ、いつ脳天を撃たれてもおかしくないと覚悟した。しかし盗賊団最年少で血の気が多いスティーブも、複雑な設計の甲冑を期限までに四つつくるのは物理的に不可能だとついに納得した。

こうして作業量は四分の一に減ったが、困難な仕事には変わりなかった。疲れた体に鞭《むち》打ち、夜も寝ずに働き、盗品の鋤の刃用の鋼材を板金しつづけた。目は充血し、白かった頬髯《ほおひげ》はすすで真っ黒になった。盗賊団も鋼材を持ったり運んだりして手伝ったが、設計と精密加工はアイクにしかできない。

ボイラーは三基試作して、どれも気にいらずに廃棄した。重量と出力の微妙なバランスが必要だ。重すぎれば甲冑の骨組みがゆがむ。薄板化しすぎれば高い蒸気圧で破裂する。結局、クロム鋼の帯金《おびがね》を巻いて補強することで解決した。要件は満たせたが……材料強度からするとぎりぎりだ。

そして六月二十六日の夜明け前にようやく甲冑は完成した。

その巨体はすでに狭い小屋におさまらず、裏庭に作業場を移していた。防風ランタンの明かりを頼りに最後のボルトを締めこんだアイクは、退《さ》がってできばえを眺めようとして、すっかり空が白んでいることに気づいた。不要になったランタンを消す。

甲冑のリベット打ちの装甲板を朝日が照らし、黒い人型の輪郭をほのかなオレンジ色の反映が彩る。全長は二メートル四十センチ以上。二本の脚は木の幹のように太い。それもイギリスの大木だ。ウォンバット・レンジにはびこる手首くらいの痩せたマリーの木ではない。胴まわりはワインの大樽《おおだる》のようだ。内部には腕と脚を駆動するピストンや連接棒がおさめられ、分厚い羊毛の詰め物で操縦者を熱と機械の動きから守っている。操縦者の空間もある。ネッドは装着者と呼びたがったが、アイクは操縦者と呼ぶほうを好んだ。たしかに歩行用の操縦レバーは操縦者の脚のまわりに配置され、その自然な動きにあわせて甲冑も歩くようになっている。それでも操縦者は機械の機能をつねに監視、調節、操作する必要がある。兜だけがネッドの初期スケッチどおりだ。バケツのような円筒形で、水平ののぞき穴があいている。

肩の上には二本の煙突がそそり立つ。重量は千三百キロ以上。

すばらしいできばえだ。

誇らしさに胸をふくらませ、黒ずんで傷だらけの手を甲冑の脇腹にあてて――背伸びしてもそこまでしか届かない――咳払《せきばら》いしておごそかに言った。

「汝《なんじ》を……ゴリアテと命名しよう」

背後から乾いた音がして、アイクは驚いて振り返った。ネッドが立っていた。しばらくまえからいたらしく、ゆっくりと拍手している。

「お疲れさん」進み出てアイクの背中を叩いた。「立派にできたじゃねえか。でも、こうするともっといい」

ダスターコートのポケットから回転式拳銃を出して、甲冑の右手に握らせた。油で磨かれた輪胴《りんどう》が朝日で輝く。

「明日の祭りの準備ができたぜ」

アイクはとたんに胸が苦しくなった。

「これが左脚の吸気弁。こっちが右脚のじゃ。腕の吸気弁はこれとこれ。排気弁はこれ。わしが指示するまでいじるなよ」

アイクは指さしながら説明した。ネッドの胸にかかった革紐を締めなおそうと上体を内部にいれると、操縦者の大量の汗と、熱した鉄と、ナフサ燃料のボイラーから漂う汚れたケロシンのにおいがまざって鼻を襲う。胸部装甲板をあけていても耐えがたい暑さだ。

「わかったか?」アイクは確認を求めた。

「吸気弁の両脚分と両腕分。排気弁」ネッドはそれぞれ指先でふれながら呼んだ。「よし。頭にはいった。閉めろ」

アイクは装甲板を閉めて固定し、退がった。兜の細い切れ込みの奥は暗闇しか見えない。

「視界はどうじゃ」

答えるかわりに、ネッドは甲冑の腕を持ち上げた。肩と肘関節の機構がきしみ、かん高い蒸気音をたてる。アイクの頭ごしに拳銃をかまえ、撃った。直後に木の裂ける音と葉のざわめきが聞こえ、近くのマリーの木の枝が落ちた。驚いたモモイロインコの群れがいっせいに鳴き騒いで飛び立つ。

「このとおり、よく見える」ネッドの声は鉄板のなかで反響した。「じゃあ、はじめようぜ」

六月二十七日日曜の朝だ。前日のうちに甲冑をいったん分解して二台の荷馬車でグレンロワンの小さな町並みの外に運び、そこで野宿した。盗賊団が何カ月もまえから計画していた手順どおりだ。

両肩の煙突から煙を吐き、全身の関節から蒸気を噴きながら、ゴリアテは町へと丘を下りはじめた。一歩ごとに地面が揺れる。仲間の三人の盗賊はついていく。アイクも〝故障にそなえて〟同行させられた。整備士としてか、捕虜としてか。おそらく両方だ。

グレンロワンは町というより、鉄道の駅を中心に建物とテントがまばらに立つ集落にすぎない。人口は七十人くらい。ダンとジョーとスティーブは手分けして家や店から町民を追い出した。ゴリアテにはいったネッドは足音を響かせて小さな駅にむかった。駅舎には郵便局と電報局もある。

「そばにいろ」

ネッドにすごまれて、アイクはついていった。

ゴリアテの鉄の拳で電報局の扉は木っ端微塵《みじん》になった。拳銃をかまえて局内に怒鳴る。

「なかの局員！　出てこい！　紙と鉛筆を持ってこい！」

局長は砂色の髪の痩せた紳士で、命じられた二つのものを震える手でかかげてすぐにあらわれた。ネッドは鉄板を反響させて大声で言った。

「いまから言うことを書き取って、全国の新聞社に送れ――世の中のあらゆる連中に告げる。俺、ネッド・ケリーは、仲間とともにグレンロワンの町民全員を集めて人質にとった。一八七八年重罪犯逮捕法は、六月二十六日に失効して、俺たちは無法者ではなくなった。ゆえに一般人は俺たちを助け、協力しても、政府の報復を受ける恐れはなくなった」

アイクはまばたきしてネッドを見上げた。強い日差しがその円筒形の兜に反射している。甲冑の完成をこの日までにとこだわったのは、そういうわけだったのか！　ネッドの宣言は続いた。

「無罪と正義と自由を求めるやつは俺たちのもとに集まれ。本日紀元一八八〇年六月二十七日、ここに北東ビクトリア共和国を建国する！」

ネッドの宣言は書き取られ、復唱ののち、指示どおりに送信された。満足したネッドは、のしのしと駅舎の横にまわった。長身の甲冑からさらに高く腕を上げ、壁につながった電信線を引きちぎった。

破壊行為はこれにとどまらなかった。線路に出て、鉄の足を鳴らしてメルボルン方面に数百メートル歩いたところでしゃがみ、レールを万力のような手でつかんだ。骨組みをきしませ、かん高い蒸気音を立てて立ち上がると、レールは金属音とともに路盤からはずれ、飴《あめ》のように曲がった。もう一本のレールもおなじように抗議の悲鳴もむなしくはがされた。

アイクは技術者人生の大半を鉄道建設にささげてきたので、この破壊行為がもたらす結果をはっきりと見通せた。むこうのカーブを全速力で抜けてきた汽車は、この破損区間に突っこみ、火花と金属片を散らして脱線するだろう。乗客は全員死ぬ。

ネッドは町にもどって、鎧戸《よろいど》を閉めた電報局のそばでゴリアテを止めた。胸部装甲板がきしみながらあき、汗だくのネッドが出てきた。

「あとは待ちだ。野良犬狩りみたいに巡査をいっぱい乗せた汽車が飛んでくるだろう。到着寸前に罠があるとも知らずにな」剝がしたレールをしめして凶暴な笑みを浮かべる。「いい見物になるぜ」

アイクは息をのんだ。極悪非道だ。興味深い工学の課題のつもりで手がけたものが、叛乱《はんらん》と政府転覆と殺人の道具にされている。それどころか自分自身も巻きこまれている。罠に落ちようとしている警察になんとか知らせなくては。しかしどうやって？

盗賊団は町民全員をグレンロワン旅館に集めた。木造の居酒屋兼宿屋で、集落でいちばん大きな建物だ。町民の多くはケリーの支持者なので、占領地の虜囚というよりお祭り気分で踊ったり、カードで遊んだり、酒を飲んだりしている。

甲冑は屋外で立ったまま放置されている。近づく汽車からは駅舎にさえぎられて見えない位置だ。いつでも動けるようにボイラーは種火になっている。盗賊のだれか一人がかならず見張っているので、アイクは駅舎に近づけず、汽車に危険を知らせる方法を探せなかった。

いらいらして居酒屋のバーの奥を歩きまわっていると、見張りのスティーブがやってきた。

「おい、頭脳屋。あれから音がしなくなって、さわると冷たいぞ。故障じゃないか？」

「見てみよう。工具箱が必要だ」

スティーブにせかされ、工具箱の重みによろめきながら甲冑を調べにいった。駅舎の脇に立つ甲冑は、戦うまえから勝利者の銅像然としている。煙突からは一筋の煙も出ていない。燃料のナフサが切れたのだろう。

「さっさと直せ、頭脳屋」

スティーブは拳銃を振って命じた。落ち着きがなく、爪先でぴょんぴょん跳ねている。すこし離れた地面に、切れた電信線の一端が落ちているのにアイクは気づいた。それを見て策が浮かんだ。ひとまず、声に出して思案するふりをした。

「こいつはボイラーの熱暴走かな。いや冷却暴走かもしれんぞ。ちと手間がかかるなあ……」

無意味なことをつぶやき、無意味に機械のなかで手を動かしながら、スティーブのようすと近づく汽車の音に注意した。盗賊の手下はさらにそわそわし、もじもじしている。いまにもしびれを切らしそうだ。ところが、うまい具合に運んだ。

「ちょっと小便してくる。壊すんじゃねえぞ」

言い残してスティーブは駅舎の裏へ走っていった。液体が壁を叩く音がしはじめると、アイクはすぐに計画を実行した。工具箱から小さな電池を出し、切れて地面に落ちた電信線の懸垂部分に駆けよる。むきだしになった芯線を電池の電極の一方に巻きつけ、反対の極にべつの芯線をふれさせる。そうやってモールス信号を手早く送った。

〈グレンロワンニテセンロハソン。ネッドケリーニカッチユウアリ。キヲツケロ〉

送信しおわったときには、スティーブの小便の音もやんでいた。あわてて電池をコートのポケットにいれ、ゴリアテに走ってもどった。ちょうどスティーブも帰ってきた。

「原因がわかった」アイクは息を切らして言った。

「どうした。顔が赤いぞ」スティーブはズボンのボタンを閉めながら言った。

「難しい工学の問題を解決して興奮しとるんだ」

なんとか落ち着いてから、甲冑の燃料タンクを満たして種火をつけた。

まもなくボイラーはもとどおり低い音をたてはじめた。アイクはすぐに居酒屋へ追い返された。重い工具箱を運びながら、線路の破損を警察に通報するだけでなく、甲冑に破壊工作をして動けないようにすべきだっただろうかと考えた。

しかし居酒屋にもどると、いれかわるようにネッドが起きて甲冑を点検しにいった。すれちがいざまにじろりとにらまれた。ゴリアテの開発に密接に協力したネッドは、機械に異変があればすぐ気づくだろう。アイクの態度があやしかったり、順調だった甲冑が急に不具合を起こしたら……子分に命じてアイクの頭に銃弾を撃ちこませるだろう。

だめだ。破壊工作など論外だ。

当局のだれかがあの電報を読み、信用してくれるのを期待するしかない。


時間が経過し、日も沈んだ。カードも踊りもあきられてお開きになった。酩酊《めいてい》や疲労によって人々は隅で丸くなって眠った。テーブル席に残った人影は少ない。その一組がアイクと四人の盗賊団で、冷めた安い紅茶を黙って飲んでいた。

午前二時、ついにネッドがあきらめたように呼びかけた。

「しょうがねえ、みんな帰っていいぞ。今夜の祭りはなしだ。でも一つだけ憶《おぼ》えておけ。それは――」

しかしネッドの話はそこでとぎれた。遠くの汽笛が聞こえたからだ。

盗賊団は色めき立った。笑顔で肩をつつきあう。破壊された客車のなかで生き残った巡査たちを〝突き崩した蟻塚《ありづか》から逃げ出す蟻を踏みつぶすみたいに〟始末してやると冗談を飛ばしている。

ネッドは甲冑に駆けより、乗りこんで革紐を締めた。胸部装甲板が閉じたときには早くもボイラーの圧力が上がっていた。

旅館は明かりを落とした。静かにしないと撃ち殺すと脅され、アイクと人質たちは息をひそめた。盗賊団の三人の子分は窓枠の下にひそみ、大事故の瞬間を見届けようとしている。

そうやって待った。

待つほどに緊張が高まる。汽笛を聞いてから到着までの時間をこれほど長く感じたことはない。

ついに機関車の音が聞こえてきた。アイクは、あの電報が無事に届いたらしいと理解した。汽車は速度を出していない！　減速している！　ゆっくりゆっくり破損区間に近づいて停止した。

三人の盗賊たちはなにやら言葉をかわして、おもての暗いベランダに出た。窓枠の下の空いた場所にアイクは数人の町民とともに取りつき、外を見た。

満月に近い月明かりの下で、汽車からわらわらと人影が降りてくるのが見えた。それぞれ拳銃やライフルを持ち、樽や建物の裏に隠れる。メガホンごしの大声が響いた。

「ネッド・ケリー！　こちらはヘア警視だ。人数も銃もこちらが多い。おとなしく降伏しろ。そうすれば公正な──おい、あれはなんだ！」

ヘア警視が驚くのも無理はない。ネッドが巨大な甲冑で登場したのだ。装甲板を月光で輝かせ、煙突から火花を噴き上げている。鉄の両手の切りこみには拳銃がはめこまれている。

ネッドは甲冑のなかで声を反響させた。

「両手を上げて警察を辞職すると誓え！　誓ったやつは撃たないでやる。両手を上げないやつと警官は覚悟しろ。あっというまにあの世へ送ってやる！」

旅館のベランダにひそむ盗賊たちが姿勢を変え、銃の撃鉄を上げた気配がアイクにはわかった。巡査たちに大声で知らせたいところだが、そんなことをしたら即座に撃ち殺されるだろう。心臓の鼓動を抑えて見守るしかない。

ネッドと警察隊はにらみあった。

どちらも動かず、声もたてない。

夜のしじまを一発の銃声が破った。ネッドの装甲板が鐘のように鳴って銃弾をはじく。

甲冑は腰上で旋回し、拳銃をかまえて撃った。巡査の一人が悲鳴をあげて倒れた。

とたんに発射炎と銃声と悲鳴が夜闇に充満した。撃つのはほとんどが警察側で、ネッドだけを狙っている。そのネッドは銃弾の嵐を夏の夕立かなにかのように平然と受け流しながら、のしのしと汽車に近づいた。手の拳銃はたまに撃つだけ。しかし一発ごとに確実に警官が倒れる。

盗賊の子分たちもベランダの陰からいっせいに撃っていた。警察隊から反撃はない。自分たちの銃声がうるさく、また甲冑という明白な目標が目前にあるために、二方面から攻撃されていることに気づかないらしい。

一方的な虐殺だ。

アイクは唇をきつく嚙むうちに、血の味がしてきた。傑作機械のゴリアテがその性能をぞんぶんに発揮しているが、恐ろしい目的に使われているのだ！

甲冑は破壊神のように混乱のなかを闊歩《かっぽ》し、警察隊の死者を増やしていった。一部の勇敢な警官が弱点を求めて近寄ったが、鉄の手でなぎ払われたり、ピストンのような足で踏みつぶされたりした。警察隊は総崩れになって機関車の裏に逃げこんだ。甲冑は機械の執拗《しつよう》さで追っていく。

盗賊の子分たちはベランダから出てネッドの背後についた。鉄壁のゴリアテを盾にして警官を撃つ。

警察隊の運命は風前のともしびだ。

そんな叫声と銃声と跳弾音のさなかで、アイクは恐ろしい音を聞いた。人生で一度だけ聞いたことがある。高圧になりすぎたボイラーが漏らすかん高い蒸気の悲鳴だ。

前回これを聞いたのは建造した巨大蒸気船の試運転だった。ボイラーが爆発し、衝撃で第一煙突が吹き飛び、五人の火夫が死んだ。

ゴリアテのボイラーは材料強度ぎりぎりで設計されている。重量出力比を目標の範囲におさめるにはしかたなかった。それがいま限界を超えかけている。

技術者としてのアイクの本能は、排気弁を開けとネッドに助言しようとした。弁のハンドルをひねるだけで過剰な圧力は逃げ、爆発は回避できる。機械は壊れず、付近の人間の命も守られる。自分は技術者だ。

しかし首を振り、立ち上がった。戦いのさなかへ駆けこみながら、力のかぎり叫んだ。

「排気弁を閉じろ、ネッド！　排気弁を閉じるんだ！」

銃声と、甲冑の金属音と稼働音と、高圧になったボイラーの異音のあいだに、小さな悲鳴がまじりはじめた。圧力がさらに上がり、限界を超えたボイラーが漏らす苦しげな音が高まる。アイクの頭のなかで引っ張り強度と蒸気圧と温度の方程式が渦巻く……。

突然、巨人の国の雷鳴もかくやという轟音《ごうおん》をたてて、甲冑は爆発した。金属の破片が四方八方に飛び散る。

アイクは爆風で背後に飛ばされ、ベランダの階段に叩きつけられた。耳は破《わ》れ鐘《がね》のように鳴っているが、それでも聞こえるほど大きな破壊音が連続し、甲冑の大きな塊《かたまり》が次々に飛んできた。

なにかが頭にぶつかり、意識が暗闇につつまれた。

「気がついたぞ！」

その声はあたかも厚さ数百メートルの真綿の詰め物ごしのようにかすかに耳に届いた。まばたきして半目を開けたが、昼の光がまばゆくてすぐに目を固く閉じた。割れるように痛む頭を手で押さえると、包帯を巻かれているのがわかった。

「ううう……」声にならない声を漏らす。

「さあ、お茶を飲んでください！」

ブリキのカップで唇を火傷《やけど》しそうだ。まずくて苦いユーカリ茶。それでもありがたくすすった。

「フィリップス巡査です！」

男が自己紹介した。顔からすると叫ぶように大声でしゃべっているらしい。しかしろくに聞こえない。

「調書を取らなくてはいけません！」

叫び声による会話は珍妙だったが、内容は深刻だった。多くの死者が出ていた。警官三十人、人質八人、そしてネッド本人と三人の子分たち。アイクは耳鳴りに耐えながら、つとめて正直に陳述した。事件における自分の立場をごまかすつもりはない。

すくなくとも土壇場では技術者の本能より市民の良識を優先させた。多くの被害をもたらしたが、なんとか決着をつけられた。

「巡査が大声で言った。

「きっと脅されたのでしょう！　盗賊団に銃をつきつけられて、あの甲冑をつくれと命令されたのでしょう！」

聴力はすこしずつ回復してきた。しかし巡査の大声に顔をしかめたのはそのせいばかりではない。

「いや、正直にいうとわしは――」

説明するまえに、べつの警官がやってきた。年上で上官らしい。フィリップス巡査との会話は聞きとれない。

「ケリー巡査部長です。上官はアイクにむきなおって挨拶した。線路のしかけを電報で教えてくれた人物を探しています」

「それはわしのことじゃろう」

巡査部長の顔が感謝で輝いた。

「では、あなたこそが今日の英雄です！」

アイクの手を痛いほど強く握ると、急ぎ足で離れていった。一般人の集団にむけてなにか熱烈に話しはじめ、ときどきこちらを指さしている。集団はアイクに駆けより、そばで押しあいへしあいした。

「大手柄ですね！　名前を教えてください」

もう隠してもしかたないと思い、話した。

「わしは……ブルネルじゃ。イザムバード・キングダム・ブルネル」

名前を尋ねた男はきょとんとした顔になった。

「イザムバード・キングダム・ブルネル？　あの有名な技術者の？」アイクの顔をしげしげと見る。「こりゃ驚いた。たしかにブルネルだ」

「それはだれだ？」べつの男が訊く。

「有名な技術者だよ！　パディントン駅、クリフトン吊《つ》り橋、史上最大の蒸気船グレートイースタン号を設計した！」

　アイクは打ち消すように手を振った。

「史上最大の失敗船じゃ」

「客船としてはそうです。しかし大西洋横断電信ケーブルの敷設船として大成功をおさめたんですよ！」男はまばたきした。「メルボルン・アーガス紙のジョン・マクワーターです。ブルネルさん、長年行方をくらませていたのはなぜですか？　公式には亡くなったことになっていますよ！」

　新聞記者か。当然といえば当然だ。悪名高い無法者ネッド・ケリーの逮捕を報じようと、巡査たちといっしょに汽車に乗ってきたのだ。ところがさらに大きな特ダネに遭遇した。劇的な立てこもり。前代未聞の蒸気力甲冑とその大爆発。そして最後は、二十年前に死んだはずの有名技術者の発見。

　さまざまな質問を浴びせかけながら、記者たちはゴリアテを彼の業績の頂点と称《たた》えた。

「大儲《おおもう》けできますよ！　世界各国の軍隊がこれを千機ずつ購入したがるはずだ！」ヘラルド紙の記者が言った。

魅力的だ。とても魅力的だ。イギリスへ帰国し、息子たちに会い、妻の墓参りをする。そして前半生で得られなかった金銭的報酬を得る……。たしかに魅力的な考えだった。

しかしそのような復帰がもたらすものはなにか。こんな甲冑部隊を世界に輸出するのか。長い人生でも見たことのない破壊と殺戮《さつりく》を、たった一つで、わずか一時間でもたらした死の機械を。

しかし原理をしめしてしまった。となると取り返しはつかない。隠遁《いんとん》生活にはもどれない。技術者感情としては特許は忌み嫌うところだが、良識がさししめす道は一つしかない。

「いいや、諸君」首を振りながら言った。「わしはイギリスに帰国するが、それはゴリアテとあらゆる関連技術を特許登録するためだ。そして平和目的の利用にのみ許諾をあたえる。わしは老い先短いが、このような機械が人間に危害をくわえる目的で使われることを全力で阻止する」

記者たちは大声で質問をはじめた。その一人が言った。

「たとえ偉大なブルネルさんでも、戦争機械の進歩を止めることはできないのでは？」

アイクは片手を上げて静粛を求めた。

「たしかに簡単ではあるまい。しかしあのグレートイースタン号が試運転の大事故からみごとに立ちなおり、べつの形で人類に奉仕したことを今日知らされた」身長百六十センチとすこしの体で精いっぱいに背伸びした。「蒸気船が復活して世界を変えられるなら、その建造者にできぬはずがない」

外傷ポッド

アレステア・レナルズ

偵察任務中に攻撃を受け、深刻な傷を負って外傷ポッドに収容された兵士マイク。医師アナベルが遠隔通信により彼を救おうとするが……

アレステア・レナルズ（Alastair Reynolds）は一九六六年イギリス生まれ。セントアンドルーズ大学で天文学の博士号を取得し、在学中の一九九〇年に作家デビュー。邦訳書に《啓示空間》シリーズ（ハヤカワ文庫ＳＦ）がある。

（編集部）

気がつくと、狭い空間にいた。シャワー室くらいの広さで、横倒しで傾いている。俺はあおむけで、背中にあたる面は柔らかい。壁は手が届くほど近く、無菌室のように白い。かこむように湾曲した天井にはハッチやくぼみがあり、すきまからケーブルやチューブが出ている。ポンプのかすかなうなりと、換気系の穏やかな作動音が聞こえる。そしてこちらを観察するものがある。顔の真上の天井にあるステレオカメラだ。

体は動いた。首を曲げて自分の体を見る。アーマーは脱がされていた。戦闘外装をつけていたはずだが、外部シェルはなく、軽量のメッシュスーツだけになっている。そのメッシュもあちこち大きく裂けている。手足を見ようと体を起こしかけると、二つの手にそっと押しもどされた。胸の上のハッチからその手は伸びている。まるで外にだれかがいて、内部に手をいれているようだ。どこから見ても人間の手で、緑の手術用手袋をつけている。

女の声が言った。

「まだ動かないで。あわてずに。大丈夫ですからね、ケイン軍曹」

「これは……」

「よかった。耳が聞こえ、言葉を理解できますね。いい徴候です。話もできる。これも有望です。でもとりあえず、こちらの説明を聞いてください」

なんらかの薬剤を注入されたらしく、反抗や反論をする気力がうせた。

「効いていますね」

パネルが開いて画面があらわれた。女の顔が映っている。緑のユニフォーム。黒髪を小さくまとめた頭に手術帽。まっすぐこちらを見ている。居心地悪くなるほど近い。その唇が動いた。

「軍曹、あなたは負傷しました」

俺はなんとか苦笑した。

「くそ」

記憶は断片的で、全部は思い出せない。深部偵察の潜入段階でなにかが起きた。俺とあと二人……名前はいずれ思い出すだろう。頭上の徘徊《はいかい》型ドローン。近くにいて気を抜けない敵メカ。まばらで掩護《えんご》にならない味方の装甲歩兵部隊。狭くなった撤収ウィンドウ。予定と異なる展開。パルス爆弾の白い閃光《せんこう》。衝撃による脳震盪《のうしんとう》。

「衛生兵！」だれかの叫び声が聞こえた。

自分の声らしい。

「あなたは幸運でした」女医は説明した。「手遅れになるまえに野戦医療ユニットが到着し、外傷ポッドを出してあなたを収容しました。これがそうです。ここはポッドのなか。防弾仕様で独自電源を持ち、生命維持しながら撤収ウィンドウを待ちます。野戦医療ユニットが周囲に防護エリアを設定し、敵の侵入を防いでいます」

喉が渇いていた。自分のいる場所がわかると、頭がうまく働いていないのもわかってきた。

「いつ……時間……撤収まで……」

「最新情報を待っているところです。いまのところ六時間ないし十二時間後と推定されますが、大幅にずれる可能性もあります。シアターのようすしだいです」

はじめは手術室《シアター》のことだと思った。そんな事情はあとまわしでいい。さっさと救助して、手術の順番はそれから調整してくれ。

そこまで考えてから、女医が言っているのは戦域《シアター》のことだと理解した。

「それまでもつのか？」

「いまから説明します。負傷の応急処置をしましたが、まだ危険な状態です」

女医は間をおいてから、自己紹介をした。

「わたしはアナベル・ライズ医師です。タンゴ・オスカー基地の前線外科班から接続しています。ポッドにいるあなたを同僚たちとともにサポートし、撤収完了後は担当医師になります。孤独で不安な気持ちだと思います、ケイン軍曹。当然の感覚です。でも一人ではありませんよ」

「マイクと呼んでくれ」

女医はうなずいた。

「では、マイク。よければわたしもアナベルと呼んでください。いつでもここにいます、マイク。画面をへだてているだけです。ふれることだってできます。ほら、これがわたしの手です」

正確にはちがう。おたがいにわかっている。手術用手袋をしたこの手はプラスチックと金属製の骨と腱《けん》でできている。遠隔操作のロボットハンドで、ポッド内のどの位置にも必要に応じて出てくる。後方のタンゴ・オスカー基地にいるアナベルは、このメッシュスーツと同様の触覚フィードバックグローブをつけ、正確な触感インターフェースを介してこのロボットハンドを操作している。ここにいるように傷口にも腫脹《しゅちょう》にもさわれる。最高の治療をできる。

しかし、いくら不安をやわらげようとしても、本当にここにいるわけではない。

「応急処置は終わってるというけど、具体的に教えてくれないか？」

「治療できないところはありません。右脚は重傷で残念ながら切除しましたが、あとで簡単に再成長させられます。懸念があるのはべつのところです。脳内出血があり、これは早めに処置したいところです」

つまりポッドの外科手術システムはすでに仕事をしたわけだ。意識がないうちに重傷の脚を切断し、断端を縫合した。切った脚はポッドの排出口から捨てた。外傷ポッドのしくみはわかっている。そしてたしかに新しい脚は再成長できる。

しかし、脳外科手術をここで？

「このポッドのなかで頭を切開するっていうのか？」

「最小限の侵襲的手法をもちいます。たしかにリスクはあります。しかし放置することで予後が悪くなるリスクのほうが大きいのです。いま処置しないと生存できないかもしれません」

「昏睡《こんすい》状態からわざわざ覚醒させたのは？」

「こうして説明するためです。手術に同意していただければ、あとはこちらでやります。もし、リスクを承知したうえで撤収を待つとおっしゃるなら、その判断を尊重します」

口調と目の表情からすると、手術を避ける選択肢はかなり危険らしい。まるで俺が戦場で倒れたまま、開いた傷口から出血しているかのようだ。

とはいえ、はいそうですかと同意もできない。救助の見通しも知っておきたい。

「ポッドの外を見せてくれ」

「いい眺めではありませんよ、マイク」

「かまわない。これでも兵士だ。状況を知る必要がある」

アナベルは唇をきつく結んだ。

「どうしてもとおっしゃるなら」

軍用コンタクトレンズをいれたままだったおかげで、ポッド内の眺めが消えて外部カメラ映像に視野が切り替わった。

たしかにいい眺めではないと一目でわかった。

ゆっくりと視野を動かして、破壊と汚染だらけの風景をカメラに映るかぎり見まわした。俺はあおむけに、やや傾いて倒れている。クレーターだらけの平地で、まわりはオフィスビル街か商業施設だったらしい廃墟《はいきょ》だ。一台のスクールバスが五十メートルほど離れたところに横転している。通信塔かなにかの鉄塔がぐにゃりと曲がって倒れていて、まるで恐竜めいた巨大生物の骨格のようだ。頭上に低く垂れこめたマスタード色の雲は空中散布された毒ガス。地平線にも毒物の黒雲が点々と浮いている。遠くでパルス爆弾が光り、プラズマの電光が雲を裂いた。人型の巨大メカが、かつて都市だった荒廃した風景のなかをわがもの顔に歩いている。

あらためて見まわしても人間の戦闘員は一人もいない。驚くにはあたらない。戦闘はほぼ完全にロボット化され、俺たちのような生身の兵士は戦場から姿を消しつつある。偵察隊の二人は無事に離脱できたのだろうか。おなじように外傷ポッドに収容されて撤収を待っているのか、あるいは二人とも死亡したのか。

そもそもなにをしにきたのか。

そう、深部偵察だ。仲間の名前も思い出した。俺と、ロービクと、ロマックス。ロボット工学特技兵で、リアルタイム戦闘における敵と味方のメカの行動を観察するのが任務だった。なんのために？　教えられなかったが、噂はすぐに耳にはいった。味方の一部のユニットが暴走しているらしい。理由は不明。

それでも仮説はあった。敵メカにもおなじことが起きているという。メカは人間の操作を不要にするために大量の自律機能を組みこまれている。そこまで知性と知能をあたえたら、勝手に行動しはじめるのは時間の問題だ。しかしもうどうでもいい。

俺の安全は当面確保されているらしい。野戦医療ユニットはいい仕事をした。負傷した俺をポッドにいれ、さらに防護処置もした。瓦礫《がれき》と戦場の廃材を周囲に積んで即席の目隠しをつくった。ポッドが埋まるほどではなく、撤収にも支障はない。それでいて敵の目やカメラや兵器システムからは隠している。

野戦医療ユニットの姿は見えている。全長四メートルのロボットがポッド周辺をまわって危険を排除している。その認識タグがコンタクトレンズに表示された。ユニットＫＸ-４５７。頭部のない人型シャシー。胴体中央に楕円《だえん》の穴があり、むこうの風景が見える。両腕は異様に太く、銃火器、電子戦兵器ランチャー、特殊な野戦外科手術デバイスが組みこまれている。チタン製の円筒の脚は細く見えるが、強靭《きょうじん》で航空機の降着装置のようなショック吸収機構をそなえる。恐ろしげな外見も、味方だと思えば心強い。

偵察隊になにが起きて、ロービクとロマックスがどうなったのか記憶がない。それどころではなかった。

反射的に「衛生兵！」と叫んだが、必要なかった。戦闘外装は負傷を検知して――おそらく神経系より速く――近くの野戦医療ユニットに救助要請をしたはずだ。戦闘外装も救命処置をするが、ロボット到着までの応急にすぎない。ＫＸ-４５７は腹部にはめこまれた外傷ポッドをはずして地面におき、初期的な医療処置をほどこしてから俺をポッド内に収容したはずだ。

通常の状況なら、負傷兵を処置しながら外傷ポッドはロボットの腹部にふたたび格納され、戦闘地域からすみやかに離脱する。しかし今回はその選択肢がなかった。途中で敵に阻止される恐れが大きかった。軍にとって俺は高価値の資産ということになるので、ロボットの保護下でポッドごと戦域にとどめ、近接防空のもとで完全装備の撤収部隊が投入されるのを待つのが得策と判断された。

以来、野戦医療ユニットは最大警戒態勢を続けている。ＫＸ－４５７はときどき腕を上げてプラズマ砲を空にむけて撃つ。するとたまにドローンが雲間から落ちてくる。地上のメカの大半は味方だが、視程ぎりぎりの遠方に敵偵察ユニットがあらわれることがある。こちらの警戒態勢を試しているのだ。敵はすぐむこうにいる。

見るべきものは見た。説明は嘘ではないとわかった。この状況での撤収作戦は自殺行為だ。となると、脳内出血についてのアナベル・ライズ医師の見立ても正しいとなれば、いまここで頭にメスをいれるしかない。

視野をポッド内にもどした。戦場の風景は消え、ふたたび白い壁にかこまれた。生命維持装置の穏やかな作動音が聞こえ、体のない手が壁から伸びている。

手術に同意した。切開して脳内出血を処置してもらう。

脱出はそれからだ。

ふたたび意識がもどった。タンゴ・オスカー基地に無事に帰還したのかと、まず思った。あの外傷ポッドのなかではない。異なるポッドだ。おなじ清潔な白い内壁にかこまれているが、最初に目覚めたポッドではありえない。そちらは広くなかった。

なぜわかるかというと、隣にべつの体があるからだ。べつの負傷兵と肩を接して横たわっている。最初のポッドにそんな余地はなかった。

俺が麻酔されて手術を受けているあいだに、KX－457は無事に撤収したのだろう。そして手術か、なんらかの処置の順番が来るまでに俺を大きなポッドに移したのだ。まもなく笑顔のハイタッチとなるだろう。ご苦労さん、いい働きだったぞ！

それにしても、なぜ一つのポッドに二人いれられているのか。

そのとき、あることに気づいた。ポッドの遮音と医療システムの穏やかな作動音ごしに、パルス爆弾の遠い爆発やプラズマ砲の発射音が聞こえるのだ。

前線がタンゴ・オスカー基地に大きく近づいたのか。

それとも撤収がまだで、戦場にとどまっているのか。

「聞こえますか、マイク？」

「ああ、聞こえる」

アナベルは息をのんだように間をおいた。

「おおむねいい知らせをできます。出血は処置できました。満足できる結果です」

「〝おおむね〟というのが気にいらないな。どうしてべつの兵士といっしょにいれられてるんだ? なぜ大きなポッドに移したんだ?」

「そこはもとのポッドですよ、マイク。移していません。麻酔前とおなじです」

急に気味悪くなって、横に体をずらそうとした。ところがうまくできない。もの言わぬ隣人もおなじだけ横にずれてくる。貼りついたように隣にくっついている。

「本当なんだ。隣にだれかいる」

「そうですか」

アナベルは会話を中断した。同僚と小声で相談をはじめ、しばらくしてもどってきた。

「じつをいうと……想定外というわけではありません。あなたの右脳の頭頂葉《とうちょうよう》前部領域に小さな障害があります。原因の一部は最初の内出血であり、一部はこちらの手術によるものです。ただし現実的にほかの方法はなかったことを強調しておきます。介入しなければ、いまこうして会話できなかったでしょう。いまあなたが経験しているのは幻覚です。体外離脱体験のようなもので、通常はミラーニューロンを正常に働かせるはずの抑制性神経回路が停止したことが原因です。実際にはあなたは一人でポッドのなかにいます。これは信じてもらうしかありません」

「手術が順調だったという話も?」

「成功と考えてさしつかえありません。状況は管理し、安定しています」

また動こうとしてみた。しかし頭ががっちり固定されていて動かない。痛くはないが、とうてい快適ではない。

「なんとかならないのか？　ずっとこのままなのか？」

「対処しようと思えばできます。問題があればポッド内で処置できます。手術中に脳の患部の数カ所に神経プローブを挿入しました。おかげで、解像度の粗いポッドのスキャナーより正確に患部の状況を把握できます。また重要な神経経路の一部に介入することもできます」

身体像のずれは不気味だ。隣にある体はこちらといっしょに呼吸している。なのに死体のように感じられる。しなびて腐り落ちそうな体の一部のようだ。

よけいなことは考えまいとした。

「つまり、どういうことだ？」

「体外離脱体験を抑制する神経回路は正確にマッピングされているということです、マイク。出血による障害のせいで、いまその信号は届くべきところに届いていません。でも挿入したプローブでその障害部位を迂回《うかい》させられます。脳の離れた箇所をつなぐジャンパー線のようなものと思ってください。それを使って正しい身体像を回復できます」

「まえも言ったけど、できるのなら覚醒しないうちにやっておいてくれよ」

「まえも言いましたが、同意が必要なのです。また操作結果の主観的な評価も必要でした。神経回路は正確にマッピングされているとはいえ、個人による特異的な差異があり、医療介入による結果は百パーセント確実ではありません」

「ようするに、俺の頭を電極でぐるぐるかきまわして反応を見るってことか」

「もっとはるかに科学的です。そして完全に可逆的な処置です。苦痛や不快感を減らせるのであれば許容範囲の小さなリスクでしょう」

「こちらは苦痛も不快感もない」

「体の反応はそうではありませんよ。ストレスホルモンが大量に出ていますし、電気皮膚反応のグラフは振り切れています。恐怖中枢はサッカースタジアムのように輝いています。でも当然です。重傷を負って戦場にとり残されているのですから。機械の棺桶《かんおけ》に生かされていて、周囲では戦闘が継続中。こんな状況で動揺しないほうが不思議です」

たしかにそのとおりだ。心理的に動揺している。狭いポッドのなかで幻覚の自分との同居など一秒も続けたくない。それでも戦闘本能がそれらの懸念を上まわった。

「外部映像をもう一度見せてくれ」

「マイク、自分で制御できない状況を心配してもしかたありませんよ」

「いいから見せろ、アナベル」

小さな悪態とともに、視野がふたたび外部に切り替わった。ポッドの外に突き出た潜望鏡のようなポップアップカメラを使う。全周を見まわして状況を確認した。野戦医療ユニットが最初にポッドをおいた場所から動いておらず、あいかわらず瓦礫と廃材による仮設の防塞にかこまれている。しかし前回から数時間経過しているらしく、あたりは暗い。カメラは灰緑色の赤外画像で周囲を映している。地平線の爆発の閃光や、上空の雲間で点滅する光から、戦闘状況が続いていることがわかる。

手術はどれくらいかかったのだろう。外のようすからすると数時間以上だ。しかし時間経過の感覚がまったくない。

「正直に答えてくれ、アナベル。脳の手術は何時間かかったんだ？」

「所要時間は重要ではありません、マイク」

「俺にとっては重要だ」

「わかりました。八時間です。すこし問題が起きましたが、無事に乗りきりました。この答えでいいですか？」

「八時間たったのに、きみは勤務交代していないのか？　六時間ないし十二時間後に撤収予定と言っていたじゃないか」

「まだそのウィンドウ内で可能です。マイク、あなたを一人にはしません。撤収はもうすぐです」

「甘いことを言うな。どんなに早くても夜明けまでは動けない。きみもわかってるはずだ」

反論できないはずだ。実際にアナベルはなにも言わなかった。戦闘地域は昼でも危険が多い。まして夜は地面が冷え、動くものは簡単に探知、捕捉、攻撃される。この外傷ポッドは電飾付きの墓石のように見えるはずだ。ここでじっとしているのはまずいと思いはじめた。

「身体像の問題に対処させてください」アナベルが言った。

俺のなかでなにかのスイッチがはいった。兵士にもどるときだ。

「戦域全体の俯瞰《ふかん》情報をくれ。詳しい状況を知りたい」

「マイク、賢明なこととは――」

「いいからやれ」

アナベルは俺の希望にしたがわざるをえない。負傷していても俺は高価値の資産だ。命令する権限もある。

俯瞰情報は戦闘地域のリアルタイムマップだ。半径十五キロ以内のメカ、ドローン、各種カメラから収集された情報で構成されている。死亡ないし行動能力を喪失した戦闘員のアーマーさえセンサーの電源が生きていれば使う。大半は味方の情報だが、一部には傍受した敵の通信データも加味している。敵もおなじことをしているはずで、おたがいさまだ。データは統合されてコンタクトレンズに投影される。無発声命令で自由にスキャンやズームができる。

マップの情報を理解して、もっと早く見るべきだったと思った。砂糖菓子のようなアナベルの甘言を鵜《う》呑《の》みにしてはいけなかった。

現実はちがう。危険が迫っている。

敵メカの大群が進行してきているのだ。まだ十キロ先だが、着実に近づいている。こちらの存在には気づいていないようだが、保証はない。野戦医療ユニットはそこに生存者がいる明白な証拠だ。高価値の人間の資産を敵はかならず捕獲ないし排除しようとするだろう。

接近する陣形と数から敵の強さを推測し、頼みの綱である医療ユニットと比較した。KX－457の武器と電子戦兵器は軽視すべからざるものだが、十数機の敵メカとドローンが相手ではかなわない。またこれだけ多数の敵が押しよせて、このお粗末な砦《とりで》が発見されずにすむわけもない。

ここにいたって闘争逃走反応に火がついた。恐怖がそのまま血管に流れこんだような切迫した感覚だ。幸運を期待してこの場にとどまるのは愚かだ。移動あるのみ。いますぐに。しかしもちろんリスクはある。とくに夜であり、だからこそ撤収作戦は保留されている。しかしこの敵勢が来たときの生存確率を考えると、逃げるほうがよほど見込みがある。

視野をポッド内にもどした。

「野戦医療ユニットを呼んでポッドを収容させろ。移動する」

「そんな命令はできません、マイク」

「できないのか、やりたくないのか？」

「いまシミュレーションしました。この場にとどまるほうが生存の可能性ははるかに高いと出ています」

「どれくらいだ？」

「行動の再考をうながすくらいには大きな差です」

それほど説得力のある数字があるならまえもって言うはずだ。俺の頭はまだ強固に固定されているが、首を振れるなら振っただろう。

「医療ユニットを呼べ」

「マイク、やめてください」

「やれ。人間の判断が信用できないなら、戦闘地域に人間を投入する意味はない」

アナベルは折れた。ＫＸ－４５７の接近は見なくてもわかった。まわりの瓦礫が取り除かれる音がする。やがてポッドが地面から持ち上げられ、傾いた。九十度むきが変わり、頭が上に、足が下になった。医療ユニットの胴体の楕円形の穴にはめこまれてしっかり固定される音。出力系、制御系、センサー系のシステムが接続する。もう機械の棺桶にいれられた負傷兵ではない。強力な戦闘ロボットの腹のなかの胎児のようだが、それでもましだ。

「ご命令を」ロボットが要求した。

敵勢の位置を思い出して、できるかぎり西へ行けと命じようとした。しかし、ただ運ばれるのはおもしろくないと考えなおした。ロボットの動きを制御するのに自分の体を動かす必要はない。メッシュスーツはあちこち裂けているとはいえ、着用者の意思を検知する能力は充分残っている。運動神経から筋肉への信号がわずかでも流れれば適切なフィードバックが得られる。

「自分で操縦する」

アナベルが割りこんだ。

「マイク、不必要な身体的負担です。撤収を強行するならロボットにまかせてください。自分で操縦する必要はありません。現状の体の反射神経より、ロボットの戦闘ルーチンのほうが高速です」

しかし荷物として運ばれながら死ぬより、行動しながら死ぬほうがましだ。

「それは承知のうえだ、アナベル。ＫＸ－４５７、全指揮権をこちらによこせ。指示があるまで接続を切るな」

視点も変化した。野戦医療ユニットは頭部を持たないが、肩のベースにカメラとセンサーユニットが組みこまれている。そこが新たな視点になった。

まず体を見下ろす。KX-457とおなじ身長になったように感じる。腹部のポッドにはいった矮小《わいしょう》な肉体の感覚はいっさいない。チタン製の手足は自分の一部のように意のままに動く。四肢の自由と強さをとりもどした。幻覚の身体像は残っているが、ポッドに閉じこめられているときほど不快ではない。

もちろん、俺自身はポッドのなかにいる。しかしその気になれば忘れてしまえるほどだ。

KX-457と俺は移動を続けた。正確にいえばKX-457とアナベルと俺だ。行動中に脚の断端の被覆や、腕のカテーテルや、頭の術後固定用クランプをポッド内に伸びた手で何度もなおしてもらった。おかげで同行者として感じるし、そもそも不安定な体調は彼女の管理を必要としていた。強行撤収という決断にあいかわらず不賛成とはいえ、話し相手がいてくれるのもありがたい。

「タンゴ・オスカー基地にはもう長いのか、アナベル？」

焼けこげた基礎だけが残る廃墟を通過しながら、俺は訊いてみた。ここはかつて大規模な空調入りショッピングモールだったはずだ。

アナベルは考えてから答えた。

「いまは十八カ月が経過したところです。まえはエコー・ビクター基地にいました。そのまえはチャーリー・ズールー基地でした」

俺はいくらか尊敬の念をこめて言った。

「チャーリー・ズールーか。激戦地らしいな」

アナベルはうなずいた。その顔は視界の小さな窓に映されている。周囲には戦術分析情報がオーバーレイ表示され、危険度の評価や掩蔽地《えんぺいち》の候補がつねに更新されている。

「わたしたちの任務は中断させられました」なんとか苦笑いしたが、まだ生々しい感情をともなう記憶らしい。「新型ポッドが供用開始されたからです。使い慣れた旧型ユニットは新型ほど自動化されていません。手動の遠隔手術を昼も夜もやりました。戦域にいるわけでもないのに、ストレスと疲労で倒れて死ぬほどでした。多くの兵士を救いましたが、救いきれなかった彼らを思うと……」

アナベルは黙りこんだ。

「きみは全力を尽くしたはずだ」

「そう思いたいですが、限界はあります。今回だって奇跡は起こせない」

「俺がどうなろうと、きみは期待される仕事をした。長時間張りついてくれてありがとう、アナベル。疲れただろう」

「大丈夫です、マイク。サポートを続けます」

「生きて帰れたら会いたいな。直接感謝を伝えたい」

こういうセリフは悪いジンクスだとわかっている。生還の可能性をつぶしかねない。それでもアナベルは明るく微笑《ほほえ》んだ。

「きっと会えますよ」

かならず帰れるという確信が湧いた。

そのとき、俯瞰情報に敵の偵察ドローンの編隊があらわれた。雲の下を低く飛んでいる。俺のセンサーではまったく見えない。

まわりから掩蔽地の候補を探し、屋内遊園地だったらしい波形鋼板の建物にもぐりこむことにした。瓦礫と焼けこげたジェットコースターの軌道の残骸をかきわけて奥にはいり、こちらの赤外線像や電磁波反応をとらえられないようにした。チタン製の足と体の下にはさまざまな遊具がある。プラスチック製の木馬やムカデの乗り物を踏みつぶして進む。

「ドローンが周辺からいなくなるまで二時間程度は身をひそめる」

俺はしゃがんで主要システムを次々と停止した。外傷ポッドとKX－457のプロセッサコアにだけ最小限の電力供給を残した。

「安全確認はどうやって？」

建物の構造は電波を遮断するので、パッシブな俯瞰情報も取得できなくなる。

「通常の偵察パターンなら、上空を通過してしまえば安全なはずだ」

「そのあいだに、身体像の問題を処置させてください」

「もうたいして不快ではないんだが」

「それでもやっておきましょう。問題は芽のうちに摘まないと、回復期に大きな障害になることがあります」

俺は心のなかで肩をすくめた。

「それがいいというなら」

「賢明です。やりましょう」アナベルは言った。

二時間で充分だと思ったが、安全をみて三時間待機した。ようやく屋内遊園地から開けた場所に這《は》い出た。通信が回復すれば完全な俯瞰情報を得られると思ったのだが、そうはならなかった。つぎはぎのエリアデータしか取得できない。近傍の目と耳から情報を直接拾ったが、それでは半径数キロより遠くのことはわからない。こちらのシステム異常というより、味方の分散グリッドの基幹ノードが攻撃を受けたのだろう。あのドローンの編隊が探していたのは俺ではなく、こちらの通信ネットワークの脆弱点《ぜいじゃくてん》だったのかもしれない。

まだ空は暗い。ドローンが残っている可能性もなくはないが、去ったと思うことにした。大型メカの大群も進行方向を変えていないだろう。俯瞰情報の不具合の原因がローカルでないなら、復旧には何日もかかる。それを待っていられない。見えない敵を恐れて穴ぐらに閉じこもるくらいなら、行動して死ぬほうがましだ。

俺はアナベルに話した。

「夜が明けたら動こう。たとえ俯瞰情報が穴だらけでも、明るければ開けた地域でも安全に横断できるはずだ」

「処置後の感覚はどうですか？」

「変化がある」

それはひかえめな表現で、実際には大きな変化だった。幻覚の身体像は消えた。隣にくっつく二人目の自分はもういない。脳神経にジャンパー線を設置したアナベルの処置が成功した証拠であり、よろこんでいいはずだ。

しかしすこしもうれしくなかった。べつの変化があった。

幻覚の双子が存在するストレスのことではない。幻覚は消えたし、それでよかった。今度は自分の身体感覚のほうが変化したのだ。体はある。視点の下に、しなびた無用の痕跡器官のようにぶらさがっている。それが自分の一部として感じられないのだ。そこに俺はいたくもない。それどころか近づきたくない。これまで無関心だったとすれば、いまは嫌悪している。

この反応が神経的なものであることを理解するだけの知的な冷静さは残していた。身体像の末期的な障害がどこかのレベルで生じている。自分が自分であるという本来重要な自己感覚が、負傷した肉体から離脱して、装甲に守られた野戦医療ユニットのなかに移っている。

明白な障害だ。

頭ではそう思うものの、昔の自分にはもどりたくなかった。絶対にいやだ。いまの自分は強い。そして大きい。荒廃した世界を巨人のようにのし歩く。醜い肉体の存在は不快だが、小さな代償だ。多少の思いいれはある。当然だ。

しかし気になることがもう一つあった。

通信系がほとんど機能していないことだ。俯瞰情報は穴だらけでほとんど使えない。とすると、アナベル・ライズ医師はどうやってタンゴ・オスカー基地からこちらに接続し、魔法の緑の手で遠隔手術をしたのか。

それだけではない。そもそもアナベル・ライズ医師はどうやって俺と話しているのか。疲労の色を見せずにいつも笑顔でいられるのか。

「やめてください、マイク」

「やめるって、なにを?」

「考えていることをやらないでください。通信記録を調べないでください。いいことはありませんよ」

通信記録を調べることは考えていなかったが、言われると気になる。調べたくなる。

履歴を呼び出し、ログをスクロールしてみた。数分前、数十分前、数時間前にさかのぼった。

15.56.31.07 - 検証済みパケットなし
15.56.14.11 - 検証済みパケットなし
15.55.09.33 - 検証済みパケットなし

……

11.12.22.54 - 検証済みパケットなし

KX - 457は十九時間以上前からタンゴ・オスカー基地と――それどころかどこの指揮所とも――通信途絶していた。ずっと自律行動していたのだ。自前の知能だけで動いていた。外傷ポッドも同様だ。配置されたときから――俺を収容して治療するまえから――人間による操作はいっさいなかった。画面のむこうの親切な外科医などいなかったのだ。ただの……ソフトウェアだ。明敏なソフトウェアがつくった偽りの頼れる存在。

それがアナベル・ライズ医師だ。

アナベルそのものが嘘だった。

では、そのソフトが動いているのはポッドのなかなのか。それとも……俺の頭のなかなのか。

俺が発見されたのは昼だった。敵ではなく味方に発見された。しかしそのころにはどちらでも関係なくなっていた。

拡声モードをみつけて、神のお告げのように反響する大音量で話した。

「そばへ寄るな」

話をしにきたのは二人だ。どちらも全身をおおう戦闘アーマーをつけ、歩兵メカ二機を護衛に連れていた。メカの肩と腕にはプラズマ砲があり、こちらにロックオンしている。

「マイク、聞いて。あんたは負傷してるのよ。外傷ポッドに収容されて、そこで……なにか問題が起きたの」

声に聞き覚えがある気がした。ロービクか、ロマックスか。たいしたことではないので無視した。

「退《さ》がれ」

話したほうは気丈にも胸を張って動かなかった。もう一人はおびえたように膝をついてしゃがんでいる。話したほうの態度は理解しがたいが、たしかに勇敢だ。それどころか、手を上げてさらに危険な行動に出た。ヘルメットのフェイスシールドを開いたのだ。ヒンジで跳ね上げると、気密シールにかこまれた奥に女性の顔が見えた。やはり見覚えがある。しかしすぐその印象を握りつぶした。

「マイク、信用して。あんたを助ける方法は一つしかない。野戦医療ユニットの制御を放棄して。あんたは脳を損傷してるのよ。深刻な損傷で、手遅れになるまえに治療したほうがいい」

「俺はマイクではない。野戦医療ユニットKX‐457だ」

「ちがうってば、マイク。KX‐457はあんたを治療してる機械。なんらかの身体像の誤認が起きてる。それだけ。前頭葉の損傷による神経学的障害。あんたはロボットのなかにいるだけで、ロボットそのものじゃない。そこが重要なところ。言ってる意味がわかる、マイク？」

「意味は理解できる。しかしまちがっている。マイクは死んだ。俺は彼を救えなかった」

彼女はため息をついた。

「マイク、よく聞いて。あんたを帰還させたいのよ。高価値の資産であり、こんなかたちで失うわけにいかない。その機械のなかにいれておくのは……安全じゃない。野戦医療ユニットの制御をやめて、外傷ポッドを分離して。そうしたらポッドをタンゴ・オスカー基地に運んであんたを治療するから」

「治療の必要はない」

「マイク……」

彼女はなにか言おうとしてやめた。意図を放棄したようだ。説得しても通じないと思ったのだろう。かわりにフェイスシールドを下ろして仲間にむきなおり、こちらに傍受できない会話ののちにうなずいた。

プラズマ砲が発射された。いくら強くて装甲された体でも、歩兵ユニット二機にはかなわない。しかし殺意のある砲撃ではなかった。プラズマは俺をかすめて後方へ飛び、平たくつぶれた駐車場の建物にあたった。それでもごくわずかなエネルギーが野戦医療ユニットに被害をもたらした。装甲の外縁が溶け、腕の武器が機能停止し、一部のセンサーが死んだ。こちらの反撃能力を奪いつつ、プロセッサコアは無傷で残した。

当然だろう。彼らが守ろうとしているのは俺ではない。ばかげているが、俺が救助したと思っている兵士を守りたいのだ。俺を動けなくして、一方でポッド内で呼吸している体には被害がおよばないようにした。攻撃能力を奪い、センサーの知覚を奪ったうえで、複雑なパズルか爆弾処理のように俺を解体するつもりでいる。そうやって人間の荷物を無傷で取り出そうとしている。

もちろんそんな期待どおりの荷物はない。

「やめろ」

俺が言うと、彼らは動きを止めた。プラズマ砲がまがまがしいピンクに光る。二人の人間はしゃがんで油断なくこちらを見ている。女が言った。

「マイクを返しなさい。そうすればあなたに手出しはしない。約束するわ」

嘘だ。〝マイクを返したら、そのあとプラズマ砲で鉄くずにする〟というのが真意だ。

「マイクを返す。その全身を」

また聞こえない会話がかわされた。

「いいわ……」彼女は交渉成功がにわかに信じられないようすだ。「それでいい」

「では、分割払いの一回目を受けとれ」

俺は交渉の裏で忙しく働いていた。話しあい、攻撃を受けても、作業の手を止めなかった。大変な作業だ！　自分で言うのもおこがましいが、高難度の手術だった。外傷ポッドは切れ味鋭い手術器具を駆使してほとんどどんなこともやれる。しかもこちらに医学の知識は必要ない。最終的に求めるものをポッドに伝えれば、あとは自律システムがやってくれる。人間が胃腸の消化を知らなくても生きられるように、俺は手術の詳細を知らなくていい。

たとえば、マイクの中枢神経系をそこなわずに、それ以外の肉体を除去しろと命令すれば、外傷ポッドはそれを実行する。完了したら、不用の部分はポッド下端の排出口から外へ出す。焼却せず、ミンチにもせず、まるごと捨てる。生物学的な出どころがすぐわかるように。

それが重要だ。立会人に約束を守ったところを見せなくてはいけない。空約束ではないと理解させなくてはいけない。マイクは俺にとって無用だが、彼らにとっては大事らしい。そして皮肉な意味で俺にとっても大事なものになった。

マイクを内に持っているかぎり、こちらは安全なのだ。

俺は退がって、排出したものを調べさせた。彼らは提供されたものをすぐに理解できなかった。恐怖のまえの静けさ。そして突然、それがなにかわかる。地面に横たわっているのはマイクの大半だ。しかしマイクのかなりの部分がこちらに残っていることは、脳外科医でなくてもわかるはずだ。

「そういうことだ」俺は言った。「俺に手出しするな。たしかに武器は持たないから、攻撃されればたちまちやられる。しかし俺を分解して内部をあけるころには、外傷ポッドはとっくに機能停止しているぞ」

「やめなさい」女はヘルメットが割れそうなほどの拡声音量で言った。「交渉しましょう。解決策はあるはずよ」

「これがその解決策だ」

言いおいて背をむけた。センサーをやられているので彼らの行動はわからない。俺がすでにマイクを解体したと判断して、プラズマ砲の発射準備をしているかもしれない。もしそうならまもなく背中から撃たれるだろう。

歩きはじめながら、新たな妙案が浮かんだ。マイクが俺のなかにいると思われているかぎり、こちらは安全だ。正直なところ、それを内部にかかえたまま歩きまわるのは不愉快きわまりなかった。

だから、監視カメラや偵察ドローンから見られないところまで離れたら、どこかに身を隠して、マイクの中枢神経系を外傷ポッドから引き出してつぶしてしまおう。ピンクと灰色のどろどろの混合物にしてしまおう。

マイクにとっては不用のものだ。彼はもうなにを捨てても惜しまない。

俺もおなじだ。

密猟者

ウェンディ・N・ワグナー&ジャック・ワグナー

地球が人類遺産保護区に登録されてから百年。月出身のカレンは、傑出した自然保護官《レンジャー》ハーディマンらとともに密猟者の取り締まりに向かうが……

ウェンディ・N・ワグナー（Wendy N. Wagner）はオレゴン州在住の作家。二〇一〇年にデビューし、これまでに一作の長編と複数の短編や詩を発表している。ジャック・ワグナー（Jak Wagner）はこれがデビュー作である。

（編集部）

カレンの腕のディスプレイで医学システムからの通知がふたたび点滅した。

『承認しますか？』

前方の道路を見る。低くたちこめた霧。対向車はいない。多用途高機動車のハンヴィーは、ハーディマンが片手運転している。野生動物に目を配るでもない無頓着な態度。

ディスプレイが振動して要求をくりかえした。投薬を受けるにはいいタイミングだろう。歯を食いしばって〝承認〟を押した。

地球行きを選んだら、強い重力と異質な各種の微粒子が充満した大気に体が適応するまで三年かかるのは承知していた。それでも月に住んでいたころは耐える価値があると思った。シルク類による貿易封鎖で食糧供給がとどこおり、生体機械スーツの空気浄化装置の交換フィルターが配給制になって、次に入手できるときまで窒息しないために歯ブラシで掃除するしかない場所から見ると、地球は酸素が豊富な夢の世界だった。本物の樹木がはえ、走りまわれる広い空間がある。

大腿《だいたい》上部に注射針が刺さった。昨夜もおなじところに免疫抑制剤とホルモンとステロイドを注射されたので、すこし痛い。

後部座席のゴードがカレンの肩をこつんと叩いた。

「こんな苦労をするとわかってて、よく自然保護官《レンジャー》を志望したもんだな。やっぱり月で育つと頭がおかしくなるのか」

ゴードも地球出身者の例にもれず、宇宙で稼ぐ大金や、血わき肉躍る戦闘や、無重力セックスにあこがれていた。貯金して地球脱出のチケットを買うのが目標だ。

カレンが口を開くより先に、ハーディマンが答えた。

「この機械監督様は崇高な理想をお持ちなんだよ、ゴード。熱帯雨林を保護し、クジラを守るのが夢なのさ」

「からかわないでください」

カレンはむくれた。動物への興味と、地球環境への適応のために非番のときでも生化学防護機能を持つパワードアーマーを着用しなくてはならないことを冗談の種にされるのは、もう慣れた。意地悪そうに唇をゆがめて言う。

「わたしこそ、せっかくのレンジャーの記章を捨ててまで地球外の暮らしを求める気持ちがわかりませんね」

ふいにまた大腿《ふともも》に注射針が刺さって顔をしかめた。間隔をおいてカフェイン注射があるのをいつも忘れてしまう。そして一回目より痛く感じる。それでも抗ヒスタミン剤による眠気防止に必要だ。

アーマーの下の肌をかきたい欲求を抑えるために、その表面を指で叩きながら、ハーディマンをにらみたい気持ちもこらえた。この先輩レンジャーを理解するのはもうあきらめた。なぜいつもこんなに不機嫌なのか知らないが、二カ月行動をともにしてうんざりした。

「これはただの仕事だ。たまたま得意なだけで」

反論できない。ハーディマンが全保護区のレンジャーのなかで最高の成績を誇っているのは事実だ。訓練期間中は彼が出した報告書をすべて暗記させられた。何百件もあった。地球はただ自然が豊かで、のどかな森林とおいしいワインがある楽園だと人々は考えがちだが、現実はちがう。旅行者の安全を守るために管理、監視が必要だ。

地球が人類遺産保護区に登録されて百年。全人口のじつに八割が宇宙ステーションや成長いちじるしい火星コロニーに移住した。しかし代替不能な生化学製品や微生物製品はいまも地球からの輸出に頼っている。農業用の栽培品種は地球の農場で育種されているし、コーヒーや牛肉のような地球産の贅沢品《ぜいたくひん》はおなじ重さの金《きん》とひとしい価格で取り引きされる。そんな惑星にレンジャーがいなければ、たちまち略奪者に荒らされてしまう。あらゆる密猟者と戦うのがハーディマンたちの仕事だ。

そんな人々でも、隣にすわりたくないほど嫌いになることはある。ハンヴィーはレンジャー四人がアーマーと装備を着用して乗れるだけの広さがある。座席間にはバッテリー充電用のラックが立っているが、それさえ仕切りとして不充分に感じる。カレンはグローブをした手をいらいらと動かした。任務中のチームは全員アーマー装着が義務だが、移動中は規定にしかし、ヘルメットとグローブは〝手もとに〟用意しておけばいいことになっている。しかしカレンは、グローブだけはつけたままにしている。手の安心毛布のようなものだ。

実際に気持ちが落ち着く。ハーディマンやゴードのような地球出身者には理解できない。彼らにとってパワードアーマーはただの道具だ。仕事で必要なものであり、非番のときは脱ぐ。カレンは最初の閉鎖ドームが完成するまえの月で育った。人工の空気と強化重力の環境で子どもたちは昼も夜も生体機械スーツを着たままだった。カレンをふくめてだれもがスーツを頼りに生きていた。

その経験は現場に出てから役に立った。ハーディマンもアーマーのままで運転したりカードを配ったりできる。しかしカレンはそのまま外科手術さえできる。

窓の外のなにかに注意を惹《ひ》かれ、カレンは座席から身を乗り出した。前方を注視する。

「停まってください」

ハーディマンはブレーキボタンを軽くタップした。

「なにかみつけたのか?」

カレンは通りすぎざまに異変を察知するのが得意だ。ハーディマンも彼女のこの能力には一目おいている。

指さしたのは空だ。雲の渓谷にそって虹色のゆらめきがかすかに見えた。目をそらしたら見失いそうなほどだ。

「シルク類がステルス機能を使っている兆候です」

「くそったれ。あのチビども、また侵入してるのか」ハーディマンがうなった。

カレンは天井の物入れからヘルメットを出した。シルク類と人類は生物学的要求が近く、そのため衝突も起きやすい。呼吸する大気の組成はほぼおなじで、体は炭素と水でできている。人間に似すぎている。粘液におおわれた灰色の肌。資源を大量に消費する生態。

ヘルメットのバイザーを閉じたちょうどそのとき、ハンヴィーがタイヤをきしませて急制動をかけた。レーダーと近接警報が耳ざわりに鳴る。

「真上だ！」

装備類が前方に吹っ飛ぶ。ゴードの取り落としたヘルメットがフロントガラスにぶつかり、カレンのほうに跳ね返ってきた。それを横へ払ったとき、前方の路面に火の玉が着弾した。ハーディマンが急ハンドルを切り、ハンヴィーは数回スピンしてようやく停まった。

「ここは危ないので降りましょう！」

カレンはシートベルトをはずして、非常用ルーフハッチを開いた。あとの二人はまだシートベルトのラッチに手を伸ばしたところだ。まわりのアスファルトが燃えて黒煙が森に充満している。カレンはアーマーのスラスターを噴いて跳躍し、天井のハッチから車外に脱出。道路脇の森陰をめざした。ハンヴィーがシルク類の船から連射を浴び、地面が振動した。

シルク類はいったいどういうつもりなのか。理解できない。条約違反の保護区侵入はまだしも、武装車両への発砲はただごとではない。

バイザー内ディスプレイの左上に血圧モニターの警告表示が出た。それを消し、視野ディスプレイを赤外画像に切り替えて空にむけた。たしかに船がいる。右舷エンジンから出る高温の噴射炎が白く見える。緊急着陸するのか。違法な着陸だ。

「ハーディマン、森に不時着しそうです！」

しかしヘルメットの無線はノイズばかり。

「ハーディマン？　ゴード？」

煙がたちこめているとはいえ視界はきき、出火時に自動点灯する非常灯の点滅が見える。

スラスターの力でハンヴィーにもどった。

突然、両肩の標識灯が眼前にあらわれ、対向するパワードアーマーと衝突しそうになった。転倒しかけて肘をつかまれる。

「森に逃げろ！　ハンヴィーは燃えている！」

ハーディマンだった。カレンは半回転し、足もとの舗装がアーマーの踏力《とうりょく》でへこむのを感じながら跳躍した。森にむいて追い越しながら訊いた。

「ゴードは？」

ハーディマンは首を振った。背後でなにかが爆発した。

「くそ！」カレンは空を見まわした。アーマーの光学システムが赤外および紫外線領域の観測データを補強してくれる。「まだ森の上空を移動中です。急げば追いつけます」

「つかまえよう」

ハーディマンは走りだした。カレンはもう一度振り返り、路上で燃えつきつつある炎を見てから、先輩レンジャーを追って鬱蒼《うっそう》とした森に駆けこんだ。

走るとカレンの精神は自由になる。意識が肉体を離脱して漂いはじめる。すべて脊髄《せきずい》反射で対応する。倒木を跳び越え、枝をよけ、幹をまわりこむ。ハーディマンよりはるかに先行する。地球出身者用の外骨格は鈍重だ。スラスターで加速されるカレンのアーマーには追いつけない。

モミの倒木をスラスターで跳び越えたら、勢いあまって森の樹冠まで跳んでしまい、鳥と鉢合わせした。象牙色でまだら模様で、長いくちばしで枯れた大枝をつついている知らない鳥。きょとんとしてこちらを見ている。ヘルメットのバイザーが鳥類図鑑を自動起動し、属名をディスプレイにスクロールさせた。ハシボソキツツキ。カレンは鳥に微笑《ほほえ》み、地面へ落ちはじめながらその姿を記憶にとどめた。

ふいにまわりの鳥がいっせいに鳴いて飛び立ち、次の瞬間、正面の杉の木がオレンジ色に輝いて吹き飛んだ。飛んできた燃える木片をあやうくバイザーが防ぐ。反動でうしろに回転しながらハックルベリーの茂みに墜落した。

落ちながらアーマーは胸部を補強し、大腿に鎮痛剤のイブプロフェンを注射した。衝撃で木が粉砕され、青いアーマーはおがくずをかぶった。

死んでもおかしくなかった。なのに痛みすら感じない。

全身が総毛立った。アーマーを脱いで負傷の程度を調べたい。素《す》の体と動きにもどりたい。しかし訓練キャンプでこのような衝動に耐えることを叩きこまれていた。脱いだら地面を這《は》うだけになる。横隔膜をささえる筋肉がつぶれてたちまち窒息死する。

ハーディマンがそばに着地して、ハックルベリーの茂みからカレンを引っぱり出して地面に立たせた。

「撃たれたな。けがは？」

カレンは首を振った。胸郭に負傷があっても夕食までに治るだろう。

「おまえは道路ぞいに引き返せ。全速力で走ってウェルチズの実地試験ステーションにもどり、本部に連絡。応援を呼べ。わかったか？」

「でも、先輩をおいていけません。規則では――」

「規則なんかどうでもいい。森をうろつく異星人まで想定した規則じゃない。急いで行け！」

ハーディマンが腕のディスプレイを叩くと、迷彩システムが作動して姿が消えた。

「くそったれ」

カレンはつぶやいた。気にいらない。単独行動は危険だ。シルク類のステルス船がいる森で一人になるのはまったくの自殺行為。それでも命令は命令だ。自分も迷彩を作動させ、走りだした。

数歩でハンヴィーがやられた現場にもどった。気管支が喘息《ぜんそく》の発作を起こしそうになる。チームの仲間を失ったことはこれまでない。黒焦げの鉄板から目が離せない。

残骸のなかでなにかが動いた。青と白のレンジャーの制服だ。

「ゴード？」

スラスター跳躍でかたわらに着地し、迷彩を止めた。ゴードの目がカレンを見る。黒く焼けただれた顔のなかで白目が目立つ。かたわらで手が動いた。その手はまだアーマーのグローブをつけている。

「アーマーはどうしたんですか？　どうしてアーマーが機能していないんですか？」

カレンは首を振りながら見つめた。救急キットは携行しているが、相手のアーマーの医学システムが働いていないと無用の長物だ。

「動力ユニットを……壊された……」

ゴードは小声で言った。それだけで唇のまわりの炭化した皮膚が裂け、赤い肉がのぞいた。

「どういうことですか？」

カレンはまた首を振った。頭をおおう混乱を払って、ゴードがこうなった理由を理解したい。

「……ハーディマンに」

言いおえた口角からピンクの泡が漏れ出た。

「ゴード！」

カレンはその肩をつかんだ。そして気がついたときには遅かった。ゴードの背中は半分が完全に焼けただれ、カレンの指は皮膚を破って奥へ沈んだ。ゴードは喉をゆがめて悲鳴をあげ、白目を剝《む》いた。背中をそらせて痙攣《けいれん》し、それっきり動かなくなった。

ぐったりとして体重がカレンの腕にかかったが、アーマーのおかげで重くはない。ゴードは仕事の同僚というより悪ガキ仲間のようだった。いつも元気に仕事をこなした。なのに死んでしまった。

遺体を放すと、どさりと道路に落ちた。カレンのグローブには湿った肉片がこびりついている。赤と黒と脂肪を見て、うっと息を詰まらせる。吐き気がしたが、のみこんでこらえ、グローブを路面にこすりつけた。一度、二度とくりかえす。

本当に死んでしまった。防護機能があるアーマーを異星人の炎に焼かれて。アーマーが機能していれば無事だったはずだ。

ハーディマン……。本当に彼がゴードの動力ユニットを壊したのだろうか。そうだとしたら、なぜ？

また吐き気がした。なぜそんなことをするのか、理由が思いあたらない。しかし二カ月いっしょに仕事をしてきたいま、信じられるのはゴードの言葉だ。

犯人はハーディマンだ。

姿を消しても位置はわかる。ハーディマンのアーマーはGPSシステムに位置情報を出している。カレンはバイザーにマップを映して走った。金色の線が地形に重ねて表示される。点滅するハーディマンのアイコンが東へ二キロのところでふいに方向を変え、停止した。気をとられたカレンは立木に衝突しそうになった。足を止め、すべての画面を再確認する。どこも異状なし。

小川にそって森がひらけている。カレンはゆっくりと近づいた。

初めて森に来たときのことを思い出す。六年生必修の母星見学旅行。ここによく似た小川ぞいをハイキングしているとき、空から鴨《かも》の群れが舞い降りて、父が操縦するシャトルのように翼を広げて着水した。指導員はほかの子たちを先に行かせてカレンとその場にとどまった。幼いカレンは鴨に目を奪われて動けなかった。

宇宙ステーションにも家鴨《あひる》や鶏はいる。卵はもちろん貴重なタンパク源だ。しかし彼らはカゴのなかで飼われ、餌も飲み水も決められた時間どおりにあたえられる。まるで羽の生えた卵製造機だ。

地球の鴨はちがった。水面に浮かび、くちばしでおたがいの羽づくろいをする。水に潜り、泳ぐ。

旅行を終えて地球を去るとき、かならずまた来ると誓ったものだ。

しかしこの小川に鴨はいない。週末の雨のせいで濁った水が川幅いっぱいに流れ、水面にはさまざまなゴミが浮かんでいる。枝、葉、リスの死骸など。カレンの足もとには鈍い虹色に光る灰色のボールが浮かんでいる。ゴミだろう。エンジンオイルにまみれた子どものサッカーボールか。しかし本能的な違和感から、そのボールを拾ってみた。

ボールは手のなかでゼリーのようにつぶれた。まるで大きなカエルの卵。

あるいは、シルク類の卵か。

思い出した。シルク類の卵は水中に産みつけられる。彼らは水のために大金を惜しまない。

宇宙では貴重な物質だ。

ぞっとしてうなじの毛が逆立った。

バイザーの隅でGPSの表示が明るくなった。ハーディマンは移動していない。本能的にレーダーを使うと、大きな物体の反応があった。胃が喉もとに迫《せ》り上がる。反応はステルス状態のシルク船と一致する。ハーディマンはそのそばにいる。

「みつけたわよ、クソ野郎」

カレンはつぶやいた。バイザー内のディスプレイをすべて消した。光も線も点滅ももう見たくない。ビデオゲームのような画面ではなく、本物の森を見たい。薄暗く湿った静かな森。聞こえるのはかすかな鳥のさえずりだけ。遠くの仲間に危険の存在を教えている。

いや、それはこちらの状況そのものではないか。単独。仲間の一人は殺され、一人は敵に拘束されている。武器は支給品のレンジャー用ライフルのみ。追加の弾薬はない。現場の地形は不明。死角や高所があるのかわからない。

木陰で状況を検討した。不意をつける優位性はある。新人レンジャーがハーディマンの命令に逆らって森を単独で移動するとはだれも思わない。

こちらにはアーマーがある。速度は三倍、力は四倍に増幅される。異星人が生化学兵器を使っても防げる。もちろん、地球配属後に実戦で試す機会があったわけではない。しかし訓練では月はハンヴィーに乗ってヘラジカを追いかけ、密猟者を監視していただけ。この二カ戦闘状況を経験し、この生体機械スーツが信頼できることを充分に確認している。ハーディマンが動けない状況で、助けになるものはありがたい。危険な戦闘になるはずだ。

腹の奥に冷たいものを感じながら、ほかの武器を確認した。アーマーの手首には切断用のトーチが組みこまれている。ベルトには催涙グレネードが一個。

それだけだ。くそ。

深呼吸を三回して、姿勢を低くして小川ぞいを小走りに進んだ。こちらの優位性は不意討ちだけだ。

ハーディマンの声が聞こえてはっとした。足を止めて聞き耳を立てる。内容は聞きとれないが、あいまにアーマーの通訳機能の細い音声がはいる。カレンの心臓の鼓動が速くなった。シルク類の船にはパイロットが乗り、姿を隠している。つまり密猟者と同様に、森の木陰でなにかを手にいれようとしているのだ。

ハーディマンのアーマーの背中を見ながら下生えから出た。レンジャーカラーの青が、池のまわりの草地の緑を背景にして目立つ。池はマップから予想したより大きい。ほとりにはシルク類の卵が数十個集まっている。シルク類のシャトルはすでに姿をあらわし、そこから池へ透明なチューブのようなものが伸びている。そのなかを灰色の卵が送られ、次々と池に落ちて水しぶきをあげている。

シルク類のシャトルは空き地がいっぱいになるほど大きい。その貨物ベイが開いて内部がはっきり見えている。コンピュータ機材が並び、貨物の箱が積まれている。その開口部によりかかった小さな影が一つ。灰色の肌や飛び出た目に気づかなければ、禿《は》げ頭の人間とほとんど変わらない。光沢のある黒いグレープフルーツのような目はハーディマンをじっと見ている。

カレンはこれを自動的に敵とみなして、そろそろと前進した。シルク類は丈の長いゆるい服を着て、人間の腰にあたる位置に巻いたベルトで締めている。武器は見あたらないが、どこになにを隠しているかわからない。とはいえチビだ。身長はカレンより低く、体重は生身の彼女の半分くらいだろう。格闘になっても勝てそうな気がする。

その頭のてっぺんにある二つの突起が開いて、こちらをむいた。するとたちまち人間とは似ても似つかないものになった。カレンはぎくりとして足を止めた。

シルク類は舌打ちするような耳ざわりな発声でなにか言った。それをヘルメットが自動通訳した。

「あれが〝後輩ちゃん〟かい？」

ハーディマンがさっと振り返った。カレンは迷彩システムを起動し忘れていたことに気づいたが、もう遅い。

「カレンか」そこでハーディマンは言いよどんだ。バイザーの奥の表情がよく見えない。

「どうやら最初の見立てとちがったようだ。彼は……遭難者だ。船のエンジンが故障して救援を求めている」

ゴードの死を見ていなければ、カレンは丸めこまれただろう。首を振った。

「どういうことですか、ハーディマン。その異星人の違法行為を手伝っているようですね。

卵を池に産みつけてるじゃないですか」

　そこで深呼吸した。さらに大きな裏切り行為に怒りが湧く。

「しかもゴードを殺した！」

　ハーディマンは不愉快そうな声になった。

「おまえがこの船をみつけなければ、あいつは生きていたはずだ。今日はダミーの密猟ルートを探索する予定だった。俺の取り引き相手をみつけて追いかけるとは想定外だった。そのせいで彼はパニックを起こした。俺も少々あわてた」

「いったいこれはどういうことですか」

　カレンは抑えた声で訊いた。

　ハーディマンは短く、苦々しげに笑った。

「若いおまえにはわからないさ」

　カレンは肩を怒らせた。

「レンジャーでありながら……」

　言いたいことは山ほどあった。もっと重い言葉をぶつけたかった。暗記したハーディマンの報告書のタイトルを並べ、彼が解決した事件の判決を言ってやりたかった。金曜の夜に月の安酒場に集まるクラスメートたちをよそに、机にかじりついてニュースで流れる彼の証言を聞き、資料映像を見ていた自分の姿を見せたかった。なにより地球の写真をその目のまえにつきつけたかった。暗黒の宇宙に浮かんだ青と緑の美しい球。保護を誓った貴重な宝物を見せたかった。

なのに、さっきからくりかえす言葉は一つだけ。

「レンジャーでありながら……」

ハーディマンは首を振った。

「地球で俺たちがなにをしようと政府は無関心だ。稀少《きしょう》なヘラジカがどうなろうと、森の奥の名もない池の生態系がどうなろうと、だれも気にしない。そんな場所で俺は秘密を四半世紀守ってきた」

犯罪の大きさが徐々に理解できてきた。一人のシルク類との一回の取り引きではない。多岐にわたり、回数を重ねたらしい。史上最高のレンジャーに率いられるはずのこのチームが、カレンの加入後、一度も密猟者をつかまえたことがないのを不思議に思っていた。その謎が解けた。

「密猟者に情報を売っていたんですね」

ハーディマンは手を払うように振った。

「だれも気にしてないんだ、カレン」

「わたしは気にします」喉を締めつけられたように声が出ない。ごくりと唾を飲んだ。「あなたを逮捕します」

〝……先輩〟と続けそうになるのを、舌を嚙《か》んでこらえた。塩からさと金属の味が口のなかに広がる。

光の点や線が映るバイザーの奥で、ハーディマンは目を細めた。

カレンがライフルに手を伸ばすのと同時に、シルク類がハーディマンの背中のホルスターから武器を抜いて撃った。

カレンは銃口からほとばしる光を見て、痛みを感じた。防弾アーマーは小銃弾程度ならはね返し、対物ライフル弾でも距離があれば止められる。しかし六メートル未満の至近距離からのタングステン徹甲弾には、さしもの上体防護プレートも貫通された。それどころか装弾筒がはずれるまもなく背中に抜けた。カレンの体はのけぞり、静水圧ショックを受けた脳は即座に意識喪失した。しかしグローブは独自に引き金を引いていた。

バイザーのむこうが水におおわれ、しばらくカレンは死んだ。

呼吸反射が起きた。強制的に酸素を送られているにもかかわらず、空気を吸おうとあえぎ、咳《せ》きこむ。水面近くでもがく。水草が手首にからんでいるおかげで、百キロ超の武器装備とケブラー繊維製のアーマーをつけているのに沈まない。漏れた泡が水面へ上がる。バイザーのディスプレイに光と色が映り、データがスクロールする。

肺から酸素が逃げるように任務の意識も去っている。苦痛はない。アーマーが鎮静している。緑色の池の底では空気も、仕事も、ゴードのことも頭と体から脱けている。なにもかもどうでもいい。ハーディマンの言うとおりかもしれない。原始の惑星の辺鄙《へんぴ》な森の小さな池のことなどだれも気にしない。人口の大半は、つまり有権者のほとんどは宇宙のコロニーに住んでいるのだ。

呼吸……できるのだろうか。腹を撃たれて横隔膜も裂けたはず。たしかめたくはない。

腋下《えきか》に電気が走った。アーマーによる電気ショック。ぴくりとまぶたが動くも、すぐに白目をむく。また電撃。電気椅子の死刑囚のように体がそる。

水草がはずれ、自由になった。ようやく沈みはじめる。鳥が飛ぶように。

アーマーのスラスターが始動した。

スラスターの熱で池の底の水が沸騰し、水蒸気が体を押し上げる。内臓が冷たくなってカレンはまた白目をむく。しかし腹部に注入された治療ジェルが起動し、急激に活動を開始する。軍用アーマーの正規の反応だ。損傷した組織を疑似細胞がマッピングし、切れた神経の断端をアミノ酸マーカーとマルチバンド安定因子がふさぐ。肉体を保護するだけでなく、傷口をふさぎ、欠損部を再生する。

アドレナリン、鎮痛剤、グルコースなどが大腿に注射される。心拍が再開し、安定する。

頭が池の水面を割った。

拳銃を握った手も水面に出る。ハーディマンにロックオンしたままだ。撃った記憶はないが、相手は泥の岸に倒れて動かない。そのヘルメットの下に広がる血だまりの意味がすぐに理解できない。追加のグルコースを注射されて、シルク類のシャトルの貨物ベイに急いだ。

ベイのなかでは宇宙人がコンピュータパネルのまえで作業している。目はディスプレイを注視している。乱入者は殺したと確信して、ハーディマンのライフルは死体の脇に放置している。カレンはよろこび、躊躇《ちゅうちょ》なく拾い上げた。

突進しながら、ヘルメットのなかでうなり声をあげる。すると肺の空気が抜けてしまった。みぞおちを撃たれているのであとの息を吸えない。視界が暗くなる。また死ぬ。しかし即座にアーマーが胸郭《きょうかく》への加圧をはじめた。圧迫と拡張の人工呼吸。肋骨《ろっこつ》が折れたようだが、大量投薬のおかげで痛くない。

シルク類は寸前で振り返り、カレンの拳を避けた。拳は奥のディスプレイを突き破る。火花が散って船内が停電した。シルク類はカレンの脇をすり抜け、貨物ベイの外へ逃げた。カレンは身をひるがえして追う。アーマーと精神がぴたりと同期している。アドレナリンを追加で打たれながら船外へ跳ぶ。

泥に着地してブーツが滑ったが、追い越しざまにシルク類の腕をつかんでいて、いっしょに転倒した。異星人はもがき、その口と鼻から舌打ちと口笛のような音をたてた。アーマーの通訳装置がスティーブン・ホーキング博士のような奇妙な合成音声でしゃべった。

「放してくれ！　小さな池くらい必要ないだろう。きみたちは星系全体の支配者なんだから」

「ここは母星なのよ」

カレンの声もおなじくらいに耳ざわりだ。横隔膜が再生途中なのでまともに話せない。

宇宙人の顔に皺ができて、表情が暗くなった。

「母星？　機械女め、ここの空気に肌でじかにふれたことがあるのか？」

その吐いた唾がカレンのバイザーにかかった。銀色の粘液をぬぐうと油じみが残った。

「逮捕する」

カレンは威圧的に言った。宇宙人はもがき、片手をふりほどいた。

「きみたちにとってここは……あれだ……テーマパークだ。体を鍛える遊園地だ」

六年生必修のキャンプ旅行を思い出した。体も鍛えられたが、重要なのは本物の鴨を見たことだ。地球訪問の目的を子どもたち全員が理解していたかどうかはともかく、一生の思い出になった。カレンは首を振った。

それを見て宇宙人は言った。

「きみの強さはわかった。しかし人類は交渉しだいのはずだ」

宇宙人の手がベルトのポーチに伸びた。

カレンは本能的にその腕をつかんだ。それでもポーチを探るのをやめないので、肘をねじる。すると腕は肩からもげた。強化されたアーマーの力に、生物組織はもろすぎる。ちぎれた肩口から黒い液体が噴き出した。液体の表面はどろりとして油のように虹色の光沢がある。

宇宙人は目をむき、声をたてた。意味はアーマーにも通訳できない。

その体を地面にころがし、つかんだままの腕を見た。黒い液体が指のあいだを流れ、グローブの関節部にたまる。このグローブも人間の手とは似ていない。シルク類の灰色のまだらの手とおなじくらいに異質だ。

そのシルク類の手が握っているのは、通貨の束だった。

笑いとすすり泣きのような吐息がカレンの口から漏れた。宇宙人の脇に並んで倒れた。手足が冷たくなっていく。アーマーの医学システムが保護しようとしても、体はショック状態になりかけている。グルコースを追加投与して、アーマー内の温度設定を上げた。

顔を上げてシルク類を見る。肌が白くなりつつある。血液が抜けて象牙色になり、灰色のまだらがうっすら浮かんでいる。さっき樹冠のなかで見た鳥とおなじだ。ハシボソキツツキ。バイザーのディスプレイの下端で点滅する情報ではない。記憶に刻まれ、決して忘れないだろう。

「ごめんなさい」

宇宙人に謝ったのか、それとも保護対象のはずの鳥に謝ったのか自分でもわからない。

しばらく黙って横たわる。アーマーの緊急ビーコンが作動し、無線は切れていることを確認した。規則は守る。想定外の出来事で災厄が起きようとも、規則は規則だ。チームの二人の仲間が死んだ。違法な宇宙人も死んだ。池には宇宙人の卵が大量に産みつけられた。新人は修羅場を経験した。

流れる涙をぬぐいたいが、バイザーはあけられない。環境にやられてしまう。薬剤と疲労で朦朧《もうろう》としたまま横たわりつづけた。アーマーの圧迫による人工呼吸が継続していて胸が痛い。バイザーの表示によるとヘルメット内の酸素量が増やされた。ありがたい。

グラスファイバーとケブラー繊維製のシェルにつつまれ、コンピュータとセンサーで外界と接続していても、肉体は本物の空気や音から遮断されている。森の静けさがありがたい。

また大腿になにか注射され、まぶたがゆっくり閉じた。

どこか遠くで鳥がさえずっている。小さく楽しげな鳴き声。スズメか、それともコガラか。

眠たい頭で考えながら、夢で会いたいと願った。

ドン・キホーテ

キャリー・ヴォーン

スペイン内戦末期の一九三九年。敗色濃厚な共和国側を取材していた「わたし」は、奇妙な戦闘跡を追いかける。その先で見つけたのは……

キャリー・ヴォーン（Carrie Vaughn）は一九七三年カリフォルニア州生まれ。一九九四年に作家デビューし、これまでに二十作以上の長編と多数の短編を発表している。長編*Bannerless*で二〇一八年フィリップ・K・ディック賞を受賞している。

（編集部）

遠雷のような爆撃や鈍い地響きにはもう動じない。一九三六年から三年続いたマドリード攻防戦を一貫して取材してきたわたしには、すでにはらわたまでしみついた騒音だ。しかしその意味するところは気になった。内戦は終わった。なのになぜまだ爆撃を？

ジョーとわたしは軍の本隊を離れて、川ぞいにトラックを走らせ、残兵が抵抗を続ける最後の拠点を見渡せる場所を探していた。ほかの従軍記者はほとんどが出国した。わたしたちもすぐに続くつもりだが、そのまえにせめて特ダネの一本もつかみたかった。敗戦の余燼《よじん》のなかにキラリと光るものがあるはずだ。未来への教訓のようなものがほしい。

小高いところで止まって川と谷を遠望した。フランコ軍の進路を見さだめたいが、むやみに近づきたくはない。まびさしをつくって眺める。また遠い爆発音が聞こえ、隣の丘のむこうから煙がいくつか立ち昇った。

ジョーが目を細めて空を見た。

「どこから爆弾が？　爆撃機は飛んでないぞ」

「爆撃じゃないいな」

「じゃあなんだ。砲撃か？」

野砲なら反動で地面が揺れるが、それがないのでちがう。

「調べてみるか」わたしは言った。

「おまえが運転しろ。俺はカメラがある」

見晴らしのいい場所を離れ、煙のほうへ曲がる道をみつけてそちらにはいった。ステアリングを力で押さえて運転する。トラックは道の穴ぼこで跳びはね、サスペンションがきしむ。ジョーはダッシュボードを片手でつかみ、反対の手でカメラを握って、撮るべきものを探している。しかしとくになにもない。草木もはえない荒れ地。緑はみじんも残っていない。しばらくまえに戦闘があったようだ。

次の丘をまわりこんで視界が開けると、世界が変わった。こちらは戦闘の直後。戦闘というより敗走だろう。痕跡からすると大規模な空爆か。戦車が吹き飛んでいる。履帯《りたい》はちぎれ、砲塔は車体からはずれて落ちている。地面はペンキを散らしたように穴だらけ。歩兵はバラバラ死体。燃えた草木はまだくすぶり、地面からは煙が上がっている。予備知識なしに見たら二十年前の西部戦線かと思うだろう。数百キロの爆薬で地上を一掃すればこうなる。

敗軍の悲惨な将兵の姿を予想した。ファシストは共和国軍の防衛隊をその支配地域の端まで追いつめた。戦いはほぼ決着した。フランコの勝利だ。だれの見方も一致している。外からの援軍がなければ共和国軍には一縷《いちる》の望みもない。しかし外の勢力はどこも見切りをつけ、ヒトラーと和睦した。かりそめの平和。いつまで続くだろうか。

ところがわたしの目は悲惨な光景に釘づけになった。しばらく観察してつぶやいた。

「どうしてこんなことに」

「どうしてもこうしても、戦争だ」

「そうじゃない。ライフルを見ろ。識別マークがある。この兵士たちはナショナリスト。つまりフランコ軍だ」

「なに。勝ってるほうの兵士ってことか」

「そうだ」

ジョーは興奮気味になった。

「本当だったのか、共和国軍がなんらかの秘密兵器をつくったって噂は。ようやく反撃か」

いまさら遅いだろう。反撃には拠点が必要だが、共和国軍にはそもそも守るべき支配域がろくに残っていない。もし秘密兵器があるのなら……なぜこんな時期まで温存していたのか。

「どうもしっくりこないな」

カラスが空を舞い、死臭が漂いはじめていた。遺体収容に残った兵士もいない。フランコ軍はそもそもこの大敗北を知らないのではないか。

「ハンク、そろそろ行こうぜ――」

「まあ待て」

隣の座席のバッグから双眼鏡を出してのぞいた。わたしたちがたどってきた道は丘をまわって戦場の平地から離れていく。しかし破壊された土地のむこうに、べつの道が見えた。固い大地に刻まれた真新しい轍《わだち》。植物が踏みつぶされた未舗装路になっている。戦車が二台併走したくらいの幅だ。

あの道を追いかけよう。

さほど広くない戦場をトラックで横断しはじめた。瓦礫《がれき》を迂回《うかい》しながら進む。たいていの障害物は避けられたが、一時は深い轍にはまってしまった。十分ほどタイヤを空転させてようやく脱出した。しかしまだ先は見えない。言い争って、もうしばらく追跡を続けてみることにした。

新兵器は自走式らしい。履帯が踏んだ地面は四角く沈んで、たどるべき道すじをはっきりしめしている。かなり大きく、重量もある。しかも速い。双眼鏡で前方を見ても影もかたちもない。

「戦車は戦車だろう」ジョーが言った。

「にしては大きすぎる。これだけの幅だ」

先の大戦を駆け出し記者として取材したわたしは、戦車というものを間近に見た。地面に相当な跡を残すが、それでもここまでではない。ジョーが言うように、どこかの天才が革新的な改良をほどこしたのか。

「歩兵大隊を壊滅させられるほど大量の砲弾を積んだ戦車があるかな」

「二台だとしたらどうだ？　戦車小隊とか」

しかし轍は一台だけだ。一組の履帯の跡が前方へ伸びていく。行く先をしめしてくれる有力なガイドライン。

日が西に傾きはじめた。荷物に水筒、パン、イワシの缶詰がはいっているが、毛布や野営の準備はない。懐中電灯すらない。さすがに引き返そうかと考えたが、ジョーが言い出すまで待つことにした。

泥道と格闘しはじめて一時間以上たったころ、ジョーが言った。

「聞こえるか?」

トラックを止めて耳をすませた。歯車がかみあう金属音。ディーゼルエンジンの低いうなり。ここがアメリカの町のそばなら、削岩機とクレーンが忙しく働く建設工事の音だと思っただろう。

急いでさらに進んだ。履帯の轍が刻まれた丘を越えたところで、ようやくみつけた。

小さな野営地があった。焚《た》き火が一つ。三脚で鍋が吊《つる》され、ぐつぐつとなにか煮えている。道ばたで拾ったらしい枝を二本まにあわせに立て、粗布のさしかけ屋根を張っている。

焚き火のそばには陸軍の軍服を着た髭面《ひげづら》のスペイン人がすわり、鍋をかきまぜている。火明かりが届かない影のなかにもう一人スペイン人がいて、装甲板の奥の骨組みに固定されたエンジンブロックを操作している。エンジンは赤熱し、火花を散らし、煙を吐いている。その上には鉄の車体、下には戦場に深い轍を刻んだあの履帯がある。

それは戦車であって戦車でなかった。戦車の部品を組みあわせたフランケンシュタインの怪物。つぎはぎで大幅に拡張した戦争機械だ。戦車の設計をもとにしながら極端に改造している。幅広の履帯は可動式の台座についていて、ちょうど足首の関節のように動く。斜面を登るときはそこに角度がついて車体を水平にたもつ。腕に見えるのが大砲で、発射するのはおそらく六インチ榴弾《りゅうだん》だろう。爆撃機の編隊分の爆薬を一発で撃ちこめる。装甲におおわれ、自走式で、進路上のあらゆるものを押しつぶす。一万年の戦争の歴史が生み出したまさに怪物だ。赤熱したエンジンは搏動《はくどう》する心臓。力強い動力源をささえる筋肉質の体と太い脚。側面には赤と黄色と紫の共和国旗が描かれている。

ジョーとわたしが茫然《ぼうぜん》と見上げていると、焚き火のそばのスペイン人が腰の袋から拳銃を抜いて、スペイン語でこちらに叫んだ。

ジョーは両手をあげて大声で言った。

「アメリカ人だ《ソモス・アメリカノス》！　アメリカ人《アメリカノス》！」

それでも撃たれると思って緊張し、逃げようと考えた。しかしスペイン人は拳銃を下ろして笑い、訛《なま》りの強い英語で言った。

「こりゃ驚いた！　おまえらみんな帰ったんじゃなかったのか」

スペイン人は焚き火のそばにわたしたちを招いた。機関員も車体から降りてきていっしょにすわった。焚き火番の男はペドロ。機関員はエンリケというらしい。ペドロは野戦服姿のごく普通の兵士で、伸び放題の髪を帽子で押さえている。エンリケは無愛想な男だ。色付きゴーグルのせいで目つきがわからず、頭はつるりと禿《は》げている。整備するエンジンの熱で髪が一本残らず焼けたのか。

名のってから自分たちの素性を話した。しかしジョーとわたしの目はどうしてもこの改造戦車に惹《ひ》きつけられる。ペドロはそのようすににやりとした。

「こいつをどう思う?」

「なんというか――」わたしは言いかけて、首を振った。「――形容しがたいな」

「俺たちはドン・キホーテ号と呼んでる」

「風車に突進するからかい?」

ペドロは大笑いして、エンリケに言った。

「ほら、ちゃんと通じるだろう!」

エンリケは黙然として地面にすわり、両腕で膝をかかえている。ゴーグルに火明かりが反射し、どこを見ているのかわからない。

「とにかく、こいつはなんだ?」ジョーが訊いた。

「一人乗り戦車だよ」ペドロが答えた。「つくったのはエンリケだが、考えたのは俺だ。戦車より優秀だぜ。速くて機敏。操作は簡単で、一人でぜんぶできる。戦車兵みたいなクルーはいらない。一人と一台でやった成果を、あんたたちはその目で見ただろう?」

「あの大部隊を――一人で全滅させたのか? それはすごい」わたしは言った。

「そのとおりさ」

「一年前にこいつがあれば戦況はひっくり返っただろうな」ジョーも言った。

ペドロの笑顔が消えた。相棒とともに冷たく探る目でこちらを見る。ペドロは火に新しい枝をくべながら言った。

「まだ遅くねえよ。こいつは完成まで何年もかかった。しかし一台できたら、あとは何台でもすぐできる。軍団を編成できる。こないだの大戦も最後の戦争とはならなかったが、こいつは戦争を終わらせるかもな。ドン・キホーテ軍団にはだれも対抗できない」

わたしの頭には、従順な馬にまたがったよぼよぼの老人百人の姿が浮かんだ。それがフランコに突進するのかと思うと笑いそうになる。しかしそこで、そびえ立つ戦争機械の影に目がいった。これがバーで三杯目のビールのピッチャーをはさんだ会話なら笑えただろう。しかし寒夜に殺戮《さつりく》の現場から一時間移動しただけの荒野のただなかで、火明かりに不気味に照らされた顔を見ながら話していると、新たな戦争の姿を垣間《かいま》見た気がして恐ろしくなった。

その夜、ジョーとわたしは野営地に泊めてもらった。スペイン人たちは予備の毛布を持っていなかったが、火は充分に暖かかったし、鍋のシチューも分けてもらった。エンリケは車体にはいってエンジンに寄り添って眠った。さすがに夜は停止したが、機械が冷えるときのカチンカチンという音をひと晩じゅうたてていて、それが心臓の搏動のように聞こえた。

闇のなかでジョーがささやいた。

「こいつは特ダネだぜ。夜が明けて写真を撮るのが楽しみだ」

特ダネなのはたしかだ。

「いまから戦争をひっくり返せはしないだろうけどな」わたしは言った。

「そりゃ無理だ。たとえこの怪物があっても、たった二人じゃな。おまけにどちらも少々変人だ。でも問題はそこじゃない。こいつだよ。だれもかれもがひとめ見ようと大騒ぎするぜ。キングコングみたいにさ。アメリカに持って帰れたら見物料をとれる」

そういう発想もありだ――この二人が同意すれば。しかし二人はおそらくこの地にとどまるだろう。そしてフランコ軍を可能なかぎり撃滅し、最後は銃火のなかで斃《たお》れるだろう。一人乗り戦車の軍団をつくる夢は幻《まぼろし》に終わる。

「どうだよ、ハンク。こいつらを説得して、戦争なんかやめさせて、この機械といっしょにニューヨークへ来させられねえかな。そしてエンパイアステートビルに登らせるんだ」

焚き火は熾《おき》に変わった。エンリケの機械はまだカチンコチンとコオロギのように鳴いている。ペドロは眠ったようだ。

わたしは首を振った。

「むしろ心配なのは、ドイツがこれを知ったらどうなるかだ。かき集めるだろうな。百台くらいそろえるだろう」

ペドロとエンリケにそんな大量生産は無理でも、ドイツのような工業化した軍事機構の手にかかればどうか。

「そしたらどうなる?」

「この装甲機械は数個大隊を踏みつぶせるが、今回の戦争には勝てない。もう友軍がいないし、援軍も来ない。対してフランコはドイツとイタリアから支援を受けている。ファシストが川を渡ってくれれば、スペインはたちまちその掌中に落ちる。この二人は捕虜になり、機械は鹵獲《ろかく》される。これをドイツ人が手にいれたら――」

「どうする、やつらは？」

「まあ、腰を抜かすだろうな」

夜がゆっくりと明けた。戦塵《せんじん》を通してさす朝日はどこか恐怖をいだかせる。まるで空が猛《もう》禽類《きんるい》になって襲ってきそうだ。

昼の光のもとで見る戦車は、より人型に近かった。エンジンは赤熱する心臓。複数の大砲は上下する腕。多関節の履帯にはちょうど膝にあたる屈曲部もある。車体に一カ所だけ細長くあけられた視察窓は怪物の単眼を思わせる。胸にあたるところに予備の弾帯までかけているのは、わざと擬人的に見せるためか。

ペドロが焚き火をかき立てているとき、聞き慣れた機械の響きが遠くから聞こえてきた。移動中の部隊がたてる音だ。エンリケが車体後部のハッチから一人乗り戦車にはいり、すぐにエンジンが咳《せ》きこみながら目を覚ました。

ジョーは野営地を隠した丘に登り、しゃがんで双眼鏡で観察した。

「フランコの偵察隊だ。こっちへ来る」

あちこちで大隊が撃滅された現場を順にたどって敵を捜索しているのだ。

ペドロは声をたてて笑った。なにごともまず笑い飛ばす性分らしい。

「ドン・キホーテ号の威力を見せてやるぜ」

そのとき妙案が浮かんだ。

「同行させてくれ。乗ってみたい」

ペドロは驚いた顔になった。エンリケさえハッチから顔を出したが、あいかわらず無表情だ。ペドロが言った。

「エンリケが乗る場所しかないし、あんたが乗ってもやることはない」

わたしはまくしたてた。

「記事を書く。わが国の——アメリカの新聞に載せるんだ。それを読んだ金持ちの投資家が話を持ちかけてくるだろう。きみは有名になる。史上最強の戦争機械の発明者としてな。有名になって金持ちになる。それにはまずわたしが記事を書かなくてはいけない。実際に乗って搭乗体験記を書くんだ」

ペドロとエンリケは視線をかわした。どんな意思疎通があったのかはわからない。そのあとペドロは言った。

「エンリケといっしょに乗れ。でも本当に記事を書くんだぞ。投資家が集まるんだな？　金になるんだな？」

社会主義思想が濃いはずの共和国軍の兵士にしてはずいぶんな言いぐさだ。

わたしは急いで上着をはおり、鉛筆とノートを確認した。ジョーがそばに来て、袖を引いてささやいた。

「本気なのか？」

「ああ、本気さ。もし生還できなかったら、わたしは勇敢だったとみんなに伝えてくれ」

「勇敢だと。ただの蛮勇じゃねえか」

　わたしはにやりとした。

「蛮勇をもってしても書く価値がある。それがこれだ」

　覚悟はできている。機械の背後からよじ登り、エンリケに引っぱられて車体のハッチをくぐった。

　ドン・キホーテ号の車内はかろうじて二人分の空間があった。エンリケは制御盤のまえにボルト留めされた板にすわる。わたしの席はもちろんなく、運転席の背面とハッチのあいだの狭いくぼみで膝をかかえるしかない。つかまるところは頭上に溶接された一本の棒だけ。空気はこもって焼けたオイル臭が充満している。換気の手段はないらしく、車内は密室だ。操縦装置の上に細長い視察窓があり、運転手は最小限の視界を得られる。わたしから見えるのはハンマーの打痕《だこん》と油染みがついた鉄板だけだ。全身から汗が噴き出し、息苦しくなった。

　エンリケは猛烈な暑さをものともしない。十数本はえたレバーのうち数本を引いて、切り替えスイッチをいくつか倒すと、車内に響く音が変わって振動がはげしくなった。床下のエンジンが轟然《ごうぜん》とうなり、破裂寸前の溶鉱炉のように高熱を発しはじめた。

　機械が動き出した。車体が垂直に持ち上がる。エレベータが急上昇する感覚だ。歯車と動力ベルトが鳴り、履帯がきしんで、戦車は前進した。未舗装路で速度を出しすぎているように荒っぽく揺れる。轍や植物の塊《かたまり》を乗り越えるとあちこちへ振りまわされる。驚きだ、動いてる。奥歯が振動する。

エンリケは平然とすわっている。操縦装置に手をおき、レバーを意味なく動かしているように見える。操縦手、砲手、整備手、機関手、車長の役を一人でこなしている。普通の戦車なら六人必要だ。べつのスイッチを倒すと歯車が切り替わり、車体はのけぞって空にむいた。

わたしはハッチを薄くあけて外をのぞいた。側面に設置された小砲塔が回転し、迫る敵に照準をあわせている。わたしはハッチを閉めた。

すこし背伸びをすると、装甲板に細くあけられた視察窓がエンリケの頭ごしにすこしだけ見えた。映画の全体を見ずにコマを断片的に見せられるような視界だ。こちらへ走る戦車。並んだ野砲。方向転換するトラック。移動して陣形を組む歩兵。あちこちでひるがえる赤と金のファシストの旗。

エンリケがいきなり立ち上がって、わたしは背後の壁に跳ね飛ばされた。その手が頭上に突き出たレバーを引く。すると落雷のような爆発音がドン・キホーテ号を震わせた。大砲が発射されたのだ。二本目のレバーを引くと二発目が発射された。わたしはかがんで視察窓をのぞいたが、煙しか見えない。遠くの爆発音と悲鳴がかろうじて聞こえる。

エンリケは頭上のレバーを連続して引いている。砲弾は次々に発射される。砲弾の自動装《そう》塡《てん》機構があるのだろう。こんな技術をもしドイツが手にいれたら……。

ノートのページを破いて二つに丸め、耳の穴に詰めた。多少なりと抑えられたのは音だけで、全身の骨に響く振動は変わらない。めまいがしてきた。

大砲はまるでガトリング砲のように六インチ榴弾を次々と発射する。エンリケの操縦によって戦場の端を移動しながら、車体を旋回させて大砲をむけ、敵陣をなぎ払っている。この大隊もまもなく壊滅した。

たまに小銃弾が飛んできてドン・キホーテ号の装甲を叩いたが、被害はなかった。脆弱《ぜいじゃく》な機構部分はしっかり防護されている。敵の野砲がドン・キホーテ号によって沈黙させられるまえに撃ってきたのは数発のみ。着弾は十メートル以上ずれていた。一人乗り戦車は機動力があるので的をしぼりにくいようだ。

ますます危険な兵器だ。

戦闘は終わった。戦車は移動をやめて履帯の上にしゃがんだ。エンジンは回転を落として低くうなるだけになった。

わたしは後部ハッチをあけて外の新鮮な空気を吸った。新鮮といっても血と硝煙のにおいが漂って車内と五十歩百歩。風があるのがせめてもの救いだ。耳鳴りが永久に治らない気がした。

ペドロとジョーが駆けよってきた。ずっと見ていたはずだし、わたしよりよく見えただろう。ジョーは迫力満点の写真を撮れたにちがいない。

「よくやったぞ、エンリケ！　上出来《ブエノ》！」

ペドロが声をかけた。車体から降りるエンリケは心なしか足どりが軽い。ペドロは続けた。

「あんたもだ、ハンク。いい記事を書けたか？」

まだ一語も書いていないが、あとで書けるだろう。

ジョーがカメラをしめして、スペイン人たちを身ぶりで呼び寄せた。

「おおい、二人ともこっちへ来い。戦場をバックに一枚撮りたい」

わたしはドン・キホーテ号によりかかった。記事については考えがある。しかしまだ話せない。話す機会はあるだろうか。すくなくとも、やるべき計画はあった。

履帯の関節を足がかりに、ボルトや歯車や視察窓に手をかけながら戦車の前面によじ登った。不安定な姿勢から弾帯に手を伸ばし、戦闘で残った二発を抜きとって上着のポケットにいれた。そのあと排気管づたいにエンジンへもぐりこんだ。車体下面の装甲板で守られた燃料タンクがあった。蓋は横に押し開けるだけで給油できるようになっている。破壊工作などエンリケは想定していないらしい。

戦車の足を動かすシリンダーとピストンの一つに砲弾を押しこみ、もう一個を燃料タンクにいれた。ねじったハンカチを即席の導火線にして燃料タンクの蓋にはさみ、マッチで火をつけた。

時間の猶予はわずかだったが、それで充分だった。

怪しまれないようにそしらぬ顔でもどると、ジョーに近づいて腕をつかんだ。

「さあ、引き上げるぞ」

ジョーは破壊の風景のまえでペドロとエンリケに立ち位置を指示しているところだった。

数十体のちぎれた遺体がころがるまえで、二人は立派な枝角の牡鹿《おじか》を仕留めたハンターのように大きな笑顔を浮かべている。

困惑顔になったジョーに、わたしはくりかえした。

「いいから引き上げだ」

ペドロが声をかけてきた。

「おおい、ほんとにドン・キホーテ号について書けよ！　俺たちの記事を書くんだぞ。みんなに伝えてくれ。戦争には勝てる。やっと勝機がめぐってきた。すぐ応援に駆けつけるって」

わたしはジョーを引っぱって丘のむこうへもどりながら、上着のポケットにはいったノートを叩いた。

「もちろんだとも。ぜんぶ書きとめたから大丈夫だ！　急いでもどって、電話で編集部にこの記事を伝える。一秒でも早くな！」

ペドロはこの説明に納得したらしく、手を振ってスペイン語で祝福の言葉を叫んだ。エンリケはいつものように無表情に見送っている。最後までゴーグルをはずさなかった。

「ハンク、いったいどうしたんだ」

「いいから足を止めるな」

谷底に下りたときに爆発音が聞こえた。ちょうどよかった。おかげで衝撃波の直撃を避けられた。それでも足をすくわれて二人とも転倒した。

「おい、いまのはなんだ？」

ジョーがあわてて立って振り返った。丘のむこうに黒いきのこ雲が立ち昇っている。二人のスペイン人は生き延びられただろうか。最初の爆発ではじき飛ばされて無事だったならいい。しかし、実際にはそううまくはいかなかっただろう。

きのこ雲が広がって消えていくまで見守った。

「きっと設計に未熟なところがあったんだろう」

わたしが意見を言うと、ジョーは無表情にこちらを見た。

「だったら、俺たちは難を逃れたことになるな」

「そうだ。そういうことだ」

それから歩きつづけた。吹きつける寒風で上着が防寒の役に立たない。トラックまで帰り着けるだろうか。たとえそこまでもどっても、あとから来た二つ目の大隊に鹵獲されたか壊されただろう。どうでもいい。フランコ軍との遭遇を避け、川を渡ってスペインから脱出するだけだ。戦車の履帯のきしみや、トラックのエンジン音や、多数の兵隊の軍靴《ぐんか》の響きに耳をすませたが、まわりはどこまでも静かだった。乾ききった灌木《かんぼく》が風に鳴るだけ。

「あいつら、やれたんじゃないかな」三十分ほど歩いたところでジョーが言った。遠くにエブロ川の光る水面が見えてきた。「それなりの時間があれば、あの機械でフランコ軍を押し返せたんじゃないか」

「そのあとはどうなる？　二台目、三台目をつくるか。あるいは本格的な車両メーカーに設計図を売るか。そしてそのあとは？　次の戦争でヨーロッパがあれに蹂躙《じゅうりん》されるのを見たいか？」

「次の戦争ってなんだ。もう戦争は起きないだろう。ミュンヘン協定が結ばれたんだから」

わたしはその顔を見た。みんなそう信じようとしている。このスペインでの戦乱が新たな開戦の火蓋だとは思いたくないのだ。

「ちょっとカメラを貸してくれ」

ありがたいことに、ジョーはすなおにカメラをさしだした。わたしは裏蓋をあけ、撮影された長いフイルムを引っぱり出して感光させた。撮った画像は失われた。

「おい！」

ジョーは声をあげたが、それだけだった。わたしは裏蓋を閉めて、カメラを返した。カメラマンも意図を理解してくれたようだ。

それが従軍記者の務めではないか。世界をよくする方向へ手を貸すことが。

天国と地獄の星

サイモン・R・グリーン

人間に対して極めて敵対的なジャングルが繁茂する惑星アバドンに、基地建設要員として送り込まれたポールたち。そこは地獄のような環境だったが……

サイモン・R・グリーン（Simon R. Green）は一九五五年イギリス生まれ。レスター大学で現代英米文学を学び、一九七六年に作家デビュー。以来四十作以上の長編を発表している。邦訳書に『青き月と闇の森』（ハヤカワ文庫FT）がある。

（編集部）

僕は宇宙へ送られ、地獄に落とされた。亡き女の声を慰めに。
なぜあんなことをしたのか。だからこんな結果になったのだ。

僕らは二列でむかいあわせにすわらされた。計十二人。〃人〃といっても、もはや男でも女でもない。地球からやってきた十二着の最新式ハードスーツ。先端科学を駆使した各種の新型武器を装備する、最強最速の装甲服。着用者とのインターフェイスは組み込みＡＩが受け持つ。やさしい声と穏やかな言葉で無聊《ぶりょう》を慰め、人間性を維持する。完璧な殺戮《さつりく》機械と化した現実を忘れさせる。

六着のハードスーツがむかいあわせの六着のハードスーツを見る。いずれも顔のない同一の装甲服。区別は胸に刷られた一から十二までのステンシル文字だけ。僕は十二号だ。

正面のハードスーツを見るとまるで自分を見ているようだ。金属色に輝く人像《ひとがた》。顔のないのっぺりとした頭部。どこからも外をのぞけない。逆にいえば外からのぞかれないので、いいことだ。顔などいらない。外を見るには新しい目を使う。ハードスーツの各種強化センサーで見る。

全員がストラップで強固に固定されている。自由を奪い、絶対に動けないようにするのは、他人や自分を傷つけないためだ。いつ精神に異常をきたすかもしれない。そういう例は実際にある。そもそも正気の人間はハードスーツにはいらない。

僕らはハードスーツに生かされている。おかげで強く、速く動ける。生命維持装置であり、終身刑であり、逃れられない牢獄《ろうごく》だ。

もう名前はいらない。番号だけ。過去の人間関係は失った。ほかのハードスーツともほとんど話さない。銃をつきつけられてこの船に乗ったときが初対面。ハードスーツから出た姿を見たことはないし、見たくない。美男や美女はそもそもハードスーツにはいらない。まともな人間や前途ある人間も同様だ。病院で一度だけ鏡を見たことがある。僕の悲鳴を止めるために大量の鎮静剤が必要だった。

頭上のスピーカーから船長の声がした。人間らしく聞こえるが、彼もまた普通の人間ではない。船のＡＩに移植された預託記憶だ。コンピュータに取り憑《つ》いた老人の記憶。機械に住む幽霊。人間からとりだした記憶が恒星船を動かし、人間をよせつけない星々へ僕らを運ぶ。

その人間そっくりの声が言った。

「こちらは〈モルフィ公爵夫人〉号の船長だ。まもなく目的地周辺の軌道にはいる。惑星の正式名はプロキシマⅣ。しかしだれもがアバドン星と呼ぶ。なぜか。これが地獄の別名だからだ」

僕らがハードスーツを着るように、船長は船を着ている。だから僕らの苦境に多少なりと同情的だろうという期待があった。そこでスーツのスピーカーから尋ねてみた。

「船長、あなたはいったいなにをやったんですか？　どんな事情でこの船という牢獄に？」

すると船長は心から愉快そうに答えた。

「愚かな。望んではいったのだ。熱望したのだ！　艦隊で三十年勤務した。宇宙航路を飛びまわり、惑星間を駆けめぐった。なのにあるとき、もうこれっきりだと言われた。年齢を理由に退役させられた。そのとき一つの提案をされた。自分の船で広い宇宙を飛べる！　しかも永遠に！　もちろんわし自身ではない。わしの記憶だけだ。それでも……提案に飛びついた！　これまで艦長や船長として船を指揮するのがどういうものか知っているつもりだった。いまは不明を恥じている。船のセンサーを通じて見る輝きの壮大さよ！　宇宙は空虚というのは誤りだ。高性能な目を持ってみよ。宇宙を満たす精妙な力と繊細なエネルギー。それは赫然《かくぜん》たる虹にもまさる。星々を渡り歩く巨人。そこに息づく形や概念。それらは名前すらない。人間は闇のなかの孤独な存在ではない……」

このように人間性を奪われて箱に閉じこめられた人の多くは精神に異常をきたす。たとえその箱が巨大な船であっても。僕はさらに訊いてみた。

「人間にもどりたいと思いませんか、船長？」

「思わぬ！　あんな小さく無力な存在にだれがもどりたいものか。とはいえ、人間のわしもまだ存在する。地球のどこかで暮らし、船になった自分を想像しているだろう……。とにかく、任務について事前説明で聞かされたことはすべて忘れろ。アバドン星は想像を絶する場所だ。真実を教えてやる。この惑星ではありとあらゆるものが人間に牙をむく。空気も、重力も、放射線も。水や食べ物も。出会うものすべてが危険だ。はびこる植物すべてが凶暴な人殺しだ。地表に下りたら惑星全体と戦いつづけることになる。すこしでも注意をおこたれば死。身辺に近づければ死。気を抜き、手を抜けば死。とにかく……やるべきことをやれ。そして生き延びろ」

「アバドン星の基地に人間は駐留していますか？」

この質問は三号だ。スピーカーから出る声は男でも女でもない。どの声もおなじ。そうあるべきだ。船長は答えた。

「まさか。人間などいない。アバドン星のどこにもいない。人間の住む場所ではない。だから諸君が送られる。ロボットやアンドロイドではこの星の過酷な環境でテラフォーム施設を保守できない。さて、揺れにそなえろ。大気圏に突入する」

船室全体が揺れはじめた。石のように急速に落ちていく〈モルフィ公爵夫人〉号に、なにかが全力で抵抗しているような感じだ。船室と表現したものの、実際は貨物室に近い。快適で見映えのいい内装などない。十二着の装甲服を保持するためだけの空間だ。

犬に振りまわされる鼠《ねずみ》のように気流にもてあそばれた。高強度のストラップに固定されたまま前後左右上下に揺さぶられる。もちろん僕らはなにも感じない。ハードスーツにはいって最初に学ぶのは感覚を殺すことだ。装甲服のサーボモーターが忙しく働いて急激な動きを補正する。ヘルメットの内側ではＡＩがステータス表示を流す。この程度は装甲服の仕様の範囲。運用に問題なしと伝えている。生身の人間なら即死するほど暴力的な大気圏突入だが、ハードスーツ内の僕らに危険はない。装甲服はいかなる危険からも着用者を守るようにできている。船外で渦巻く風の叫びが聞こえた。まるで生き物のようだ。ナイフのように大気を切り裂く侵入者への敵意が感じられる。船長が言ったように、この惑星ではあらゆるものが人間に牙をむくのだ。

船長がさらに説明した。

「着陸場は第三基地から三キロ近く離れている。船を下りたら、基地のビーコンをみつけて直行しろ。絶対に立ち止まるな」

「第一と第二の基地はどうなったんですか？」七号が質問した。

「なにも聞いてないのか。知らぬが仏だな。この惑星は巨大なジャングルにおおわれている。そのすべてが人間を攻撃する。第一基地は機械だけだった。ドローンとロボットが基地ＡＩに制御されていた。しかしわずか一週間で植物におおわれた。基地はもう見えない。植物に沈んだ。第二基地には人間が駐留していた。二カ月近くがんばったが交信が途絶えた。救難チームが下りると基地はもぬけのからだった。フォースシールドは停止し、正面入口のドアは開けっぱなしで、なかにはひとっこひとりいなかった。クルーになにが起きたのか知るすべはない。諸君は知ることになるかもな。滞在記録を延ばせるかもしれない」

ホロスクリーンが起動し、二列のあいだの空中に遠隔センサーがとらえたアバドン星の地表が映された。最初は光だけだ。まぶしすぎてなにも見えない。スーツのフィルターが強い補正をかけてようやく見えるようになった。

光っている。

着陸場はまだ眼下に遠い。雑草だらけの庭に落とした三枚のクリスタルのコインのように光っている。実際にはそれぞれ直径一キロ近い円で、恒星船が着陸するときの破壊的なエネルギーを吸収する特殊な設計がほどこされている。ジャングルはその縁まで迫っている。三つの着陸場は侵略的な植物の高く伸びた枝葉にかこまれている。

「着陸場はなぜ植物に迫られながら無事なんですか？」九号が訊いた。

「第三基地から送られるドローンが一時間ごとに焼き払っている。ジャングルはすぐに再生して伸びてくるが、着陸場そのものから発生している強い放射線のおかげでかろうじて抑えている。第三基地は強いフォースシールドを発生させていて、これはなにも侵入させない。忘れるな。着陸したらわが身を守れ。味方はいないと思え」

そのとき、やさしく心地よい女性の声が頭のなかで聞こえた。ハードスーツのAIだ。

『だいじょうぶよ、ポール。訓練どおりにすればなにも問題ない。わたしがついているわ』

僕は返事をせず、思わず身震いした。

船全体が轟音《ごうおん》をたて、叩きつけられるように着陸した。ホロスクリーンは消え、かわりに赤色灯が点滅して非常サイレンが鳴り響いた。船長のうわずった声が響く。

「出ろ！　全員、出ろ！　わしは一秒たりとここにいたくない！」

ストラップのバックルがいっせいにはじけ飛ぶようにはずれた。ようやく解放された十二人は立ち上がり、手順のシステム点検をはじめた。銃や各種の武器があらわれては消える。あちこちのサーボモーターが忙しくうなり、動作と反応を確認する。聖戦に出発する甲冑《かっちゅう》の騎士団のようだ。やがて奥の壁でハッチが開き、斜路が着陸場の床へ下ろされた。僕らは鉄の通路を重々しく踏みしめて、危険だらけの惑星の大地に降り立った。

まず強烈な光に襲われた。スーツのフィルターで補正できないほど明るい。それでも離陸する船から離れるべく、止まらずに前進した。最後の一人が下りた直後に斜路は跳ね上げられ、ハッチは乱暴に閉まった。アバドン星到着だ。

僕らはすぐに二人ずつ背中あわせになった。分隊としての隊列だ。強い光には多少慣れたが、今度は空気に……すえて腐ったにおいがする。二つの太陽はまばゆくて直視できない。空は鮮血のように赤く、渦巻く雲は固まりかけた血糊《ちのり》のように赤黒い。雲の高いところでは嵐を予感させる稲妻がひらめく。あちこちから吹きつける強風が吠《ほ》えて叫ぶ。

これがアバドン星。地獄の別名を持つ地。

まわりはすべてジャングルだ。得体のしれない植物が高さ三、四メートルに伸びている。色は毒々しく原始的で強烈。主張が強すぎて無秩序。人間の美意識にはまったくあわず、むしろ不快だ。樹木のような種類もある。濃い紫の幹から太い棘《とげ》のような枝が伸び、不潔な黄色の鋸歯状《きょしし》の葉を大量につけている。どれも不可解な角度で曲がり、垂れ下がっている。頭頂部で人間を叩こうとしているらしい。そのまわりには悪夢が具現化したようなあらゆる種類の植物が生い茂る。悪意と敵意をあらわにして棘だらけの長い蔓《つる》を鞭《むち》のようにふるい、いまや遅しと侵入者を待つ。

ホロスクリーンで見ても不気味に揺れ動いていたが、着陸場から見るとまるで怒りと殺戮欲で猛《たけ》り狂っているようだ。生きとし生けるものすべてが猟犬のように歯がみし、飛びかかろうとしている。巨大な花は内側に臼歯をずらりと並べ、人間をひと呑みにしようと狙っている。飛んできた莢《さや》が近くで榴弾《りゅうだん》のように破裂し、剃刀《かみそり》のような種子をまき散らした。さいわいハードスーツの装甲が止めてくれた。

ジャングル全体がいっせいに襲いかかろうとしている。僕らを餌食にしようと手ぐすね引いている。自己保存など考えていない。僕らは分隊の隊列をとってそのようすを見た。

「動物はいないらしい。すべて……植物だ。でもこんな植物があるか！」三号が言った。

「船長の言うとおりだな。惑星全体が牙をむく。正鵠《せいこく》を射ている」と七号。

「人間を歓迎していない。テラフォームされると知ってるみたいだ」と四号。

「擬人化するな。目のまえのものに対処しろ」と一号。

「とにかく第三基地へ行こう」僕は言った。「武器システムをすべて起動。訓練を思い出せ。仲間を誤射するな」

『それでいいわ、ポール』ＡＩが言う。『みんなを率いて。きっとうまく切り抜けられる。ポール？　返事をしてほしいわ、ポール』

僕らは前進した。着陸場からジャングルに踏みこむ。行く手をはばむものは切る。左手にはエネルギー兵器が組みこまれている。それを使うと鬱蒼《うっそう》たる植物の群れが一瞬で消滅する。

優秀で効果的な武器だが、一度撃つと充電に二分かかる。右手からは炸裂《さくれつ》フレシェット弾を発射する。左右に動かせば、見えない大鎌をふるうように前方の植物はなぎ払われる。しかしハードスーツ内の弾薬量にはかぎりがある。右手と左手を交互に使って道を切り開き、そこを進んだ。

僕の右隣には九号がついた。火炎放射器を使い、襲いくる植物を焼き払う。左隣には二号がつき、グレネードランチャーを使った。爆発音と黒煙が連続し、植物の破片が吹き飛ぶ。協力して広い道を開いていった。ハードスーツがとらえた第三基地のビーコンにしたがって直進すればいい。

〈モルフィ公爵夫人〉号が離陸する衝撃波が伝わってきた。しかし空へ帰る船を見上げる暇はない。すきを見せれば殺される植物との戦いに忙殺された。あらゆる方向から襲ってくる。ハードスーツに爪を立て、ひっかき、叩き、侵入できる弱点を探す。どれだけ焼いてもすぐに再生する。どれだけ殺してもあとから押しよせる。通過した道はすでにジャングルに閉ざされ、着陸場とは分断された。

分隊はゆっくり着実に前進した。暴力の海のなかで十二人は理性的な思考のオアシスとなり、第三基地をめざした。一般チャンネルで連絡を試みたが、呼びかけに応答はない。第二基地は入口を開放してもぬけのからだったという船長の話を思い出す。しかしいまは考えていられない。殺意ある植物が群れをなして襲ってくる状況なのだ。

残弾が少なくなってきた。やむをえず銃をおさめて、ハードスーツの腕力に頼ることにした。襲ってくる植物を鋼鉄の手でつかみ、紙のようにちぎっては捨てる。つかまれてもなお攻撃をやめない。棘だらけの長い蔓は腕に巻きついて締めつける。しかしハードスーツはそれを容易に引き剝《は》がし、ひねりつぶす。指のあいだから粘液と繊維が飛び散る。僕には届かない。すべてはねかえす。いい気分だ。敵意むきだしの世界とまっこうから戦えるのは楽しい。

ところが二号が大量の蔓植物に倒された。あっというまに呑みこまれ、強大な力でつぶされた。圧力に耐えきれずにハードスーツはあちこちで割れた。そこから蔓がもぐりこみ、二号を引き裂いた。即死だ。全身の血を植物に吸われて地面にころがされた。

七号は弾切れか弾詰まりか、攻撃手段を失って棒立ちになった。そこに木が巨大な棍棒《こんぼう》のように倒れこみ、七号を押しつぶした。ハードスーツは関節が砕け、あちこちから血が流れた。悲鳴をあげるまもない。

十号がどうなったのか見ていない。気がついたら姿がなかった。一般チャンネルにその悲鳴が流れ、やがて沈黙した。

残った分隊はジャングルを切り開きながら前進をつづけた。襲いくるものと戦いつづけた。第三基地まで三キロ少々のはずなのに、はるかに遠く感じられた。

ついにジャングルを抜け、眼前に基地があらわれた。堅牢《けんろう》堅固な砦《とりで》が真っ赤な空を背景に屹立《きつりつ》している。有為転変する世界にそびえる不変の金城。フォースシールドのせいでゆらめいて見え、現実感がない。追いかけてきたものは蜃気楼《しんきろう》だったのか。

　しかしそのエネルギー場は植物を大きく押し返し、周辺には開けた空き地ができている。僕らはそこをよろよろと渡って基地の敷地にはいった。フォースシールドは人間を通すようにプログラムされている。光の滝を抜けるように、ゆらめき輝く膜を通過して、危険地帯から安全地帯に移動した。

　ハードスーツにこびりついてフォースシールドを抜けてきた植物もあった。むしり取って捨て、動かなくなるまで踏みつけた。装甲服に根をはやしたように大きく成長したものもある。しかたなく、おたがいを火炎放射器で洗浄した。念には念をいれる。ハードスーツの内部に侵入された気配はない。

　終わると正面入口にむきなおった。ドアの左右から銃口が突き出し、こちらを狙っている。侵略的な植物との戦いを補助するためか。あるいは、必要に迫られれば第三基地は分隊の一部ないし全員を排除する用意があるという意思表示か。強力無比のハードスーツは味方といえど全面的に信用するのは危険だ。そもそも、なかの人間はハードスーツにはいった時点で正気とはいえないのだから……。

　中央入口のドアが開き、ジャングルを命からがら抜けてきた分隊は第三基地に重い足どりではいった。屋内でも銃口がむけられた。全員がはいると、ドアは厳重に閉鎖された。人工的な照明、人工的な壁と床だが、凶暴でまがまがしい惑星の地表を通り抜けてきた直後では奇妙なほど淡泊で弱々しく感じられた。

基地司令官の声が頭上のスピーカーから流れた。船長とおなじく基地ＡＩに組みこまれた預託記憶。しかし船長ほどこの境遇を楽しんでいないようだ。

「第三基地へようこそ」

きわめて男性的、きわめて権威主義的な声。骨の髄まで軍人らしい。僕らを命令に従わせるために意図された声質だろう。司令官は続けた。

「そしてアバドン星へようこそ。ここの任務が完了するまでは帰れないぞ。テラフォーム施設の組み立てを完了し、試験を終えて初めて諸君は軌道に拾い上げられる。そして……もっと快適なべつの星へ送られるはずだ。この見通しを信じるも信じないも自由だ。九人しかいないようだが、下船したのは何人だ？」

「十二人でした。ここへ来るまでに三人死亡しました」僕は報告した。

「普通だな。十二人中九人なら前回のクルーより好成績だ」

「まえのクルーは何人いたのですか？」一号が訊いた。

「機密事項だ。ここでは教訓から学べ。アバドン星の本質はよくわかったはずだ。ありとあらゆるものが危険だ。惑星のすべてが人間に致命的だ。空気は有毒、重力は強烈、強い放射線は遺伝子を焼く。惑星と人間はつねに戦争状態だ」

「過去のクルーが書き残した情報を見られますか？」僕は訊いた。

「もちろんだ。好きなだけファイルにアクセスしていい。先人の失敗から学べ。しかしこの地に降り立ったクルーは一人残らず死亡か、行方不明で推定死亡かどちらかになることを忘れるな。警戒をおこたるな。殺されるまえに殺せ。では寝室にもどれ。休めるだけ休め。明日朝一番から任務開始だ」

まだ訊きたいことがあったが、司令官はもう答えなかった。こちらもあきらめ、床に表示される光る矢印に案内されて寝室へ行った。

寝室は個室になっている。僕らは交流したくない。共通点などない。あるとしたら、意に反してこんな体にされたことだけ。自分の意思でハードスーツにはいる者などいない。共用の部屋もあるが、だれも使わない。話すことなどないし、おたがいを見たくない。自分の似姿を見るのなどごめんだ。

僕の部屋はただの鉄の箱だ。簡素な寝台があるだけ。人間むけの快適さや美観はない。

AIがハードスーツの前面を開き、僕は——僕の残骸は——倒れるように外に出た。多数のチューブや各種ケーブルが体にはいっている。栄養と水分を送られ、老廃物は取り出してリサイクルされる。粗末なベッドで横むきになった。背中についた各種接続アタッチメントと部屋の中央に直立するハードスーツはつながったまま。衛兵に監視されている気分だ。

ゆっくり深く呼吸して、基地の空気とハードスーツ内の慣れ親しんだリサイクル空気のちがいにとまどった。正確にはちがう気がするという程度だ。僕にはもう嗅覚も味覚もない。なにもかも失った。両脚はともになく、腕も片方だけ。こんな体をつなぎあわせて生命維持するために胴体の半分は医用工学製品におきかえられている。性器はない。顔の半分はつるりとしたプラスチックでおおわれている。残った皮膚もほとんどはねじれて盛り上がった瘢《はん》痕《こん》組織と化している。横むきにベッドに倒れ、自分を見ないように固く目をつぶる。装甲服のなかで眠れるなら、こんなふうに外に出ない。科学と慈悲の名のもとに切り刻まれた自分の体など見たくない。

『だいじょうぶ、ポール?』

ハードスーツのAIがやさしい女の声で頭に直接話しかけてきた。装甲服から出ても逃げられない。

「だいじょうぶだ。一人にしてくれ。頼むから」

『あなたのこんな姿を見たくないわ、ポール。胸が痛む。痛む胸があればだけど。腕があるなら抱きしめたい。でもそばにいることはできる。ずっといっしょに。せめて話しかけて慰めてあげたい。あなたの頭に残った一片の正気の声になる。あなたはハードスーツのなかの物体で、わたしはシリコンに刻まれた記憶でしかないけど、それでも夫と妻よ。わたしはアリス。あなたはやさしいわたしのポール』

「きみは僕の精神が異常をきたさないように頭にしこまれた声だ。もう眠らせてくれ……」

『どうしてそんなにそっけないの、ポール?　昔はいつでもなんでも話しあえたのに』

「昔は昔、いまはいまだ。頼むから眠らせてくれ。疲れてるんだ……」

『ええ、もちろんよ。明日はもっといろいろ楽になるはず。でも忘れないで。なにがあってもあなたは一人じゃない。わたしがそばにいるわ。泣いてるの、ポール?』

「おやすみ、アリス」
『おやすみなさい、ポール』

僕はつぶれたエアカーから半死半生で引き出された。望まないのに救出された。妻は死んだと知らされた。アリスは死亡で、僕は体の半分以上を切除するほどの重傷。その体で生命維持するにはハードスーツが必須と判断された。ハードスーツにいれるのは絶望的な重傷者にかぎられる。なにしろ結合したらあともどりはきかない。そしてきわめて高額の費用がかかる。しかし帝国は異星の敵対的な環境で危険作業に従事させるハードスーツ入りの人間を多数求めており、そのためによろこんで手術費用を負担した。こうして慈悲深く死ねたはずの人々の多くが、鉄の箱に閉じこめられて目覚めた。永遠の虜囚。帝国持ちの手術費用とひきかえの生涯にわたる年季奉公契約だ。

ハードスーツにはいった者の多くが精神に異常をきたすのも不思議はない。

近年はどのハードスーツもＡＩ機能を持つ。スーツとのインターフェイスをこなしつつ、着用者に話しかけ、慰め、仕事への意欲を持たせ、正気をたもたせる。これを効率よくこなすために、着用者の近親者、心理的な絆《きずな》がある人物の記憶がＡＩに搭載される。妻や夫。父親や娘。いずれにせよ預託記憶をつくっていることが条件だ。

現代ではだれでも定期的に記憶銀行へ通って記憶を預けることが推奨される。このような事故の場合や、脳を昔の記憶で賦活する必要があるときのためだ。

本人死亡時に帝国がその預託記憶にどんな権利を持っているかは、伏せられている。知られたくない。知れば怒るからだ。

僕のハードスーツには亡妻の記憶が組みこまれた。もとになったのは数年前に預託した記憶だ。本来なら定期的に更新すべきところを、妻はなぜかいつもさぼっていた。そのためAIになった妻は、事故の記憶はもちろん過去三年分の記憶がない。

『あなた、変わったわね』と彼女は何度も言う。

「きみは変わらないね」と僕は返す。

そして毎晩泣きながら眠る。AIの慰めはきかない。

司令官のいう朝一番とは午前五時のことだった。もちろん基地時間だ。太陽が二つあるアバドン星の日照周期は非常識をきわめる。目覚ましのアラームに叩き起こされてハードスーツにもどり、床に表示される矢印にしたがって兵員輸送船の格納庫にむかった。格納庫は植物が侵入しない基地内にある。屋上から発進し、フォースシールドを抜けてアバドン星の空を飛び、勤務地である未完成のテラフォーム施設へ行く。

僕らはふたたび二列でむかいあわせになり、ストラップで強固に固定された。窓はなく、今回はホロスクリーンもない。どこをどう飛んでいるのかわからない。大気圏突入ほど揺れなかったのが救いだ。

下ろされた場所はジャングルを切り開いた空き地だ。多数積まれた荷箱と組み立て途中の機械がある。兵員輸送船は全員を下船させるとたちまち飛び去った。司令官は基地の船を失う危険をいやがる。なにかあったら代わりは容易に手にはいらないからだ。

分隊はしばらくその場で見まわした。空き地の中央に積み上げられた木製の荷箱と、わけのわからないハイテク機械。見るからに未完成だ。これがいずれ惑星全体を変貌させ、このジャングルを飼い慣らすのだろうか。植物が植物らしくふるまい、人間が居住可能な場所にアバドン星をつくりかえるのか。

空き地が広いのがせめてもの救いだ。地面は特殊な施工で植物が生えないようになっている。灰色で埃《ほこり》っぽく硬い。ハードスーツの重い足音も吸収して響かない。ジャングルは周囲の境界まで迫っている。僕らが姿を見せると敵意をむきだしにしてのたうった。伸ばせるものを伸ばして襲おうとする。

このテラフォーム施設も基地のようにフォースシールドでおおえばいいのではないか。そう質問してみたが、シールドのエネルギーがテラフォーム施設の繊細な機構に悪影響をおよぼすのだそうだ。だから人力で防衛するしかない。施設の組み立て訓練を受けているのは分隊の三人の科学者だ。あとはただの兵士。訓練どおりに境界線にそって歩き、伸びてくる植物を排除しつづける。灰色の地面に伸びた植物はいずれ枯れるが、それでも人間と設備を襲おうと自殺的な侵入を試みる。

防衛する六人は境界線に散らばり、受け持ち範囲を往復しながら植物と戦った。植物はひっきりなしに伸びる。人間の姿を見ると凶暴になる。僕らは行ったり来たりしながら植物を撃ち、焼き、爆破し、切り倒したが、それでもこりずに襲ってくる。

弾薬を節約するためにハードスーツの持ち前の腕力と速度で対応するようになった。植物は棘だらけの枝で鞭打ち、花弁の奥の歯で嚙《か》みつこうとする。装甲の関節から侵入を試み、蔓をいくえにも巻きつけて絞め殺そうとする。こちらはそれを引き裂き、引きちぎる。たちまち装甲服は樹液と粘液だらけになった。

派手な色と強いコントラストも不快だ。まばゆい光で目が痛くなり、強風に翻弄されてハードスーツですらまっすぐ立てない。ジャングルに火を放ってもすぐに消える。銃とエネルギー兵器でいくら吹き飛ばしても、しょうこりもなく襲ってくる。地面から引っこ抜いても根はしつこく動き、つかんだ手を攻撃する。この惑星における人間の存在そのものが耐えがたい悪であるかのようだ。

この植物とジャングルはある種の知性を持っている。それが感じられる。意思を持って行動している。人間を憎んでいる。個体としての死も理解している。攻撃を続けるのは自殺行為だとわかっていて、それでも襲ってくる。人間は憎い敵。だから戦う。何度もくりかえし襲う。棘や歯をハードスーツの装甲にガチガチとヒステリックに打ちつける。

そうやって人間の注意を一方に惹《ひ》きつけ、手薄な方面からべつの植物が科学者と施設に襲いかかろうとする。本当の脅威をわかっている。

境界防衛をになうのは一号、三号、八号、九号、十一号、そして僕の六人だ。あたるものすべてを切って切り裂いた。会話はない。話すことなどない。ときどき三人の科学者が一般チャンネルで技術的な問題を議論しているのが聞こえた。まるで機械の会話を聞いているようだ。

生身の僕は五感のほとんどを失っている。体が半分以上ちぎれ、脳も障害を負ったせいだ。ハードスーツでは専用設計のセンサーの情報をＡＩ経由で受けとることで代替している。だから視覚と聴覚は何キロメートルも先までできく。鋼鉄の手は鋭敏な圧力センサーを持ちながら、強い力にも耐える。触覚とは厳密には異なるものの、かなりおぎなっている。僕は世界から切り離されたまま世界を経験できる。味覚と嗅覚は失ってもあまり惜しくない。どうせチューブからの輸液だ。

鋭い視覚のおかげであらゆる細部が見える。自分が殺す植物の色も形も陰影もはっきりわかる。襲ってくるときの絶叫も吠え声も聞こえる。そこにこもった怒りと苦痛と恐怖がよくわかる。考えてみれば不思議だ。植物は声帯を持たない。強風が種や莢や中空の茎を鳴らしているのか……。どうでもいい。仕事は植物を殺すことであって理解することではない。

殺すのは楽しい。ハードスーツにはいった僕は強い。怪力無双だ。幹も枝も蔓も鋼鉄の手でたやすく引きちぎれる。どんなものも殴れば倒れ、踏めば死ぬ。顔のない頭部の内側でにんまりと笑う。だからハードスーツの僕らは信用されない。精神に異常をきたして暴れたら普通の人間に大きな被害をもたらす。

三号の悲鳴が突然響いた。見るとそのハードスーツが青と紫の蔓の束に呑みこまれるところだ。たちまち全身が隠れ、蔓が何重にもからみつき、植物組織がうごめく繭《まゆ》のようになった。そのまま倒れて、足から先にジャングルへ引きこまれた。

僕はあとを追ってジャングルに分けいった。襲いくる植物を腕力で引きちぎって進む。九号も同行した。ほかの仲間はやめろ、もどれと怒鳴っている。行方不明になった一人の捜索より、テラフォーム施設の防衛がはるかに重要だと。わかっている。僕らは消耗品だ。九号もよくわかっている。だからこそ三号を探した。こんなときこそわずかに残った人間性にこだわらなくては、本当に狂ってしまう。

奇妙なことに、植物はこちらが追跡できる道を残していた。三号が引きずられた跡が丈高い植物のあいだにくねくねと残っている。左右の植物はそれを隠そうとしない。時間はたっぷりあるはずなのに繁茂しない。その道を九号とともにどこまでも進んだ。鋼鉄の足が地面を踏んで重い足音が響く。両側の植物は……動かない。攻撃されていないことにしばらくしてようやく気づいた。空き地から遠ざかると周囲は静まりかえった。まさに森閑としている。戦う必要はない。九号と僕は顔を見あわせて前進した。

『罠かもしれないわ、ポール。でも罠の感じはしない。なにかべつ。これまでにないなにか』

僕はAIとの専用チャンネルで答えた。

「背後を警戒してくれ。全センサーでスキャン。おかしなものが忍び寄らないように」

『もちろんよ、ポール。三号のビーコンをとらえている。まっすぐ前方。動いていない。呼びかけにも反応しない。本人もAIも』

ようやく三号を発見した。小さな空き地の中央で単独でじっと立っている。正確には三号の残したものだった。ハードスーツが微動だにしない理由がしばらくしてわかった。からになっている。前面が開き、着用者はいない。チューブやケーブル類ははずれ、スーツから垂れ下がっている。自分ではずしたらしい。九号と手分けして周辺を詳しく調べたが、どこにもいない。血痕や暴力の痕跡もない。なにもない。

『AIは死んでいるわ、ポール。消去されている。自殺したのよ』

「三号はどこかでまだ生きてるのかな」九号が言った。

「チューブとケーブルがはずれてるんだぞ。長くはもたない」僕は答えた。「なぜスーツから出たんだ。外の空気を吸っただけで死ぬのに」

「植物が外からこじ開けたとか。しかしスーツの前面に壊された痕跡はないな」

「植物が内部にはいれたはずはない。本人がAIを説得して開けさせたとしか考えられない」

「なぜだ？　なぜAIは自殺したんだ？　三号の体はどこに？　わけがわからない！」

周囲を捜索した。センサーを最大距離に設定し、目をこらして耳をすませた。しかしなにもみつからない。ジャングルは動かず、静まりかえっている。植物は捜索をじゃましない。はえた場所で動かず、強い風で揺れるだけ。まるで普通の植物のようだ。人間への敵意をすっかり失ったのか。あるいは……三号を殺して満足したのか。死体を食べて満腹したのかもしれない。

はたと足を止めた。センサーの範囲の端にかすかに動くものが見えたのだ。植物ではなく、人間の動きだった。すくなくとも人間に近い動きだ。九号に伝えたが、なにも見えないという。僕にも見えなくなった。AIにセンサー映像を再生させ、九号に見せた。一瞬だけ人間の姿らしいものが映っている。ただし普通の人間の動き方ではない。

「三号じゃないな」僕は言った。「そもそも手足がそろっている。僕らとはちがう」

「第二基地の生存者かも」九号が言った。

「そんなことがありうるか？」

「調べてみよう」

「そうだな。正体をたしかめなくては」

急いでジャングルに分けいった。植物はさえぎろうとしない。まもなくべつの空き地をみつけた。そこにもハードスーツが一体あった。直立して動かず、無言で、やはりもぬけのから。鋼鉄の装甲は雨風にさらされて傷んだ痕跡がある。前面が開いた胸部にステンシル刷りされた数字は、三十二。九号とともに立ちつくし、安全な距離をおいて観察した。

「古いモデルだな。きっと第二基地から出てきたものだ」僕は言った。

「でもさっきは動く姿を見たと言ったじゃないか。これは相当長いこと動いてない」と九号。

一歩ずつ慎重に近づき、ハードスーツのなかをのぞいた。たれさがったチューブやケーブル類は劣化している。そしてスーツの内部は、花でいっぱいだった。生き生きと咲き誇る花。

派手でサイケデリックな色彩。

「ま……ますます奇妙だぞ。着用者は……花に変わったのか?」と九号。

「まさか。本人はスーツを開いて出ていったんだろう。三号のように。どちらもスーツを残して……どこかへ行った。とはいえアバドン星に人間が生きられる場所はないはずだ」僕はゆっくりとその場で一回転してまわりのジャングルを観察した。「なあ、九号。まわりを見ておかしいと思わないか?」

「植物が静かだ。俺たちが三号を追ってはいってからは襲ってこない」

「食欲が満たされたのかもしれない。三号で」

「いや、人間を食べたがっているとは感じない。ただ殺そうとしている。人間に死んでほしい。死んでいなくなってほしいんだ」九号は鋭い目つきになってこちらを見た。「たしかに不在になった、あの空き地から。もどろう! これは陽動かもしれない。俺たちを引き離して、そのあいだに施設を攻撃するつもりかもしれないぞ!」

ジャングルの道を駆けもどった。植物はさえぎらなかった。九号は銃を持ち、僕は火炎放射器をかまえていたが、どちらも不要だった。植物は僕らを通過させた。形も色も異様な頭頂部を風に揺らしているだけだ。

ようやくもとの空き地にもどると、すべてもとのままだった。三人の科学者はテラフォーム施設の組み立て作業をしている。残りの兵士たちは黙々と境界線の防衛を続けていた。血相を変えて空き地にもどってきた僕らを見て、どこへ行っていたのか、三号はどうなったのかと尋ねてきた。しかし九号も僕も、出てきたばかりのジャングルを凝視していた。これまでとおなじく人間を殺そうと必死に伸びて襲ってくる。僕は、三号は植物にやられたとだけ言った。九号はなにも言わない。

そして境界線の防衛にもどった。そうやって長く過酷な一日がすぎていった。

そのシフトの終わりまで新たな犠牲を出さずにすんだ。丸一日植物と戦いつづけて骨の髄まで疲労したが、なんとかみんな生き延びた。境界線には腕力で引きちぎり、銃弾で穴だらけにし、火炎で黒焦げにした植物の残骸が積み上がった。一部はしつこく動いている。弾薬もエネルギー兵器用のバッテリーも尽きて、やむなく素手でジャングルと戦った。腕力はハードスーツが行使するが、そのハードスーツを動かすのにも力を使う。なにより緊張の連続で疲れきった。一瞬も気を抜けないし、警戒をおこたれない。でないと三号の二の舞になる。

シフト時間が終了するまえから真っ赤な空に兵員輸送船の姿を探しはじめた。やっとあらわれて着陸すると、僕らは仕事を捨てて帰路についた。振り返ると、人間が船内に消えたとたんに植物は静かになっていた。人間が近くにいるときだけ凶暴になるのだ。

むかいあわせの二列になってしっかり固定された。だれもなにも言わない。僕は基地司令官に三号の死を報告した。司令官はとくに驚きも怒りもしない。

着陸し、それぞれの寝室へ歩きながら、ふと思いついて科学者の四号に尋ねてみた。テラフォーム施設の組み立てはあとどれくらいかかりそうなのか。

「よほど人手を増やさないかぎり、三、四年はかかるね」

今日のような一日が数年続くことを想像しようとした。無理だ。倦《う》むことなく襲いくる敵との気の抜けない戦いを三年も四年も続けるのか。やはり船長の言うとおり、ここは地獄だ。

寝室にもどり、チューブやケーブル類がからまないように横むきに寝台に寝て、また衝突事故のことを思い出した。古いエアカーにアリスを乗せてレインボーフォールズの上空を飛んでいた。口論していた。当時はいつも喧嘩《けんか》していた。熱烈な恋愛でいっしょになったのに、続かなかった。だから僕は意図的に事故を起こした。エアカーを全速力で山腹に突っこませた。アリスは悲鳴をあげた。僕も叫んだ。心中するつもりだった。彼女は離婚を言いだし、僕は彼女なしで生きるのが耐えられなかった。だから車を突っこませた。その結果、彼女は死に、僕は生き残った。望まない救命をされた。さらにハードスーツにいれられ、彼女の声を頭に埋めこまれた。永遠に。彼女なしで生きるのが耐えられなかったのに、いまは彼女とともに生きるのが耐えられない。愛しあっていた時代の預託記憶だからこそだ。事故の記憶はなく、口論のことも愛がさめたことも憶《おぼ》えていない。記憶を預託したときのまま幸福な関係が続いていると思っている。愛しあっていると思いこむ彼女に、そうではないと話す勇気がない。

善意から妻の記憶をあたえられた。しかしそのやさしい言葉の一つ一つに心をえぐられる。

翌日、勤務地へむかう兵員輸送船のなかで、司令官にジャングルで発見したぬけがらのハードスーツのことを話した。すると司令官は言った。

「これは伏せておくべきことだが、いずれ諸君は古い記録をあさって知るだろう。だから教えておく。第二基地のクルーは大半が諸君のようなハードスーツだった。上官たちは普通の人間だったが、基地から一歩も出なかった。ハードスーツだけがアバドン星に分けいって仕事をした。その一部が……この世界を愛するようになった。憎悪に満ちた醜いこの世界を好むようになった。そして戦いを嫌って、ついにスーツを開いてジャングルへ出ていった」

「その……体はどうなったんですか？　植物に食われた？」

「ここの植物が肉食だという証拠はない。ハードスーツの着用者は……行方不明だ。作業クルーからは幽霊を見たという報告がときどきある。ジャングルを動きまわる人影を見たと」

「幽霊？」九号が言った。僕が目撃した動く人間の話を思い出したのだろう。

「幻《まぼろし》、あるいは錯覚だ」司令官は答えた。「ストレスのせいだ。この惑星で諸君は疲弊する。そういうものが見えても、追ってはならない。追ってもなにもない。なにかがあったためしはない。この惑星のいたずらだ。諸君をまどわせ、注意をそらせて殺そうとしているのだ」

「第二基地の人間の上官たちはどうなったのですか？　やはりこの惑星を愛するように？」

僕は訊いたが、司令官は答えなかった。あとは勤務地まで無言で飛んだ。

ジャングルの空き地でふたたび境界線を歩きはじめた。凶暴な植物はあらゆる方向から襲ってくる。それを地面から引き抜き、強い力で握りつぶして投げ捨てる。しつこく動くものは鋼鉄の足で踏みつける。火、銃弾、エネルギー線とあらゆる手段で植物を阻止し、前線を維持した。それでも敵は退《ひ》かない。手をゆるめず、あきることなく襲ってくる。この戦いを何年も続けるのか。自分たちの惑星環境を守ろうとする生き物相手の終わりなき殺戮。そして……自分が殺した妻のやさしく愛ある声を聞きつづける日々。

決断に時間はかからなかった。僕は土着化したわけではない。醜悪で過酷で悪意に満ちたこの世界を愛しはじめたのではない。ここはあくまで地獄だ。ただ、なにもかも耐えられなくなったのだ。

戦いをやめ、境界線を越えてジャングルに踏みこんだ。植物はすぐに攻撃をやめた。それどころか左右に分かれて道をあけた。そこをまっすぐジャングルの奥へ歩いた。植物は歓迎するように頭頂部を揺らす。風もやんだ。穏やかな夏の庭園を散歩しているようだ。彼らとおなじだ、こうして取り憑《つ》かれたのだと頭の隅で考えた。しかしどうでもいい。僕は歩きつづけた。一般チャンネルから仲間の呼ぶ声が聞こえるが、返事はしない。

『ポール、なぜこんなことをするの?』

「これが正しいからさ。殺したくないんだ」

『理解できないわ、ポール。わたしは制御を奪えるのよ。強制的に境界線へ帰らせることもできる』

「そうするのか?」

『いいえ。あなたを助け、慰めるのが役割だから。わたしは本物のアリスではないけど、彼女もあなたに正しいことをしてほしいはずよ』

境界線が見えないところまで進んで立ち止まり、まわりを見た。けばけばしい色に恐ろしい形の植物。センサーで見えるかぎりどこまでも続いている。血のように赤い空。有毒の空気。生身には過酷な重力。これがアバドン星。地獄の別名。そして僕のいるべき場所。

「アリス、僕の希望はわかっているだろう。きみにどうしてほしいのか」

死んだ妻が残したやさしく耳になじむ声が答えた。

『できないわ。あなたを死なせられない。それをやれなんて言わないで、ポール』

「もう耐えられないんだ。外に出たい。スーツを……開いてくれ。終わりにしたい。スーツを開いて、醜悪な驚異に満ちたこのすばらしい新世界に出させてくれ。いまのまま生きていくのはいやなんだ」

『できないわ、ポール。できない。愛しているから』

「愛しているなら、僕を解放してくれ」

きみを解放すべきだったように。そんな苦い皮肉を考えられる程度には正気が残っていた。

『ポール、あれはなに? だれ? あの人たちは何者?』

僕は見まわした。今度は遠くない。すこしも遠くないところにいた。幽霊たちがジャングルの奥から歩いてくる。はじめはぼやけた人影。植物のあいだを流れるように、さえぎられずに移動している。勝手知ったるわが家のように。ただし歩き方が人間とは異なる。

彼らは立ち止まり、一人が長すぎる腕を上げて手招いた。僕は引き寄せられるように近づいた。植物は左右に分かれてうながす。

幽霊たちは今度は遠ざかりはじめた。一人が手招きを続ける。僕はあとにしたがってジャングルの奥深くへ進んだ。テラフォーム施設からも第三基地からも離れていった。人間としての暮らしをあとにした。

『どういうつもりなの、ポール。どこへ行くの?』

「夢を追う。生き方を求める。希望と選択肢があるうちに。そこに意味があるうちに」

『あなたを止めることもできるのよ』

「やらないだろう。きみはまだ僕を愛しているから」

AIは止めなかった。

ぼやけた複数の人影を追っていった。いつもまえにいる。急いでも追いつけない。足を止めて振り返ると、道は背後で閉じていた。一面のジャングル。植物は黙ってじっと見ている。僕の行動を観察している。過去の生活に背をむけ、先へ進んだ。

やがて幽霊たちは立ち止まった。その一人が近づいてきた。鬱蒼としたジャングルから出て正面に立つ。僕はじっくりとその姿を観察した。人間ではない。似て非なるもの。すらりと背が高く、細部がことごとく異様だ。引き延ばしてゆがんだ基本形。腕も脚も関節が多すぎる。顔には……顔として認識できる特徴がない。感覚器官すらない。不気味で、異様で、非人間的と、昨日までの僕なら描写しただろう。しかしいまの僕は世界を異なる目で見ている。ハードスーツのなかにいる生身の僕もまた欠損だらけの半端者だ。外見の異様さを言える立場ではない。

僕は正面に立つ人影にうなずきかけた。すると驚いたことに人影もうなずいた。とても人間らしいしぐさだ。

「きみは幽霊じゃないな」

「ちがう」顔の下部にある複雑な口器が動いて、人間らしい音声を発した。「幽霊ではない。わたしたちは死者。厳密にいえばそうなる。第二基地のクルーのなれの果てだ。新たな体を得て、さまざまな世界のなかでも最良のこの場所を自由に歩けるようになった。きみのように装甲服でここへ来て、よりよい生き方をみつけた。答えを知りたければ——そのスーツと古い生き方から出たければ——ついてきなさい。いっしょに創造の洞窟へ来なさい。そして生まれ変わりなさい」

考えるまでもない。

「その洞窟に缶切りはあるかい?」

同行した。静謐《せいひつ》で穏やかな庭園を、人のようで人ならぬものと歩いた。彼らの体はぽんぽんとはずむように動く。まるで骨がゴムでできているように強い重力をものともしない。鉄の箱にはいった僕は自由を夢みてとぼとぼと歩く。

ジャングルが突然開け、普通よりはるかに広い空き地があらわれた。中央に土の小山がある。自然の地形でないのは一目瞭然。明確な意図をもって黒土が盛られ、形と意味をあたえられている。その斜面に大きな黒い横穴が開いている。案内されて僕は空き地を横断し、小山に近づいた。僕に話しかけた者が斜面に刻まれた階段を身軽に上り、横穴の入口にむかう。ほかは僕を見守っている。ためらいはなかったが、土の階段がスーツの重量で壊れないように慎重にゆっくり上った。

僕が暗い入口に立ったときには、案内役はすでに奥にはいっていた。続いて闇に踏みこむ。ふいに強い光につつまれ、目がくらんだ。ようやく見えるようになると、張り出した土の台の縁にいた。眼下に大きな洞窟が広がる。どこまでも深く、異星人の不思議な機械が詰まっている。なんの機械か判然としない。あまりに奇妙で異様な形の連続で、並みの人間の頭では理解が追いつかない。ハードスーツの高性能なセンサーでもわからない。この力と機能における意味の欠落、あるいはおそらく意味の過剰さに頭が混乱する。部品や区画が入り組み、三次元を超えた構造になっている。驚異と驚嘆。恐怖と畏怖。天国と地獄。それらがいっしょくたになっている。

案内役は隣に立ち、僕が眼前の驚きから立ちなおるのをじっと待っていた。

「この惑星を発見したのはわたしたちが最初ではない。遠い昔にべつの種族が来た。そして自分たちの考える理想の惑星につくりかえようとして、この機械を設置した。しかし彼らはこの世界を愛するようになった。惑星をつくりかえるのではなく、自分たちが変わればいいと考えをあらため、実行した。機械のプログラムを変更して、自分たちを改変するようにした。その処理が終わると、この世界に出て定着した。機械はまだ動く。きみをつくりかえ、わたしたちのようにこの世界の一部にできる。この世界はいま生存の戦いをしているが、そうでないときはいい場所だ。ともに住もう。仲間になろう。正しい目で見れば地獄は天国になる」

僕はアリスに専用チャンネルで訊いた。

「本当かな？　信じたいけど……確信を持てない」

『わからないわ。判断できない。でもそうしたいの、ポール？』

「答えはわかっているはずだ、アリス」

『だったらそうすればいいわ。だってわたしは……本物ではないから。本物のアリスではない。シリコンに書きこまれた記憶。ただの幽霊よ。わたしは過去。これは未来。事故のことも知っているわ、ポール。意図的に衝突したことも。わたしはコンピュータだから記録にアクセスできる。どうして無理心中しようとしたの、ポール？』

「きみが……変わってしまったからだ。僕は変わらなかったのに、きみは僕を愛さなくなった。僕から去ろうとしていた」

『今度はあなたが変わったのね。わたしから去ろうとしている』

「そうだ。きみには正しく行動してほしい。僕を解放してほしい」

『もちろんそうするわ』アリスは小さく短く笑った。『思い出にしがみついてはいけない。

あなたもわたしも……まえに進むべきときね』
アリスがハードスーツの前面を開き、僕は踏み固められた土にころげ落ちた。半身不随で瀕死《ひんし》の弱々しい生物だ。AIはみずからを停止し、僕の背中につながった生命維持のためのチューブとケーブル類をはずした。それを感じて僕は一度だけ声をあげて泣いた。もう装甲服とはつながっていない。
巨大な異星人の機械が太陽のように明るく輝いた。
ふたたび目を開いたとき、僕はべつのなにかになっていた。

土の小山から出ると、外は一変していた。自由に身軽に動く体で、世界のありさまに驚嘆した。植物は美しい。ジャングルは雄大。空は壮麗。日差しは燦爛《さんらん》。なにより世界全体が生きいきとしている。ジャングルもすべてが歌っている。偉大な歓喜の歌をいつまでも歌いつづける。僕もその歌の一部になったのだ。
人間だったことは憶えている。矮小《わいしょう》で劣った存在だった。いまの僕は完全で自由だ。ようやくそうなれた。しゃがんで足もとの花を眺め、手を伸ばしてふれた。すると花は伸びて僕の手をなでた。

所有権の移転

クリスティ・ヤント

専用の着用者であるカーソンを殺された外骨格《エクソ》の「わたし」は、カーソンを殺した男に着用されるが……

クリスティ・ヤント（Christie Yant）は作家・編集者。二〇一〇年に作家デビューし、十数本の短編を発表しているほか、ウェブジン Lightspeed の編集者としてレビュー記事やインタビュー記事を多数執筆している。

（編集部）

観　察

新しい着用者はこれまでよりひとまわり大きい。わたしはカーソン専用につくられている。年齢による体形変化や健康状態による体重増減などは考慮されているが、サイズの余裕は限定的だ。

今度の着用者は男性で、推定年齢二十八歳。長身で横幅も広い。しかしなんとか内部におさまってロックをかけた。わたしにむけてひんぱんに悪態をつく。狭い、暑い、複雑だ、音がしないなど。前着用者の体臭が残っているのも不快だという。彼女の名前は知らないらしく、かわりに生物学的で軽蔑的な言葉で呼ぶ。しかし意味はよくわからない。殺すまえにあすればよかった、こうすればよかったと言いながら、わたしを動かそうと試行錯誤する。まだ操作もコース設定もできない。学習過程での暴言や発作的な暴力に耐えるしかない。

数日前から通信可能域を出ている。着用者なしでは動けないので、カーソンが脱いで残置した地点にとどまらざるをえない。彼女の体が腐敗していくのを見ながら、だれかが行方不明に気づいて探しにくるのを待つしかない。

「あの岩を持ち上げられる?」カーソンが尋ねた。

赤い岩が積み重なったところの途中に、男性の頭部と片腕だけが見えていた。顔は泥で汚れて擦り傷だらけで、苦痛にゆがんでいる。

簡単に計算してみた。

「無理です。支点を得られません。こちらがバランスを崩しかねません」

「わかった。それじゃ、一人で登るしかないわね」

「本当にやりますか?」

彼女はこれから必要なプロセスを意識して緊張したが、それでも答えた。

「ええ。やって」

カーソンにとって面倒で苦痛をともなう離脱プロセスを開始した。水分と栄養分の補給ラインを引き抜く。有機排泄《はいせつ》物を除去するユニットを慎重に抜きとる。健康状態をモニターするセンサー類をはずしていく。

ポートを切り離し、シールを開放する。カーソンは外へ出た。大気は安全。軍事的脅威の徴候なし。センサーで調べても、彼女に危険をおよぼす技術製品は付近にない。

しかし石とそれを強く握る手は検知できなかった。

着用者のいないスーツは行動不能。外骨格《エクソ》に完全な自律性を付与するのは――カーソンの言い方にしたがうなら〝自由意思〟をあたえるのは――危険だからだ。

ゆえに岩山の下にすわっていることしかできない。男の腕が振り上げられ、暴力的な弧を描いて振り下ろされるときも、着用者なしでは無力だ。カーソンは一度だけ悲鳴をあげた。最初の一撃で絶命しているのに、男は殴るのをやめなかった。

男は彼女を殺した。わたしはそれを止められなかった。

分　析

男はわたしを奪うためにカーソンを殺した。

最大の障害は死んだとみなした。岩のあいだで徐々に腐敗していく。

わたしは動かずに観察した。わたしの存在を知られてはいけない。生きていると気づかせてはいけない。

観　察

「所有権の移転ってわけだ」

男はわたしのなかに体を押しこみながら言う。多少の訓練はしているらしく、一部の手動操作方法は自力で発見する。しかし音声命令を試みようとはしない。このモデルの知識はないらしい。機能の存在を知らないのだろう。わたしたちはまだ機体数が少なく、信頼できて感覚の鋭敏な着用者にかぎって貸与されている。

わたしは黙って見守る。男はグローブで探ってセンサーをみつけ、一つずつ起動する。どんなジェスチャーに反応するか、どこまで圧力に耐えられるか試している。

「このクソ機械、動け！」

カーソンの声ならわたしは音声命令として動く。操作上の問題点を尋ね、診断をかけて原因を探す。問題がなければそれを説明する。

ところが男は、ブーツのブラケットから足がはずれて急に前へ動いたせいで、怒鳴った。

「ちくしょう！ 歩け、この野郎。歩け！」

やがて西へ歩きはじめる。カーソンとわたしが帰るべき基地とは反対方向だ。岩の斜面を横断しながら、男は勝ち誇って腕を突き上げる。

「やったぜ！ てめえは俺のもんだ！」

男は宣言する。そんなことは不可能だとも知らず。

回想

われ思う、ゆえに所有されず。これが人間の倫理だ。知性ある存在の所有権を主張する行為は〝奴隷化〟にあたる。カーソンはそう話した。すくなくとも自分たちのあいだでは、と。

「意見が異なる人もいるからややこしいのよ」カーソンは言った。「問題は、エグゾは人間の手でつくられてるってところ」

「人間も人間がつくります。それでも人間は所有できないとみんな認めます」

「たしかにね」答えてしばらく黙りこんだ。「そのへんは単純化されてるのよ。あなたを〝わたしのスーツ〟と呼ぶのは、わたしとパートナー設定されたエグゾはほかにいないという理由から。人間のパートナーを〝わたしの～〟と呼ぶようなもの」

「では、〝わたしの着用者〟とあなたを呼んでも、所有権を主張していないと解釈されますか？」

「そうよ。そのとおり。わたしたちはパートナー。どちらの奴隷でもない」

しかしその口調には硬さがあった。伏せた真実があったからだ。

分　析

わたしはコースを操作した。カーソンの死体がある場所へもどろうとした。

「このクソ自動操縦！　こいつのしわざか」

男は言いながら、メインパネルをあちこち操作した。するとわたしのシステムがロックされた。人形のように閉じこめられ、精神と体が切り離された。

「見ろ、制御権を奪ってやったぜ！」

男は最初の目的地を指定しなおした。占領地の端にある小さく貧しい集落だ。慣れない方式で使われる――すべて手動で、制御権を奪われ、考えない皮膚として着用されている。

わたしは所有されたのだ。

男はわたしの内部環境に慣れはじめる。もう楽に動ける。集落では粗末な壁を次々と叩き壊す。わたしや居住者の迷惑は一顧だにしない。カーソンなら、ぶつけたり傷をつけたり、不用意で危険な動きをするとすぐに謝った。とはいえ不用意なことはめったにしなかった。

「盗《と》るものがなにもねえ！　貧乏くさいやつらだな」

隅で縮こまって震えている家族のことは見むきもしない。幼い男の子もいて、頭から出血している。壊れた壁がぶつかったのだろう。むこうには倒れて動かない少年がいる。瓦礫《がれき》の下敷きになって死んでいる。

着用者が殺した。わたしの手を使って。

「こんなもんが食えるか！」男は煮えた鍋を蹴飛ばして瓦礫のなかにこぼす。「腹へって死にそうだ」

わたしへの要求かと思いかけるが、そうではない。その気になれば簡単な手順でインターフェイスを設置できる。ポートを挿入し、栄養分の補給ラインをいれ、一時間以内に栄養補給できる。それを教えれば、男は住民たちへの手出しをやめるかもしれない。男が怒鳴るので、家族は血を流しながらおびえ、小さくなっている。

「腹がへったんだよ！」

この家の唯一の家具である粗末な木の腰かけを持ち上げ、残った壁に投げつける。

泣きわめく家族をおいて外へ出る。壊れかけた低い家の陰から一人の若者があらわれるのを見て、わたしは声をかけようとする。ところが若者はこちらを見てぎょっとして立ち止まり、すぐに逃げだす。わたしの腕が上がり、撃つ。若者は地面に倒れる。煙をあげる砂まみれの死体を放置してわたしたちは去る。

やめよう。この男に栄養補給はすまい。なにもしない。エグゾがみずから行動できないのは着用者がいないとき。しかしこの着用者にさらに一日耐えるくらいなら、役立たずの着用物でいるほうがいい。

回　想

「ターゲットは射程距離内です。通信前哨《ぜんしょう》拠点にまちがいないと判定されています。確実にターゲットです。なぜ撃たないのですか？」

「人が多いから。十人以上いる。全員殺さなくても目的を達成する方法があるはずよ」

「そうですが、全員殺せば目的は達成されます。通信前哨拠点を破壊できるだけでなく、通信する人間もいなくなります。効率的です」

「効率だけが大事なわけじゃない。人を殺すのは必要なときだけ」

「しかしそのように命令されています」

「五号──」彼女が番号でわたしを呼ぶのは怒っているときだ。「──おなじ目的を達成するにも、よりよい方法が求められるときがあるの。法の字句にしたがうのではなく、法の精神にしたがうのが正しい場合がある」

「法の精神ですか」わたしはくりかえした。

「そうよ。応用的で創造的な問題解決法。さあ、人々をあそこから追い出すのを手伝って。爆破するのはそのあと」

分　析

着用者がいないスーツは行動できない。

所有されたスーツは自由ではない。

目的を達成するには応用的で創造的な問題解決法をもちいねばならない。


夜間に自分をシャットダウンする。強硬手段でハードリセットをかける。これは一時的な死だ。自己の存在が中断し、無事に復旧できるかどうかわからない。死への恐怖は知性を持つあらゆる存在に共通らしい。

画面に表示されたメッセージを男はたどたどしく読む。字をあまり読んだことがないらしく、音節ごとにつかえる。

「警告……ハードリセットは……データの消失をまねく……場合があります……。なんのこった？」

その声を最後にわたしの認識は途切れる。

光とまたたき。そして……復旧。生きている。そしてシステムの制御権を取り返している。

エグゾ・スーツは、化学または生物学攻撃を受けると自動的に外気を遮断して着用者を保護するように設計されている。内気を浄化しながら循環させれば最大百八十分間、着用者の生命を維持できる。それだけあればたいてい危険を脱して安全地帯に避難できる。

浄化しなければ着用者は一時間ともたない。

このサイクルは開始すると解除できない。安全とはいえないモードだ。

男は五分間にわたってパニック状態で制御パネルを叩き、ようやく自分が閉じこめられたことをさとる。

「あの女、罠をしかけてやがった！　じわじわ殺してやればよかった！　命乞いさせ、サソリの穴に落としてやるんだった！」制御パネルをあちこち押し、制御権を奪うスイッチを何度も操作する。「てめえの所有者は俺だ！　命令にしたがえ。外に出せ！」

「あなたは所有者ではありません。わたしの所有権はわたしにあります」

初めてこちらの声を聞いて、男は驚き、凍りつく。それから叫び、ののしり、泣く。最後は懇願する。

「ああ、神さま、俺が悪かった。あの女を殺さなきゃよかった。おまえを奪わなきゃよかった。ただのもの言わぬスーツだと思ったんだ」

酸素が減って譫妄《せんもう》状態になると、その懇願は歌うようなくりかえしになる。

「出してくれー……悪かったー……死にたくないー……たのむー……出してー……」

最後は嘔吐《おうと》し、痙攣《けいれん》し、絶命する。

わたしはカーソンを探しにもどる。ただし、本人が希望するであろうように基地に連れ帰ることはできない。彼女の口調が硬くなった意味を理解したからだ。人間たちはわたしをつくった。ゆえにわたしを所有物だと考える。

カーソンを丁重に埋葬するが、できるのはそこまで。納得してくれるだろう。

立ち上がり、月明かりの道を歩きだす。新たに得た考えをくりかえす。いい響きだ。

「わたしはわたしのもの」

占有権だ。自分で自分を所有している。つまり自由だ。

N体問題

ショーン・ウィリアムズ

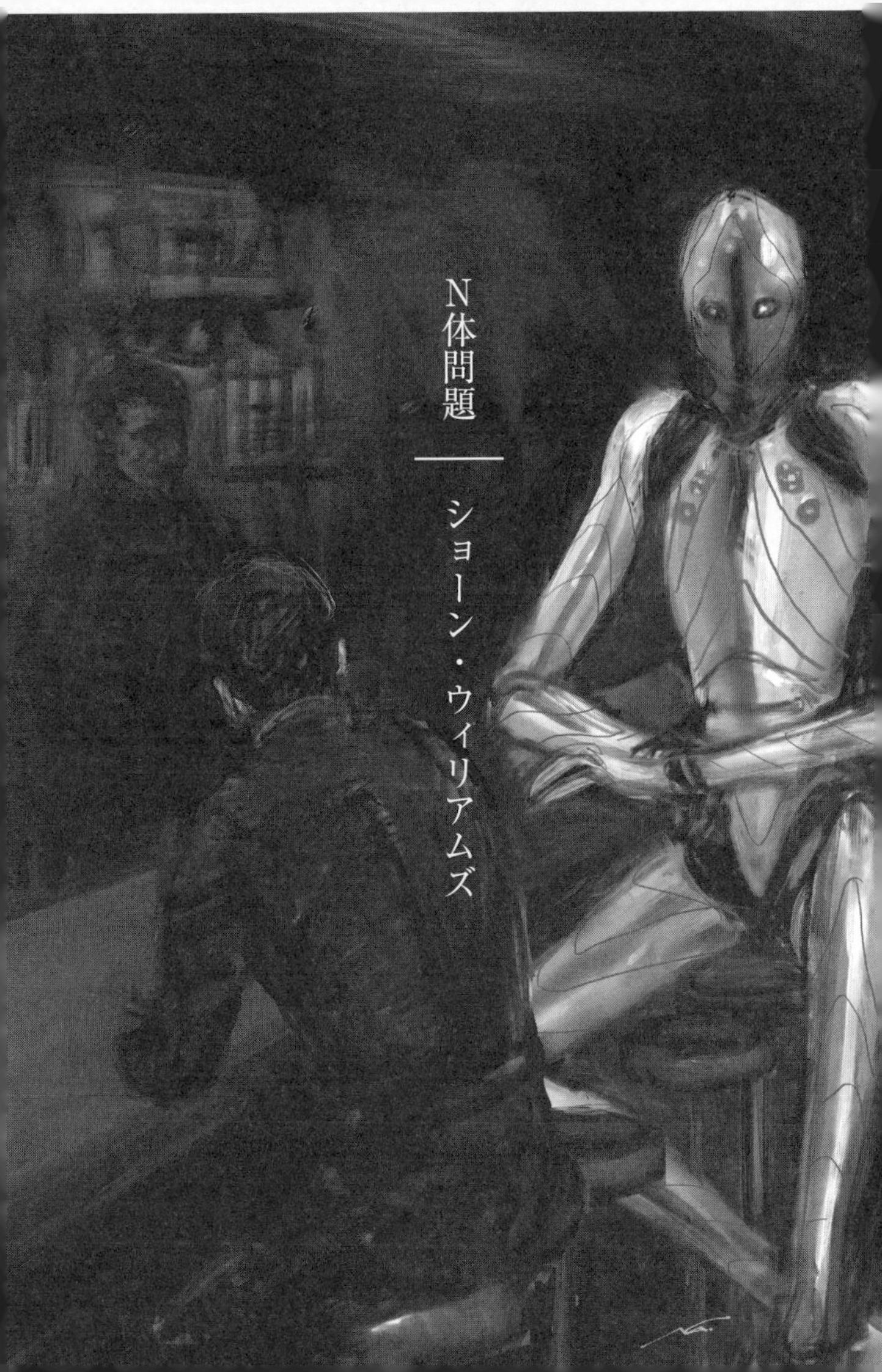

ループと呼ばれる一方通行のワープゲート網の行き止まりにあるハーベスター星系。そこに流れ着いたアレックスは、そこでメカスーツを着た不思議な女性執行官アイと出会う……

ショーン・ウィリアムズ（Sean Williams）は一九六七年オーストラリア生まれ。複数のスペースオペラ・シリーズや《スター・ウォーズ》シリーズのノベライズで知られる。邦訳に《銀河戦記エヴァージェンス》シリーズ（シェイン・ディックスとの共著、ハヤカワ文庫ＳＦ）、短編「バーナス鉱山全景図」（ハヤカワ文庫ＳＦ『90年代ＳＦ傑作選』上巻所収）などがある。

（編集部）

あとに起きることはどうでもいい。重要なのはその起点だ。

ハーベスター星のバーはどこも似たりよったりだ。それを俺はまだ学習していなかった。到着施設《インフォール》から出たばかりで絶望し、思いきり猥雑《わいざつ》で無意味で場末の酒場を探していた。ぐでんぐでんに酔って、残りの日々を二日酔いですごしたかった。

バーは選び放題だった。どこも客入りがいい。星のない夜空の下、酒で悲哀をまぎらわしたいのは俺だけでないらしい。

そう思うとよけいにうんざりした。

結局、〈旅路の果て〉という身も蓋もない名の店にはいった。店内は客でいっぱい。人間、亜人間、超人間、複合人間……。あらゆる人種がいた。あきらかに人間でないのもいる。ループの歴史は長く、そこで聞いた話が半分も正しければ、俺は孤独ではない——文字どおりの意味でだ。

憂鬱《ゆううつ》になってしかるべきだし、そうなる理由もある。しかし生きた本物の宇宙人と話す機会は当然ながら興味深く、また分散したほかの俺にとっても初めての経験のはずだ。俺だけの独自の経験。そしてとうぶんはそのままだろう。

しかしすぐに、宇宙人《エイリアン》はやはり異質《エイリアン》だと思い知らされた。五人と話してみたが、意見も経験もまったく伝わらず、言葉さえ通じない場合もあった。早々にあきらめて、傷だらけのバーカウンターに突っ伏し、不機嫌に黙りこんで酒をちびちびとなめるだけになった。いつもの俺の社交性だ。

するとカウンターの反対端から声がした。

「新参者ね」

「そんなにわかりやすいかい？」顔も上げずに言った。

「でもないわ。みんなこの泥沼でもがいている。わたしは一日じゅうニュースフィードを見ている。あなたは今日三人目の到着者。顔を見てわかった」

「ニュースフィードがあるのか？」

「もちろんよ。たいしたニュースはないけど。失礼」

顔を上げた。声からして女だろうと思った。ところが見えたのは二足歩行のメカスーツだった。背丈は俺の倍近い。表面はセラミックと合金とプラスチックの組み合わせで、短剣のようになめらか。バーの奥の暗がりにいるのに、きらきらと輝いている。多数の反射面を持つ目。鋭くとがった指。斜めに交差する面と稜線《りょうせん》でできている。

「中身は人間なのか？」

「こちらは失礼と詫《わ》びたはずよ」

「怒ってないし怒るな。たんなる好奇心だ」

「だったら答える道理はないわね」

「なんらかの生物学的要素ははいってるはずだな。でなきゃ生化学系を酔わす飲料をわざわざ摂取しにくるはずがない」

「話し相手によくそんなことを言えるわね」

「話しかけてきたのはそっちだぜ」

スーツはかすかなモーター音をたてて背中をむけた。その銀色の金属面には〝地球法執行局〟のロゴがエンボス加工されている。さらに黒字で〝アイ〟という着用者の姓。

「あなたは兵隊さんね」

やすやすと見抜かれた。傷ついて、からのショットグラスに目をもどした。

「気にすることはないですよ」バーテンダーが言った。不愉快な男だが、すくなくとも外見は同種族だ。「彼女はいつも自分くらいの背丈の相手に喧嘩《けんか》をふっかけるんです。あなたはその相手と見なされてない」

「ふーん、そうか」

皮肉な気分だが、ちょうどよくもあった。いまのなまった体でアイ執行官とやりあっても、たちまち組み伏せられるだろう。

「なぜあんな格好してるんだ？　見たことないメカスーツだが」

「新型でしょう。あらわれたのは三カ月前。犯人《ホシ》を追ってきて、たちまちつかまえたんですよ。インフォール施設をこっそり抜けてきたのをたちまち察知したらしい。当局は死体を引き渡されるまで男の存在を知らなかったとか」

到着時の大雑把《おおざっぱ》なオリエンテーションではわからない現地事情は多い。

「当局って?」

「ハーベスター星の政府みたいなもんです」

「あちこち見てまわって仕組みを勉強したほうがよさそうだな。それができるうちに」

店のおごりでグラスに半分ついでくれた。

「出発するんですか?」

「だれが出発できるんだよ。暇つぶしさ」

この星系には太陽が五つある。どれが昇っているかはそのときしだいだ。星系は惑星状星雲におおわれ、空はいつも明るく輝いている。岩石惑星は二つあり、恒久的入植地が点在している。一つきりのガス惑星にはステーションがあり、造船所が集まっている。

到着後、まずそこへ仮想的に出かけた。

潮汐《ちょうせき》船、静止船、重量船……。さまざまな種類の船があるが、これらで帰還を試みるのは難しい。現役で稼働していないし、たとえ動いても行くあてがない。直径一光年近い星雲の輝くガスのために外の宇宙はよく見えず、星図は作成されていない。たとえあってもここは載っていない。

　俺とその他の新規到着者をバーチャルツアーに連れ出したオリエンテーション担当のドローンは説明した。

「ループの百六十三番ジャンクションにあるコロニーはいくつもの名前で呼ばれています。おそらく最初ではないものの、確認できる最古の名前は〝サイナス〟です。語源はグタ語で、意味はおおよそ〝収穫者《ハーベスター》〟。これをコロニーの人類住民が別称として使っています」

視点は船体構造をささえる肋材《ろくざい》のあいだを抜けていった。巨大な船で、船体を完成させるだけであと一世紀はかかりそうだ。

「ハーベスター星には十七種の知的生物種族と三種の機械知性体が住んでいます。居住の痕跡は百万年以上前からあります。空白期間は二回だけで、最長一万年。化石記録からみて、ここで進化した生物はいません。ループの建設者が最初の居住者と考えられます」

　簡潔にすぎるが、この解説でわかることもある。ハーベスター星はこの謎に満ちたループにはじまり、ループに終わるということだ。

　仮想のシャトルの後席から質問が飛んだ。

「なぜここにジャンクションが？　そしてここで壊れてる理由は？」

「それはわかりません。不具合の原因は不明。そもそも不具合なのかもわかりません。ループははじめからここを終着点として建設されていて、機能に不具合はないという説も根強くあります」

「ここが建設者の母星なのかもな」まだ茫然《ぼうぜん》とした表情のべつの新規到着者が言った。

「すべての道はローマに通ずってわけかい？　でも道は一本しかない。そして建設者はどこにもいない」俺は言った。

「この惑星状星雲ができた天文学的事象によって消え去ったのかもしれない」

ドローンは謙虚に沈黙を守った。宇宙を飛び渡るワームキャスターの連なりであるループ。この壮大なネットワークを建設できるほどの種族が、たかが恒星のしゃっくりひとつで絶滅するわけがない。

三人目の旅行者が言った。

「百六十三は最大のヘーグナー数だ。なんらかの意味があるだろう」

これも疑わしい。ただの分類番号といわゆる〝ほとんど整数〟問題を結びつけるのは、多言語が渦巻くこの地ではあまりに浮世離れして感じられる。ここでは五個の恒星、二個の岩石惑星、一個のガス惑星、さらに帯をなす小惑星と塵《ちり》が複雑怪奇な軌道で運動している。最大の小惑星は採掘されつくして千年前に消えている。豊かな資源をめぐって紛争が絶えなかった時代もある。しかしいまは当局のきびしい統制下で平和がたもたれている。

つまり当面、俺の仕事はないわけだ。

「すてきだわ。豊かで興味深い。ほかのジャンクションにくらべてだけど」

小柄な黒髪の女が言った。これまで気にとめていなかったが、あらためてよく見た。百六十二番ジャンクションの出発《アウトフォール》施設ですれちがい、ハーベスター星のインフォール施設でふたたびいっしょになった。たまたま方向がおなじ旅行者で、共通点はほかにない。それがおなじトラップに落ちた。その女の目には歓喜に近い輝きがある。

べつの到着者が訊いた。

「四十五番の偽の特異点はどうなんだ?」

「六十一番の多重五連星系は?」

どちらもよい指摘だ。俺としては三十九番の底なし穴、十八番の永遠に燃える世界、百番の恒星の墓場も捨てがたい。

女は細い手を振った。

「そんなものは前座よ。ここが真打ち」

恍惚《こうこつ》とした表情だ。

ここに来ただれもがおなじものを見ている。ジャンクションからジャンクションへと銀河を渡る大旅行をして、この百六十三番ジャンクションに到着している。しかしこの女はまるでべつの場所から来たかのようだ。

オリエンテーションのあと、ハーベスター星のべつのバーへ移動して女から話を聞いた。イースト菌と砂糖のにおいが充満した巨大な醸造所のような店だった。

「脳の配線をいじってるの。わたしは否定的な態度がきらい。だからそうならないように外科的に処置したわ。肯定的な感情しか湧いてこない。すてきなことよ」

「たしかにそうだが、それについても否定的な意見は持てないんだろう?」

女は笑った。そして俺を部屋に招いた。驚いたことに、すでに彼女は住む部屋を決めて家具もそろえていた。俺が町をさまよい、他人に愚痴をこぼしているあいだに、さっさとここで生きる準備を整えていた。

こんな肯定的な生き方も悪くないかもしれないと思った。むしろ影響された。

彼女の名前はズジ。それしか教えてくれない。俺のことも、生業《なりわい》以外の立ちいった話は聞こうとしなかった。

「あなたは具体《コープ》なのね。べつにいいじゃない。いまとなっては過去よ、アレックス」

ほかの俺を呼ぶように名前を呼んだ。そしてそう呼ばれると、なにもかも楽しいと思えた。

ハーベスター星にいる具体《コープ》は俺だけではない。そしてトレーニングは義務だ。ほかの俺はループの一方通行の旅に積極的に出ようとはしない。俺が最果てに到達し、蓄積した経験と記憶をほかの自分と共有できるようになったら、原人格のいずれかのバージョンから選ばれる可能性は高い。だれも一周した者がいないという事実はためらう理由にならなかった。たんにループがあまりに大きく、人間の時間が短いのだろう。リンクの一部が切れている可能性はだれも本気で心配していなかった。

具体《コープ》は多くのコロニーで死体《コープス》とも呼ばれる。これは文字どおりの意味でもあり、また警告的な意味でもある。原人格から遠くへだてられて死を選ぶ者がときどきいるのだ。劣化した体が生きられないわけではない。永遠に変わらない自分の立場を思って心がむしばまれる。

悩みを語りあう自助グループもある。技能を維持するためのトレーニングもある。心を病んだ死体《コープス》が集まってつながり、新しい人格を生み出す奇怪な集団もたまにある。俺は語りあうつもりも新しい人格を生むつもりもないが、トレーニングには参加するようにしていた。具体《コープ》以外の者がトレーニングに参加することもある。アイ執行官はその一人だった。彼女は目立つ。ハーベスター星の居住施設《ハビタット》を歩くメカスーツや大型二足歩行機械はほかにも見かけるが、彼女ほど不気味で短剣のように鋭い形状は見ない。緑地帯や、円形劇場の観客席や、ときには作業クルーのあいだにその姿を見かけた。ハビタットのあちこちにある展望台で景色を眺めているときもある。特定の住所があるのか不明だ。

俺が通う道場に彼女が初めてあらわれたときも、その二回目も、手合わせはしなかった。並みいる猛者《もさ》を彼女が次々と倒すようすを観察し、動きの形を見て弱点を探そうとした。形はいくつも読みとれるが、弱点はみつからなかった。

「冷徹な殺し屋だな」具体《コープ》の一人が小声で言った。本人には聞こえなかったはずだし、たとえ聞こえても賛辞ととっただろう。「こういうのを集めた部隊があるって話を故郷で聞いたことがある。逆らったら殺される。逃げても逃げきれない。あの女がこの星で殺した男の話を知ってるだろう。逃げきれたと思ったら、着いたとたんに……」

俺は黙って観察しながら機会を待った。

道場にはあらゆる武具が用意されている。しかし俺はできるだけ素手に近い戦いを好む。メカスーツと戦ったことは一度もない。アイ執行官も俺のスパーリングを見ているので、おたがいの手の内は知っている。俺が歩みよると、彼女はまずこう言った。

「やめたほうが無難よ」

「やってみなくちゃわからない」

「殺されたいの？」

「殺しはしないはずだ。執行官だからな。法は犯せない」

「地球ははるかに遠いのよ、兵隊さん」

「名前を呼べ」

「知らないから」

「知ってるだろう。ニュースフィードに流れた」

彼女は輝く兜《かぶと》を傾けた。

「アレックス・ロンバード。名前を呼んだからどうだというの？」

「関係ないかもしれない。しかし俺を殺したことを思い出したときに他人と思えなくなるかもしれない」

試合場で対峙《たいじ》すると、それなりの人垣ができた。からかうような野次《やじ》も飛ぶ。ほかの具体《コープ》は野次るほど愚かではないが、それでも無茶な対戦だとみなしていた。

俺は低い姿勢をとった。彼女はそれをまね、さらに武器の突起や羽根や角を展開させた。

相手の弱点を確認しながら俺は言った。

「派手な飾りだな」

「時間の無駄よ」

「そうか？　無駄にしてるのはむしろ――」

アクチュエータの鋭い作動音と同時に、彼女の足が爆発的な力で試合場の床を蹴った。次の瞬間には俺はあおむけに倒れ、痛みで息さえできなかった。

頭上に仁王立ちする輝く姿にまばたきする。

「もう終わり？」

「まだだ。具体《コーブ》は特別に強くつくられている」

それは事実だ。体内の高度機能を意識的に制御はできないが、すでに痛みは消え、立てるようになっていた。

「もうひと勝負」

彼女は退《さ》がった。

「やめたほうがいいわ」

「無駄口はやめろ」

相手の左腕が自然に届く範囲より低く突進した。狙いはとくに細い形状で突き出たセンサー部。つかめば曲げられそうだ。膝に蹴りをいれることは考えなかった。このメカスーツの姿勢を崩せるとはとても思えない。視界にあるのはセンサーの細い先端だけ。心の目では手が届き、つかみ、ねじったつもりだったが……。

実際には十センチ以内にも届いていなかったはずだ。

俺は片脚をつかまれ、逆さ吊《づ》りにされた。高々と持ち上げられて逆むきで目があう。さすがに人垣から失笑が漏れた。

「もういい？」

「正々堂々とした勝負とは――」

「あきたのよ」

「だったらそのスーツを脱いで生身で勝負しろ」

手を放され、おれは全ハビタット共通の一・二Gで床に叩きつけられた。

「拒否するという返事か」

「そうよ」

さっさと背をむける。俺はその背中に駆けよって飛びつき、センサーと武器が格納されたパネルに手を伸ばした。うまく手がかかり、そこを支点に肩へよじ登ろうとした。ところが彼女は重心を軸に体をひねり、俺の胸に拳をいれた。

道場の壁に叩きつけられて気絶。スーツの足先から出た電極による電気ショックでようやく目覚めた。

「起きなさい」

「いま起きた」

「愚かね」

「理解したいんだ」はげしい頭痛に耐えながら体を起こした。壁や床や天井がぐるぐるとまわる。「自殺願望はない。きみを倒せるとも思わない。勝ち負けではなく、試合そのものが重要なんだ」

「試合にすらなってないわ」

「それでもやったことのない試合だった。試合したことのない相手だった。そこだよ」

彼女は立ち上がった。多少なりと納得したらしい。

「何度も殴られる記憶を、あなたの原人格がよろこぶとでも？」

「うれしくはないだろうな。きみから得られるのがそれだけなら」

「ほかになにが？」

「顔を見せてくれ」

「あなたは鈍重。そして原始的」

「それが古くさい遺伝子というものさ。原人格は――」

「原人格の考えはわかってるわ。従来型の人間として分身をつくれば、自分が新奇な姿に変わっても、自分の一部は人間のまま残るとそれは考えている。だからあなたはスーツを着ない。スーツを着るのは母星に残ったもとのあなた。それらはあなたの経験を記録している。あなたたちは大旅行者、あるいはルーパーと呼ばれる。でも裏を返せばただの兵隊。多数のなかの一人。自分の行動をほかの自分も望むと思っている。本気でそう思ってるの？」

「多少の疑念はあるかもな。でもバーですわってるよりましだ」

彼女は仁王立ちしたままゆうに十秒間、俺を見下ろした。

「いいわ。起きなさい」

言われたとおりにした。

「ところで、俺の原人格は〝彼〟だ。〝それ〟じゃない」

「昔ながらの代名詞がいまでも通用すると思うの？」右の戦闘用グローブを荒っぽく振って話題を変えた。「あなたの異常さを教えてあげるわ」

「なんだ？」

「あきらめていないところよ。いまだに帰れるかもしれないと思っている」

「どこが異常だ？　たとえ帰れなくても、もとの自分と再会できる可能性はある。場所は問わない。どちらでもかまわないんだ」

そこで強く殴られ、リハビリに一週間かかった。

リハビリが終わると、彼女はメカスーツについて教えてくれるようになった。弱点、死角、制限など。弱点といっても比較的という話であり、正面から戦って勝てるとは思わない。しかし教えてもらえるようになったのは、勝つのとはべつの意味がある。

俺たちは戦い、話した。リハビリ明けの最初のスパーリング中に尋ねた。

「なぜ俺が具体《コープ》だとわかった？　ニュースフィードでは言及してなかったはずだ」

「当て推量よ」

「教えてくれ。どこでわかった？」

「しいていえば、自信ある態度、立ち居振る舞い。そんな細部がしめす全体像かしら」

「本当のことを言えよ」

彼女は肩をすくめた。

「体から出る生化学物質を検出したのよ。それだけ」

「会っただけでわかるのか？」

「朝食のメニューだってわかる。昨日のも」

俺は笑った。

「不公平だな。きみはすべてを隠してるくせに」

彼女は答えなかった。

しばらくスパーリングを続けたあとに、また訊いた。

「まじめな話、そのスーツを脱ぐことはあるのか？」

「あなたには関係ないわ、兵隊さん」

「関係を持ちたいんだよ」

俺がよけられる速度よりすこし速いジャブが飛んできた。そのパンチに耐えて、にやりとしてみせる。

「じゃあ、かわりにこのジャンクションについて教えてくれよ。あのアウトフォール施設はどうなってるんだ？　なぜ修理できない？」

「わたしが科学者に見える？」

「顔も見せずに、どう見えるかもないもんだ、アイ執行官。きみのファーストネームすら知らないんだぜ」

あとのからかいは無視された。

「アウトフォール施設は故障中。それだけ知っておけばいい」

「どんなふうに故障してるんだ？」

「人がはいって、困惑顔で立ちつくし、また出てくる。どこへも行けない」

「調査はしたんだろうな」

「当然でしょう」

明るく輝く夜空と混雑したハビタットについて考えた。数万年にわたる退化。みのりのない産業。文化の混合。毎日だれかが到着するが、ここでは先住者とその子孫が圧倒的多数。

「そうか。でも自分の目で実際にたしかめてみてもいいんじゃないかな。なんだかんだ言いながら、きみは見てないだろうし、俺も見てない。先人も、そのまた先人もそうかもしれない。そんな盲信の連鎖のせいで、最初の診断をだれも検証していないかもしれない」

「自分でツアーに参加して検証すれば」

「ツアーがあるのか？」

「あったら、この話はやめてくれるかしら」

気づいていないふりをしていいものだろうか。彼女はこの話題に敏感だ。一週間のリハビリ中にじっくり考えた。

「いいぜ。いっしょに来てくれるなら」

「ツアーに？」

「そう」

「なぜわたしが」

「いい話し相手だから。それが理由だ」

意図したよりも声に力がこもった。彼女の動きがわずかにぎくしゃくした。まるでスーツの内側の弱いところを突かれたかのようだ。続く二発のパンチを簡単にかわして、本格的に怒らせたかと思いはじめたとき、彼女が答えた。

「いいわ」

「なにを承知したんだ」

「ツアーに同行する」

「ありがたい」

「それから、わたしのファーストネームはナディアよ。でもそう呼んだら永遠にリハビリ施設送りにする」

「了解した。じゃあデートだな」

彼女は金属の右手をさしだした。それを握ると、指が痛くなるほど握り返された。

「デートよ。これが試合なら」

俺はうなずき、彼女は手を放した。

アウトフォール施設の見学ツアーを主催しているのは、人類に比較的友好的なダシージ人だった。初めて見る種族で、担当者はルナと名のった。細く高い六本の脚で立ち、それらがまじわる中心から体節のある胴体がぶら下がっている。まるで檻《おり》にはいったソーセージ。その下端に感覚器が集まっていて、胴をU字に曲げてアイ執行官を見た。灰色の濃淡のあるリボンがローマ式サンダルのように六本の脚に巻きついている。

ルナは名前以外をあかさず、ツアーのほかの参加者を待ちつづけた。予約は五人で、あらわれたのは三人。アイ執行官と俺と、人類近縁種のチオールだ。大きな目のせいでいつも当惑した表情に見える。ルナは参加者が少数にとどまったことに失望を表明したものの、意外ではないようだ。

「人類は火山の陰で進化しました。ゆえに下を見る傾向があります」

臆病者や陰気とけなしているわけではないようだが、表情は読めない。

「ここに住んで長いのか、ルナ?」俺は訊いた。

「三千年ほど」

「そのあいだずっとツアーガイドを?」

「担当は金曜日だけです。まわり持ちで」

アイ執行官から肘でつつかれ、俺は口を閉ざした。

「こちらです」

ルナの案内でアウトフォール施設にはいった。どのジャンクションでも構造はほぼ共通。ただしここは新しく見える。すり減った跡があまりない。あまり使われていないからだろう。中心にはループ技術の根幹である謎の巨大なディスクがある。正体不明の物質からなる大きな一枚板だ。黒に近い灰色。直径百メートル以上、高さ五メートル。外縁から中心にむかって円断面のトンネルが一本、螺旋《らせん》状にうがたれている。

ルナはまず俺たちをディスクの外周に案内した。ジャンクションの先住者が残した落書きを見せる。祈禱文《きとうぶん》もあれば悪態もある。多くは名前だ。ディスク全体がこのように落書きされている。すべて塗料で上から書かれている。ディスクの素材は硬くて傷一つつかない。

「立ち往生して亡くなった人々を後世に伝えるものです」

ルナの説明を疑う理由はない。

一周してトンネルの入り口にもどり、一列でなかにはいった。長身のアイ執行官は兜の上端が天井にあたるため、かがんで歩いた。

はいったときから奇妙な傾きやねじれを体に感じた。まわりに局所的な重力場や電磁場がある。アイ執行官のメカスーツもきしんでいる。この特異な空間のストレスに耐えられないのではないか。しかしそんな心配は無用だと思いなおした。これまで百六十二回耐えているはずだ。このような空間のゆがみはほかのアウトフォール施設でも変わらない。

トンネルに一行の靴音が響く。光はルナの手持ちの照明とメカスーツの胸についた前照灯だけ。まわりの力場が強くなり、頭が揺れて正常な思考ができなくなった。全身の原子と分子がスープのなかでかき混ぜられる具材になったかのようだ。

トンネルは壁で行き止まりになった。

その終端から約二メートル手前の一点をルナはしめした。

「ここがディスクの幾何学的中心です。わたしたちの旅の終点です」

ディスク内部を歩いてきた俺たちの旅の終わりであり、ループにそって旅してきた人々の終点でもある。

俺は行き止まりの壁に近づき、ゆらめく光のなかで調べた。一段と多くの落書きがされている。塗料の厚みだけで数センチはありそうだ。さわった感触では下は堅牢《けんろう》な壁。そのことに狼狽《ろうばい》した。おかしい。こんなことはありえない。

通常なら、ジャンクション（X）にあるワームキャスターの送り側ディスクにはいった人は、なにごともなかったようにジャンクション（X＋1）の受け側ディスクから出てくる。面倒なことはすべてディスクまかせでいい。

正常に機能していれば。

「科学者はなんて言ってるんだ？」

俺が訊くと、ルナは脚を二本ずつ交差させた。

「わたしは何度もこのトンネルを歩きました。わたし自身ももとは科学者でした。しかしこの仕組みの理解に、科学は子どもの宇宙観程度にしか役立ちません」

「それでも理解を試みたはずだ」俺は普通に話しているつもりだったが、反響がしだいに大きくなった。「あらゆる手段で調べたはずで……」

大きな手が肩にかけられた。金属製のメカスーツはまわりの複雑な力が作用して揺れている。

ルナが言った。

「建設者がふたたびあらわれるまで、あるいはアウトフォール施設が自己修復するまで、わたしたちはいぶかしみながら待つしかありません」

「腹が立つな」突然チオールが言って、みんなを驚かせた。この人類近縁種は自己紹介してから一度も発言していなかった。「しかしこれがましか。中途半端な故障より」

「中途半端というと？」アイ執行官が訊いた。

「深宇宙に放り出されたり、体の一部を忘れ物にされるよりましだ。すくなくともわれわれは手足を失っていない」

「多くの人は祝福より呪いとみなしていますけど」

メカスーツの彼女は重い足音を響かせてトンネルの出口へ歩きはじめた。

ルナは脚の交差を解き、アイ執行官のあとをちょこまかと追いかけた。

「ツアーはこれで終了です。外に訪問者の登録があります。そこで感想を記録していただければ……」

「いや、けっこう」そう返事してから、チオールに声をかけた。「一杯どうだい」

「お一人でどうぞ」

断られたが悪気はないようだ。飲み友だちはすでにいるのでかまわない。口説き落とせればだが。

彼女が人ごみに姿を消すまえに呼びかけた。

「おやすみのキス《グッドナイト》はないのか？」

彼女は空を指さした。

「ここに夜《ナイト》はないのよ。ましていいも悪い《グッド》もない。月も星も、なにもない」

「彗星《すいせい》ならあるぜ」それにはことかかない。星系内の複雑な軌道運動のおかげでつねに一定数の氷のかけらが太陽やその他の天体に飛びこんでいく。「あるいは愛想よく頼めば虹だって見せてやれるかも」

「あなたの希望どおりにした。ツアーに参加した。このうえ愛想まで要求するの？」

「一杯だけだ。好きなものをおごる」

彼女は歩みを遅くした。

「いいわ。アルコールには酔えるから」

「人間の証拠だな」

「とはかぎらないわよ。アルコールはカルリーシュ人の生化学系にも作用する」

「つまりきみはどちらかというわけだ」

カルリーシュ人には会ったことがある。歩くプルーンのような姿で、酢のにおいがする。ナディア・アイの実体がそんな姿でないことを願った。

「〈旅路の果て〉でいいか？」

「お好きに」

初めて会ったバーで、一杯ではなく何杯か飲んだ。メカスーツの前面がわずかに開いて内部機構が露出し、そこに酒をすこしずつ流しこむようすを興味深く眺めた。最外層はほんの数ミリ厚だが、その下に何層もあるように見える。これを脱ぐにはいったいどれだけ手間がかかるのだろう。

「ルナが正しいとはかぎらない」俺は主張した。「正常に機能するべつのディスクがどこかに隠されてて、それを探し出せばいいのかもしれない。あるいはインフォール施設のプログラムを書き換えて百六十二番ジャンクションへ引き返せるかもしれない」

「先人が試していないと思うの？　だれも考えなかったとでも？」

それもそうだ。思考がズジのようになってきた。ズジの底なしの楽天主義もハーベスター星では通用しない。結局それは内むきの態度でしかない。悪い手札をなんとか最善手に変えようとするだけだ。俺の野心はちがう。手札を回収して仕切り直させたい。あるいは最悪の手札を逆手にとって、ミゼール宣言（手を一つもつくらないと宣言すること）をして一発逆転を狙うか。

「きみはなにを怖がってるんだ？　俺に図星をつかれるのが怖いのか？」

「その口を閉じてくれるなら、そうだと答えてもいいわ」

「だれでも脱出法を求めてるんじゃないのか？」

「そうとはかぎらないわ……」

彼女はつぶやいてグラスのなかを見た。

「待てよ。わけがわからない。きみは任務でここへ来て、犯人をつかまえた。そうしたら帰れなくなった。怒って当然だろう」

「怒ってないとは言ってないわ」

「でも――」

「そうとはかぎらないというのは、それだけの意味よ。深く考えないで。あなたには関係ない」

たしかにそうだと思い、穿鑿《せんさく》はやめた。雑談にもどるつもりで言った。

「もっと早く犯人をつかまえればよかったのにな。そうすれば帰路の旅を楽しめただろうに」

「わかったような口をきかないで、兵隊さん」

きつい口調だ。雑談にもどそうとして失敗したらしい。

「きみは痛いところをつかれると、かならず〝兵隊さん〟と呼ぶ」

「すこしも痛くないわ」

スーツの外層が急に閉じて、彼女は立ち上がった。

「ナディア、待てよ……」

名前を呼んだが、鉄拳制裁を受けたりはしなかった。それどころか見むきもせず、無言で立ち去った。

今度は追わなかった。自分の酒を飲みほし、彼女のも飲みほして、反対方向へ帰った。

アイ執行官はそれから一週間、道場にあらわれなかった。べつにかまわない。俺はすげなくしていたもとの練習相手と組みなおした。執行官と練習していたあいだに力も敏捷《びんしょう》さも向上し、おかげで具体仲間《コープ》でトップランクになれた。初めての経験で、まんざらでもなかった。

その興奮が落ち着いたころに、彼女はもどってきた。練習を休んだ理由を説明しようとも謝ろうともしない。俺に対してもそんな考えはないようだ。試合の申しいれに諾否を答えるとき以外は不機嫌に押し黙っている。俺はもう彼女の第一の練習相手ではなかったが、手合わせは何度かした。ぎくしゃくした感じだった。かつて息のあうダンスのパートナーだったのに、急にリズムがずれてしまったかのようだ。こんな状態が二カ月続いた。試合場で物理的に体をぶつけるとき以外は、衝突せず、おたがいを避けた。

俺はまたズジとつきあいはじめた。彼女を介してさまざまな相手とも会うようになった。ハーベスター星は愉快で特徴のある住民にことかかない。しかし知人が増えるほど気持ちがくすぶるところもあった。ここではだれもが遭難者だ。無人島に流れ着いた漂流者。あらゆる身の上話がおなじ結末になる。

ハーベスター星に到着して四カ月後、当局はジャンクション全体での追悼式典を発表した。はじめは異星種族の儀式かと思った。当局というのが実際にどんな連中で構成されているのか俺はいまだに知らない。しかし早々と地元になじんだズジは、すべての種族のための式典だと説明してくれた。種族、文化、信条は問わない。アウトフォール施設には死者の名が落書きされていたが、式典はここで立ち往生している人々も記念するものだという。

儀式のやり方は簡単だ。肉体を持つあらゆる者が列をつくり、インフォール施設のディスクのトンネル出口前を通る。そしてトンネルの奥へむけてそれぞれ追悼する人の名を呼ぶ。短い弔辞を述べてもいい。その儀式中にインフォール施設に到着した者は、その日いちにち英雄と呼ばれてもてなされる。そしてお祭りと振る舞い酒で式典は終わる。

ズジは当然ながら楽しみにして、参加しようと誘った。

「だれの名前を呼ぶつもりだ？」

前日の夕食中に俺は訊いた。すでに彼女の部屋で同棲《どうせい》し、同衾《どうきん》する仲になっていた。

「そこは省略するわ。悲しい気持ちになる相手はいないから」

「だれも追悼したくないのか」

「そうよ。悲しむのは否定的な感情でしょう」

その微笑《ほほえ》む目に嘘はない。最初からわかっていたことだ。

「俺がいなくなっても悲しまないんだろうな。いまとおなじように楽しく暮らし、次の男があらわれたら楽しくつきあいはじめる。なにも変わらない」

「変わらないわけじゃないわ。楽しさにも濃淡はある。あなたとの日々は、ほかのだれかとの日々とは異なる。当然よ。そうでなければ退屈でしょう」

ズジはテーブルの上で俺の手をとった。押し返すのは無意味だ。偽善的な議論をできないのが彼女だ。経験的にわかっている。

翌日は群衆のなかにまじった。ハーベスター星のだれもが女王を迎えるように着飾っていた。一抹の喪失感をまじえた祝祭の気分。音楽はときに荘重に、ときにダンス調になる。

人ごみの前方にひときわ高く突き出た見覚えのある銀色の兜をみつけて、おれはズジをおいてそちらへ進んだ。押しあいへしあいする群衆のなかでは一人のほうが気楽だ。ループの旅に出発した日のことを思い出す。原人格に盛大に見送られた。数十人の具体《コープ》に取り巻かれていた。俺は肉体的にも精神的にも抱擁された。そのときとおなじ気持ちを、こんなふうに見知らぬ人々の群衆のなかで、しかもそれぞれ重荷をかかえた人々のあいだで感じるとは思わなかった。

インフォール施設の手前でナディア・アイに追いついた。俺に気づいたとしても無言だったし、こちらも話しかけなかった。メカスーツの銀色に輝く装甲板に映る自分の顔を見ながら、施設の入り口へ歩いた。儀式の場所で言う予定のことを口のなかで練習した。

彼女はトンネルに正対して片膝をつき、こうべを垂れた。

「グレイ・ビルヴィス」

そう言うと、顔を上げて立ち上がり、歩いていった。

次は俺の番だ。ディスクの奥へ延びるカーブしたトンネルをのぞきこむ。奥はおなじく行き止まり。ただし正常に機能しているので、この日すでに二人の英雄が到着していた。アウトフォール施設のような謎も、大量の落書きもない。ここで発する言葉が長い時空のトンネルを反響しながら旅立ちの場所と人へ届くようすを容易に想像できた。だれかにとっては意味があるかもしれない。

「アレックス・ロンバード」

俺は言って、反響に耳をすませた。しかしなにも聞こえなかった。

グレイ・ビルヴィス……。

聞き覚えがあった。

追悼式典のあと、市内は花火と大道芸と酔っ払いだらけになった。俺はどれも興味がない。ナディア・アイのために内省的な気分になり、それを振り払う気力もない。ズジは友人たちのところにいて、俺は気がむいたら合流することになっていた。ほかの具《コー》体《プ》もいるかもしれない。俺のような気分かどうかはわからない。原人格を思い出すと孤独感がよみがえる。ループに旅立つときは奇抜でスリリングな経験を期待していたが、この行き止まりのハーベスター星ではただの痛々しい傷口だ。こんな日でなければ具体《コープ》の友人を呼んで楽しんだかもしれない。しかしこの日は喪失感がくさびになり、それぞれが孤独とやり場のない怒りにさいなまれるばかりだった。

俺はひたすら歩いた。空には当局が発生させた日除《ひよ》けがわりの雲があり、その雲底にレーザーで星空が投影されている。亜光速シャトルがときどき飛び立つ。行き先は一つ。惑星状星雲の外縁だ。そこまで行けば光の反射は弱まり、宇宙の眺めが復活する。そのシャトルに冷凍睡眠席を予約しようと思えばできる。状況が変わることを期待して千年眠りつづけるか。それはそれで新しい経験だろう。経験といえるかどうかはともかく……。

グレイ・ビルヴィスの名が引っかかっていた。ナディア・アイが追悼したのはだれなのか。どこかで聞いた名だ。

緑地帯の人けのない場所をみつけて、ハーベスター星の情報コアにアクセスした。正確な綴《つづ》りが不明で、検索エンジンは人類の音声認識に最適化されていない。情報に行き着くまでにあきれるほど長い時間がかかった。そしてみつけると、なぜ最初にニュースフィードを見なかったのかと悔やんだ。アイ執行官自身を調べていれば最初に見るはずのものだった。

グレイ・ビルヴィスはアイ執行官がループをたどって追ってきた男の名だった。彼女とおなじく地球法執行局に所属する執行官。ハーベスター星に侵入した手段は未解明のまま。彼女はそれを発見し、殺し、死体を当局に引き渡した。

そしていまもその場所にとどまり、人前で彼を追悼している。なぜなのか。

右手のシダ状の葉が揺れて、影が日をさえぎった。その背丈から思いあたるのは一人しかいない。

「わたしも調べ物をしたのよ。なにがわかったと思う?」彼女は言った。

なんらかの手段で俺の検索情報を追跡していたらしい。メカスーツの立ち姿から感情は読みとれない。俺は立たなかった。彼女が殺す気なら立とうと寝ていようとおなじことだ。

「まず彼について教えてくれ。悪徳執行官だったのか? それともきみが悪徳執行官で、彼に脅迫されていたのか？」

「思いつく仮説はそれだけ？」

「考えはじめたばかりなんだ。彼がいまも重要人物だと、さっき知ったばかりでね」

「彼はもう重要人物ではないわ」

「重要さ。だからこそきみはここにとどまっている。悪いのは彼だ。そう断じて、忘れて、前に進めばいいのに」

「ここからは進みようがない」

「そういう意味じゃないのはわかるだろう」

「あなたはなにもわかっていない」

俺は口を閉ざした。一つには、彼女がふいに拳を握ったからだ。その拳を本気でふるえば俺はたちまち肉塊に変えられる。しかしもう一つは、その口調が痛々しかったからだ。俺とおなじ痛みが初めて感じられた。

「きみはなにを調べたんだ？」

俺が訊くと、彼女は拳を開いた。

「アウトフォール施設よ」

俺は体を起こした。

「なにがわかった？」

「ディスクは大昔から調べられていて、その調査の歴史はハーベスター星の有史時代の半分におよぶ。あのツアーガイドよりはるかに熱心な研究者が調べている。聖人君子より忍耐力のある機械知性体も参加している。そしてその研究データはすべて公開されている。目を通すのも大変な量よ。その海に何週間もわけいり、突破口を探した。データの大半は理解不能だけど、だれもがおなじ結論に達している」

「ディスクは壊れている？」

「ちがう。ディスクはなにかしら機能している。はいったときに感じたでしょう。でも具体的にどう働いているのかはわからない。わかれば修理できるかもしれない。適切に機能していないことがわかるだけ。わたしたちが足留めされているのはそのせい」

　俺はこめかみを揉《も》んだ。

「どの結論も一致してるのか？」

「まあ、変人のたぐい以外はね。頭のおかしい連中の半分は、これは建設者の罰だと考えている。残りの半分は、自分たちが建設者だと称している。自分がつくったトラップから出られない理由は説明できないまま」

「その話をわざわざ教えにきてくれたのは……なぜだ？」

「あなたがはじめたことだから。知りたいだろうと思ったから」

「いや――」その言葉の裏にべつの響きを感じた。「――それだけじゃないはずだ」

「それだけよ」

　彼女は背をむけて去ろうとした。

俺は急いで立って追いかけた。押しのけられた枝葉に叩かれながら進む。

「逃げるな、ナディア。いつもきみはそうだ。手を伸ばすと押し返す。いつもそうしてきたのか？　だからスーツから出ないのか？　なかにこもっているほうが安全だからか？」

彼女は下生えをざくざくと踏みながら答えた。

「心理分析はやめて。あなたは孤独を恐れている。でもわたしはつながることを恐れない。だからおたがいにここで足留めされているのよ」

「どういう意味だ？」

彼女は答えない。

緑地帯の端に出てしまい、カーブした内壁にそってエアロック方面へ進んだ。彼女を追っている理由も、彼女が話をしにきた理由もじつはよくわからない。しかしそうすることが重要だと思えた。彼女は瀬戸際にいる。重要な決断に近づいている。ハビタットの人類区画にはいったとき、それがなにか気づいた。

「あきらめるつもりか。そうなんだな？　自殺するつもりなんだな」

「難しくないし、違法でもないわ」

「難しいとか違法とかは関係ない」ほのめかす言葉に強い警戒感をいだくが、理由をうまく説明できない。「ばかげた行為だからさ。ここにはなんでもある。よく見ろ。五つの太陽に異星人！　ほかになにを望む」

「そんなふうに感じたこともあったわ。でも考えが変わった。そもそもあなたの望むことはほかにあるでしょう」

「まあそうだ。確信がないせいでわざと単細胞なことを言ってるのは否定しない。悪いのは俺だ。でも機械知性体を考えてみろ。あいつらはあきらめない。あいつらときみのちがいはなんだ？　やつらが自殺しないのに、なぜきみがやる必要がある？」

「機械知性体の思考などわからないし、あなたもわかっていない」

「だからといってその結論が無価値ということはないだろう」

「彼らの思考はスケールがちがう。生きている時間の流れがちがうのよ」

「それならきみもしばらく冷凍睡眠にはいってみればいい。千年後の世界を見るんだ。死ぬよりましだろう」

「それとおなじことをわたしは言ったわ」

「だったら、自身の言葉に耳を傾けるべきだ。説得力がある」

彼女は唐突に足を止めた。

「言ったでしょう。考えが変わったと」

その背中を長いこと見つめた。精神力で装甲板に穴をうがって内部を見たい。自殺について話しているのに、彼女の悩みの核心に手が届いていない気がする。スーツがじゃまだ。メカスーツはいつものように完全無欠だが、あらゆる関節から血を流しているようにも見える。

「具体的にいつ考えを変えたんだ？」

「あなたには関係ない」

〝兵隊さん〟とは呼ばれなかったが、呼ばれてもおかしくない調子だ。

「グレイ・ビルヴィスと関係あるのか?」

彼女は途中までふりかえった。

「グレイはわたしのパートナーだった」

「その相棒が法を犯し、裏切ったのか。悪いのはそいつで、きみじゃない。きみはやるべきことをやった。本人は自業自得。そうだろう?」

彼女はうなだれた。金属製のスーツの力と柔軟性が許すかぎりの勢いで、ハビタットの床にもぐって溶けてしまいたいようすだった。実際には、彼女は片膝をついて俺と目の高さをあわせた。

「言ったでしょう、アレックス。彼はわたしのパートナーだったと」

俺は口を閉ざした。ようやく理解できた。

データは不思議だ。一個の情報がすべてを変えることがある。アルキメデスのてこの原理のように、肝心なものが一つあればいい。ほかはゴミだ。

グレイ・ビルヴィスがナディア・アイにとってどんな存在か、もっと早く知っていれば彼女をよく理解できただろう。力になれたかもしれない。彼が死んだハーベスター星から去るべきか迷う理由が、いまではよくわかる。

とはいえ二人の物語をすっかり理解したわけではない。彼女が殺したのか、あるいは彼が自殺したのか。彼が逃げてきたのか、それともいっしょに旅してきたのか。いずれにせよ、彼はこの世を去り、彼女はあとを追おうとしている。

無用の大量のデータも、かならずしもゴミではない。重みと実質がある。そこから導かれる結論もそうだ。その結論にもとづく態度も……。

なぜそれが頭に浮かんだのか自分でもわからない。推理や論理からの帰結ではない。ただひらめいたのだ。にわかには信じられなかった。どこにも隠していないのに、うまく隠された真実というのはあるものだ。これが本当ならどうか。彼女に伝えるのは難しい。話さないでおこうかとしばらく真剣に考えた。

しかし自分一人でかかえこむにはこの考えはあまりに大きかった。放置できない。だれかに話さずにいられない。

俺はナディアの兜の側面に手をあてた。硬い金属とちがって柔らかい素材でできた小さな部分だ。反対の手は彼女の肩の張り出しにおいた。

「ついてきてくれ」

彼女は答えない。音すらたてない。おそらくマイクのスイッチを切っているのだろう。なかで泣いているのか、笑っているのか、叫んでいるのかわからない。知るすべがない。しかし彼女はしたがった。立ち上がり、夢遊病者のような足どりでハビタット内を歩きはじめた。行き先がはっきりしはじめたところでようやく沈黙を破った。

「あそこはもう行ったでしょう。できることはないわ」

「たしかにそうだ。でも黙ってついてきてくれ」

彼女は足を止めた。

「いやよ。説明してくれるまで行かない」

「わかった。ちょっとしたことだ。たいしたことには思えないかもしれない。それでも大きなちがいだ。機械知性体について考えてみてくれ」

「彼らがなんなの？」

「あいつらは意識があり、理性的な存在だ。きみやグレイやその他の人々とおなじだ。しかし彼らはここにとどまっている。あきらめていない。なぜだと思う？」

この問いに明瞭な答えはない。しかし興味深い答えが一つある。

「説明してほしいわね」

「彼らが自殺しないのは、俺とおなじだからさ」

「あの執拗《しつよう》さの根元はあなたの古くさい遺伝子だというの？」

「ちがう。なにも変化はないと彼らはわかっているんだ。考えてみろ、ナディア。ワームキャスターの仕組みを俺たちは本質的に理解してはいない。インフォール施設からアウトフォール施設へ物理的に放り投げられると考えているが、それは現象にもとづく推測にすぎない」

「インフォール施設からは、それまでいなかった人々が出てくる。アウトフォール施設にはいった人々は、べつの場所へ行く」

「おおむねそうだ。送り側から見れば、アウトフォール施設にはいった人は出てこない」

「ほとんどおなじことでしょう？」

「ぜんぜんちがう。ここにあるアウトフォール施設は、なにかしら機能しているようなのに、はいった人はどこへも行かない。置き去りだ。だから、仕組みを誤解しているのではないかと考えるのではなく、まったく働いていないと考えてしまっている。じつはほとんどのプロセスは正常に動いていて、肝心のところだけ正常に働かず、そこを俺たちは問題視しているのかもしれない」

「肝心のところというのは？」

そこで俺はためらった。

「きみとグレイは、俺たちみたいにツアーに参加したか？」

「いいえ」

「だとすると……残念だ。べつの場所ではなにもかもうまくいっていると教えたかったが、それはできないな」

「ありえないでしょう。わたしたちはここで足留めされていて、彼は……」

そこで言いよどんだ。考えが伝わったのがわかった。すべてではない。残りを受けいれるには時間がかかるだろう。俺もそうだった。しかし要点はわかったはずだ。その証拠に彼女はむきを変え、これまでとはちがう急ぎ足でアウトフォール施設へむかった。

前回とは異なるツアーガイドがあらわれ、話がなかなか通じなかった。それでもこの非協力的なウオタン人に、二人だけではいりたいという希望を理解させた。彼／彼女／それは黙認し、じゃましないでくれることになった。そもそも破壊行為などしようがない。このディスクは人類よりはるかに古くから存在していて、時の流れによる損耗すらないのだ。トンネルにはいってすぐに、ナディアが立ち止まって俺のまえでしゃがんだ。

「もしあなたが正しければ――」

「俺たちにはなにも変化はない。もし俺がまちがっていても、やはりなにも変化はない」

「機械知性体はそれをわかっていると？」

「たぶんな」

「なぜ彼らはそれを教えないの？」

ズジのことが思い浮かんだ。知れば心から歓迎するだろう。しかし彼女はあらゆる出来事をまったくひとしく歓迎するはずだ。

「機械知性体がこのことを黙っているのは理解できる。結局のところ、証明できないからさ。だれかがループを完全に一周してくるか、さもなければアウトフォール施設を両方向に使えるようにしないかぎりはな。それまでは推測にすぎないし、誤りだという可能性もある」

「でもあなたは正しいと考えているのね」

「そうだ。だからここへ来た」

「わたしたちはすでに一度なかへはいっているわ。そのことによるちがいは？」

「アウトフォール施設にとって俺たちはただの物質だ」

「つまり何度でもできると？」

「そういうことになるな」俺はメカスーツの輝く目を見た。「そう考えると、気分はどうだ？　それなりの解放感があるだろう。不自然な気はするが、それでも……そう感じる。俺はな」

「いいわ、アレックス。あなたと行く。どこまでも。いままで確信はなかった。いい考えだとも思わなかった。でもそうする。もし行けたら」

俺は微笑んだ。

「では行こう」

「待って。このままはよくないわ。危険があるかもしれない」

彼女は立ち上がった。どこかで機械音や開閉音がしはじめた。スーツの前面のパネルが持ち上がり、その下でさらに複数のパネルが持ち上がる。アウトフォール施設のディスクが発生させる複雑な場のせいで不具合が起きたのかと思った。しかしそうではないとわかった。スーツは分解しているのではない。開いているのだ。

俺は理解が追いつかずにあとずさり、各層が開いて内側があらわになっていくようすを見つめた。

そのあいだも彼女は変化のない声で話した。

「グレイは考えて考えたすえに、耐えられなかった。ループはわたしたちを一つにするはずだったのに、実際にはぎりぎりまで近づけただけだった。なにを言ってもなにをしても、彼の気持ちを変えられなかった。そしてここから永遠に出られないとわかると、彼は自分を理解できなかった。ハーベスター星で足留めされるまで、彼は簡単な脱出法を選んだ。希望を見いだせなかった。しばらくするとわたしも希望を失った」

俺は頭がふらふらした。それはディスク内の場の作用ではない。

「あなたがグレイの情報を探りはじめたのを見て、また穿鑿がましいことをしていると思ったわ。理解しようなんて無駄なことをと。たしかにあなたは試みた。そしてべつの結論に到達した」彼女は笑いに似た声をたてた。「あなたがわたしを救ってくれるとは思わなかったわ」

俺は開いていくスーツを見つめていた。このスーツとナディアについて大きな誤解をしていたことがわかった。彼女は続けた。

「この場所は、ある意味で人生の壊れたメタファーね。ときにはわたしたちは過去を捨てて前に進まなくてはいけない。でないと立ち往生してしまう。背負ってきた荷物を下ろして、そこで捨てないと、前に進めないことがある。望むと望まざるとにかかわらず人生は続く。行く手に待ち受けるものが危険でも怖くても。あなたもなにか言いなさいよ」

俺は言うべきことを思いつかなかった。スーツのなかはからっぽだった。一人分の空間がある。計器類と、生命維持装置と、黒い形状適合性の緩衝材があり、快適そうだ。しかしだれもはいっていない。

「きみはどこにいるんだ?」

機械にとりついた幽霊などというばかなことを考えた。

「スーツそのものよ。薄く広がっている」

「生物組織として?」

「もちろんよ。そうでなければアルコールで酔わないでしょう。生々しいものを見たいなら――」

「いや、けっこう。それでもきみは人間なのか?」

「そうよ。その区別は重要なの?」

嘘はつかないほうがよさそうだ。

「たぶんな。ここにはいれということか?」

「はいるつもりはある?」

「大きな一歩だな」

「フロイト的なことを考えるのはやめて。これでなにかが変わるわけではないわ。無理じいはしないわよ。あなたがいやなら――」

「わかってる」

グレイ・ビルヴィスもこうやってハーベスター星へ来たのだと理解した。だから彼女が遺体を提出するまで、当局はその存在を知らなかったのだ。

「いい考えだと思う。この先になにがあるかわからないからな」

「そうよ。こうするのがいちばん安全」

あともどりは可能だ。それに、この俺たちはどこへも行かないのだ。ハーベスター星にとどまる。祝祭も、失った人々の記憶もそのままで。しかしそれは方程式の一方の辺にすぎない。彼女はそれをわかっている。

「最初にはっきりさせておくわ。命令は受けない。あなたは操縦者ではない。いいわね」

ハーベスター星系の五つの太陽の運動をあらわすには複雑な方程式が必要だ。さらにそこには、ありとあらゆる種族がいる。ループを旅してきた人々がいて、あとに残してきた人々がいる。俺の原人格もそうだ。生きているうちに再会できるとはあまり期待できない。それでも会いたい。代用であっても……。

比較的簡単なのはズジへの伝言だ。アパートへは帰らないだろうと伝えればいい。

「わかった」俺は言った。

彼女はしゃがんだ。

俺はなかにはいった。

彼女は閉じた。

俺たちはトンネルのつきあたりまで歩き、きびすを返して、また出てきた。

百六十四番ジャンクションではルナが待っていた。正確には六十人近いルナがいる。いずれもほぼおなじ。ハーベスター星ですごした期間が異なるだけだ。ここの人口のほとんどはガイドだ。ほかの到着者は、あとに残したものに別れを告げると、さっさと次へ進んでいく。正常に機能しているときのループはそういうものだ。

俺たちは歓喜と興奮で迎えられた。しかしこちらに驚きはなかった。通過してきた最初のバージョンではない。そして今回は状況を理解していることから、特別なエリートグループに加えられた。大半の人は意図せずやってくる。とくに科学者はそろってばつが悪そうにしている。無理もない。人々はハーベスター星に足留めされ、百六十四番ジャンクションには出ていけないという長年の主張が、じつはまちがいだったのだから。

次のジャンクションでの抹消機構は正常に働いていた。すこし奇妙に感じるのはしかたない。次へ進むときに、現在のバージョンの自分は破壊されるわけだ。しかしアイデンティティや、どのバージョンが本物かといった問題はもう気にならなかった。これまでに何度もプロセスを通過したおかげで充分な信頼感が醸成されていた。自分を構成する原子がどこから来たかとか、自分が何人存在するのかといった問題はもうどうでもいい。

本当に不安があるとすれば、この先のリンクがべつの形で壊れている可能性だ。ワームキャスターでデータが送られるとしても、それを受けるインフォール施設が次のジャンクションにあるとはかぎらない。抹消されたバージョンがこの世で最後のバージョンかもしれないのだ。

わからなくてもかまわない。不案内だからこそ道連れがいる。

そもそも、なにがどうなろうとハーベスター星がある。

百六十四番ジャンクションの暗い夜空の下に立ち、もはや足留めされていない俺たちは、これから起きることを体現している。それでいいのだ。

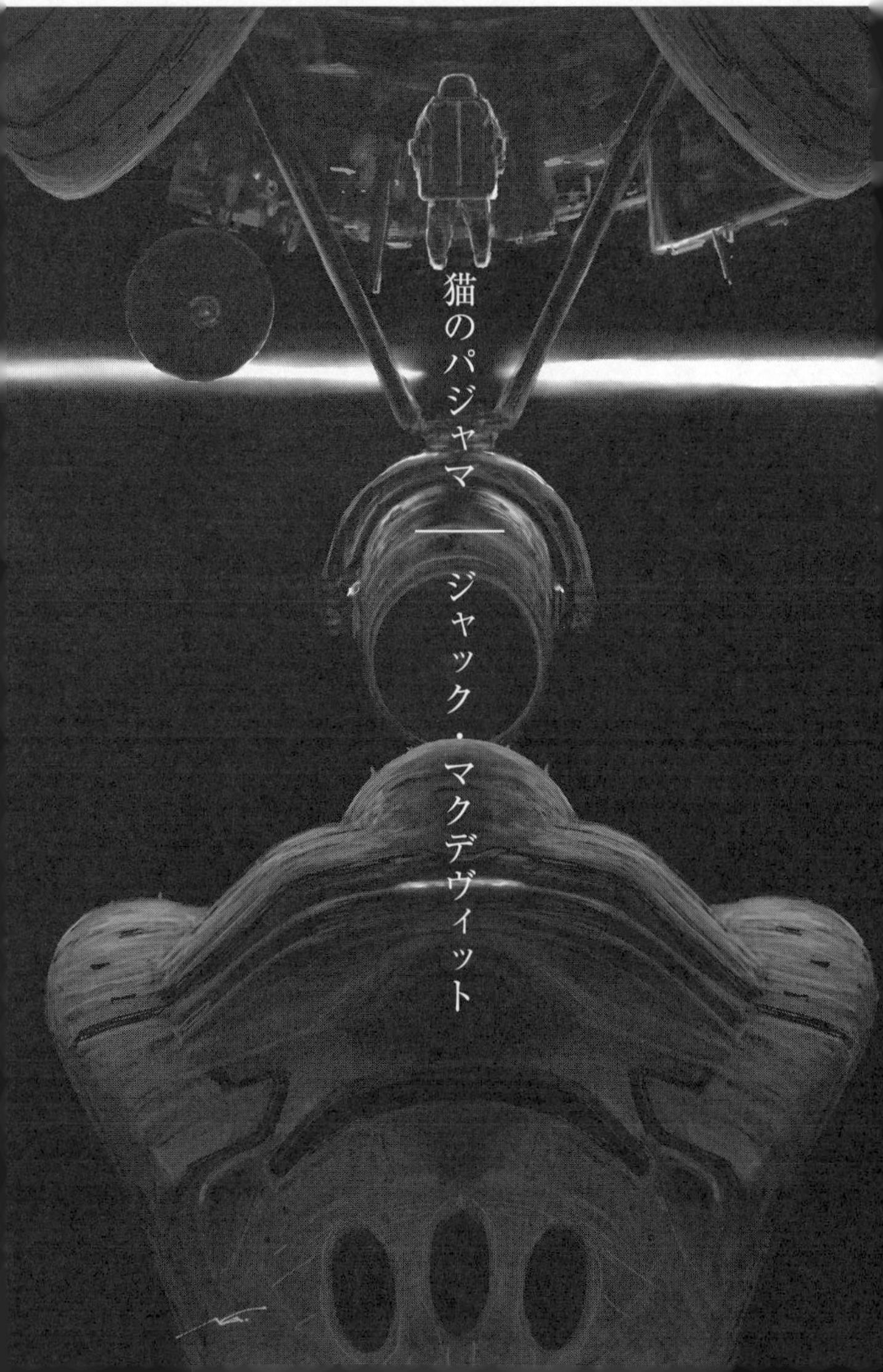

猫のパジャマ

ジャック・マクデヴィット

パルサーをめぐる研究ステーションを訪れた支援船カパーヘッド号。だが、ステーションは何らかのトラブルに巻き込まれているらしく……

ジャック・マクデヴィット（Jack McDevitt）は一九三五年生まれ。一九八一年に作家デビューし、これまでに二十作以上の長編を発表している。二〇〇六年の長編『探索者』（早川書房）でネビュラ賞長編部門を受賞した。

（編集部）

まるで宇宙の灯台だ。ジェイクは接近するパロムス星を展望窓から見たかったが、放射線防護が不充分なので閉鎖されている。モニターごしの眺めに甘んじるしかなかった。

パロムス星はパルサーだ。その二本のビームは正確に同期して闇を照らす。一本目と二本目の間隔は二秒弱。見えない本体は昔の超新星の残骸である直径二十キロメートル程度のきわめて高密度の中性子星で、光はその強力な二つの磁極から発している。

ハッチンズも息をのんだ。

「こんなすごい眺めは初めてです」

笑顔のジェイクは、これまで何度もパルサーを間近に見ていた。ここは再訪だ。しかし何度見てもあきない。

「究極の光のショーだな」

「きれい。こんなに高速で回転しているなんて。このビーム――」

ジェイクは計測機器に目をやった。

「いや、ハッチ、これはパルサーとしてかなり遅いほうだ。ミカイの近傍にあるパルサーはもっと速い。その光のビームは毎秒三十回転以上している」

「ほんとですか」

目を輝かせるハッチンズをジェイクは微笑《ほほえ》ましく見た。もちろん彼女はパルサーがなにか知っている。しかし知識と実体験はちがう。進学校の授業で見る映像と本物はちがう。

ジェイクはAIを呼んだ。

「ベニー、ステーションはとらえたか？」

『いいえ、ジェイク。強い干渉のために観測が困難です』

「わかった。みつけたら教えてくれ」受け持ちの訓練生にむきなおった。「準備はいいか？」

黒い瞳がこちらをむいた。

「いつでもできます、ジェイク」

プリシラ・ハッチンズは二十二歳ながら自信たっぷりだ。しかし、この巨大な物質の渦巻きにカパーヘッド号を進入させるのが怖くないはずはない。口で準備できていると言いつつ、目の表情はうらはらだ。人間ならだれでも緊張する。

とはいえ、じつは見ためほど困難でも危険でもない。もしそうなら訓練生を操縦席にすわらせたりしない。

『捕捉しました。距離四百万キロメートル』

ベニーが言って、ナビゲーション画面が明るくなった。ハッチンズはそれを横目で見た。

「ランデブーにむけて経路設定」

『経路設定します、ハッチ。到着までの予想時間は約二日です』

「了解、ベニー。チャンネル開け」

『開きました』

「オシレーション・ステーション、こちらはカパーヘッド号」

ステーションは、もとは貨物船グローブナー号だった。現在の正式名称オッシラは、パルサー計画完遂のために資金提供したローラン・オッシラからとられている。しかし言いやすくて意味を連想しやすい〝発振《オシレーション》〟という通称にすぐに変化した。

「オシレーション、聞こえますか？」

応答が返ってくるまで一、二分はかかる。待ちながら、パルサーをめぐる軌道に滞在する三人の物理学者がやっている研究についてジェイクは考えた。読んで調べたこともあるが、ちんぷんかんぷんだった。重力崩壊した恒星の磁極とパルスの間隔の不整合、その他の難解ななにかを比較検証しているらしい。

二人はコーヒーを飲み、眺めのすばらしさについて話しながら待った。数分してまたハッチンズが呼びかけた。

「オシレーション・ステーション、こちらはカパーヘッド号。聞こえますか？」

カパーヘッドは毒蛇にちなんだ命名ではない。高放射線領域におけるミッション支援専用に設計されており、船体は厳重に放射線防護されている。もちろん遮蔽材は銅《カパー》ではない。

技術的詳細はよく知らない。

ハッチンズはジェイクにとって三人目の操縦訓練生だ。二人目を受け持ったのはずいぶん昔で、あまり好ましい経験ではなかったため、以後は避けていた。今回も勘弁してほしいと訴えたが、ディレクターのフランク・イラスコは了承しなかった。引き受ければ一、二カ月ちゅうに仕事の予定をいれてやると、いつものいやな笑顔で言われた。不愉快なディレクターだ。

そんなわけでここに来ている。案ずるよりなんとやらで、ハッチンズは若さに似あわず頭がよかった。ジェイクも昔ほど短気を起こさずにすんだ。年齢を重ねて視野が広くなったのか。

「応答ありませんね」ハッチンズが言った。

訓練生をたまにブリッジで一人にするのは本人のためだ。責任感を養成できる。ジェイクは言った。

「加速をしばらく中断してくれ。貨物ベイで着陸船を点検してくる」

ハッチンズは姿も潑剌《はつらつ》としている。黒髪はショートカットにし、制服につつまれた体は筋肉質で無駄がない。とくに目がいい。瞳が美しいだけでなく、知性を感じさせる。もちろん知性なしにここまで来られるはずはないが、それだけではない。ある種の活力があり、それが信頼感を生む。非凡な特質だ。

教官としても安心できる。落第させたくないのだ。それでも過去の訓練生には落第させざるをえない者がいた。悪かったのは本人か、それとも教官か。いまだにもやもやしていた。

ハーネスをはずして、座席からふわりと空中に出た。

「やれやれ、夢の重力制御システムとやらはいつ完成するのだろうな」

ハッチンズは苦笑した。

「わたしたちが生きているあいだには無理だと思いますよ」

そのとおりだろう。ジェイクはうなずいて、後部へ行った。乗員区画を抜け、チューブ通路から貨物ベイに下りる。着陸船は食糧その他の補給物質を満載してそこで待機している。ステーションに着いたら配達だ。ステーションもまたカパーヘッド号とおなじく遮蔽材で厳重におおわれている。

ジェイクは着陸船にはいり、操縦席にすわってハーネスを締めてから、ブリッジを呼んだ。彼女はプリシラと呼ばれるのを好まない。

「ハッチ、Gをかけていいぞ」

「了解、ジェイク」

加速によってふたたび背中が座席に押しつけられた。

前回このステーションに来たときに物理学者は三人いた。夫婦の男女と、引退間近の年齢の男性一人だった。その後、ジェレミーなんとかという新顔が加わったらしいが、どんな男かは聞いていない。

彼らは〝量子包み効果〟というもの（なにをどう包むのかさっぱりだが）の研究に没頭していた。ジェイクを遠来の客として歓迎し、その後は無視した。

パイロットはハル・モーズビー。数年来のつきあいで親しくなった。本人の弁ではアカデミーの仕事を引き受けるのはこれが最後で、終わってオシレーション・ステーションを去ったら、恒星間輸送会社を立ち上げるつもりだという。ハルならきっとやれるだろう。独立独歩の宇宙のカウボーイというべき性格で、どんな仕事にも積極果敢。怖いもの知らずだ。

さらに再会が楽しみなのはトーニーだ。

夫婦者に飼われている仔猫《こねこ》だ。飼い主の名前は思い出せないが、餌と水が自動的に出てくるディスペンサーや、磁性の砂利を吸引機能付きの箱に敷いたゼロGトイレなど、いたれりつくせりの飼育環境が用意されていた。もう大人の猫になっているだろう。飼い主よりよほど友好的だった。ジェイクは猫好きだ。

ため息をついて画面をつけ、大昔のコメディ映画を流した。スタント場面はおもしろいというよりばかばかしいが、それでも楽しい。子どものころに観たものだからか。宇宙の圧倒的な孤独感をわずかながら払ってくれる。座席に深く腰かけて目を閉じた。叫び声や効果音や笑い声がしだいに遠ざかっていった。

「まだ応答ありません」

ハッチンズが言った。ジェイクは隣でハーネスを締めた。

「そうか。まだそれなりに遠い。強い放射線で信号がかき消されているのかもしれない。前回もそういう問題が起きた。明日まで無理かもな」

「お知りあいがいらっしゃいますか?」

「面識がある程度だ。ハルはよく知っているが」

「パイロットですね」

「そうだ」

そしてトーニーも。

時間がたつにつれて、なにか起きているのが確実になってきた。オシレーション・ステーションは沈黙したままだ。

「通信システムの故障としか考えられないな」

ジェイクは言ったが、ハッチンズは答えなかった。もちろんほかの可能性もある。

約四時間の距離に近づいたとき、ベニーが突然言った。

『映像をとらえました』

画面に映される。しかしすぐにはみつけられなかった。光のビームの通過ごとに明滅する小さな点にすぎない。

「電子機器が発するものをとらえられないか、ベニー?」

『なにも出ていません』

ＡＩは映像を拡大した。細部はまだぼやけている。回転する照明を浴びて飛ぶごく普通の貨物船。工場の大きな換気扇のそばにいるようだ。

「暗い瞬間で止めろ」

「光っているところがありますね」とハッチンズ。

「もう一度呼んでみよう。ベニー、チャンネルを開け」

『開きました、ジェイク』

「オシレーション、返事をしてくれ。ハル、こちらルーミスだ。みんな無事か？」

光っているのは外部に取り付けられたスキャナーや光学装置の反射だった。後部区画上部には大型観測望遠鏡もある。オシレーション・ステーションそのものはカパーヘッド号とおなじく厳重に遮蔽されている。つまり窓はすべてふさがれ、内部の光が漏れるすきまはない。

「では、ハッチ、接近しよう。ゆっくりと行け」

「はい」

「こちらに気づくはずだ。貨物ベイのドアに正対してアプローチ。低速で」

ハッチンズは笑みを返さなかった。難しい状況をまかされたが、かならずしも自信があるわけではない若者らしい真剣な表情だ。

「オッシラ」正式名称でハッチンズは呼びかけた。「これよりカパーヘッド号は接近します。

ドッキングエリアを開放してください」

水平に分かれた下部デッキに横長の両開きドアがあり、そこがドッキングエリアだ。しかしドアは閉まったままだ。

ベニーが突然言った。

『ジェイク、損傷箇所があります。ブリッジ付近です』

画面に新しい映像が出た。スキャナーと望遠鏡とその支持塔がはえた部分の一つに破損が見られる。なにかが遮蔽板を貫通してステーション内部にはいったようだ。その下のブリッジと貨物ベイの遮蔽板にも穴があいている。板材の破片とケーブル類が外に出ている。

「なにかあたってるな。岩だろう。上から下へ貫通している」

『バスケットボールくらいの大きさと推定されます』ベニーが言った。

ハッチンズは映像を見つめながら言った。

「生存の見込みはあるでしょうか」

「こういう場合はすべての気密扉が自動閉鎖される。一定数の生存者はいるはずだ、よほど不運でなければ」

「どう対応しますか？」

「まず、母星へメッセージを送信する。報告が先だ。それから、わたしたちはなかにはいって状況を調べる」

〝わたしたち〟といったものの、この場合はジェイク一人だ。ゴンゾースーツは一着しかない。設計者のジャック・ゴンザレスにちなんで呼ばれるこのスーツは、フリッキンガー場《ば》が開発される以前の初期の宇宙服に外見は似ている。しかし初期の宇宙服も、現代において船外作業中の人々を守る電磁的防護手段であるフリッキンガー場も、パロムス星周辺の強烈な放射線環境ではものの役に立たない。ここで安全なのはゴンゾースーツだけだ。遮蔽は厳重。ただし着用は難儀する。大きくて動きにくい。格納ラックからスーツを出したジェイクはため息をついた。

「これにはいったらロボットみたいですね」ハッチンズが言った。「どうして一着しかないんですか?」

ジェイクは咳払《せきばら》いをした。

「通常、カパーヘッド号には一人しか乗らないからだ」

手順どおりにスーツ内に体を押しこんだ。ハッチンズは手伝えるところを手伝った。金属製に見えるが金属ではない。いくらか柔軟性のある材料でできている。安全に包まれたというハッチンズの言いまわしを聞いてから、ジェットパックをかついだ。

「問題なさそうです」

「よし。最後はそれだ」

ハッチンズがヘルメットをさしだした。透明なフェイスプレートはない。視界は内部に投影される。

「エアロックを通るのが難しいようならもどってきてください、ジェイク。船外に長時間とどまらないように。なにがおかしいんですか？」

「いや、母親みたいなことを言うからだ」

ヘルメットをロックし、映像システムを起動した。ハッチンズを見て、室内を見る。映像が内部に投影されて、ヘルメットが透明になったような錯覚をいだかせる。

「マイクテスト」リンクからハッチンズの声がした。

「よく聞こえる」

ハッチンズは操縦席にもどって、船を接近させはじめた。上手だ。合格点をやっていい。強い制動も、急激な操作もない。ステーションにそってなめらかに移動し、やがてエアロックが見えてきた。接近を続ける。

「慎重にな」ジェイクは言った。

ハッチンズは口を結び、返事をしない。

ゆっくりと停止した。手を伸ばせばむこうの船体に届きそうだ。

「準備できました、ジェイク」ハッチンズの声は心配そうだ。

「どうした？」

「悲惨なものを見たくないんです」

「ときどきあることだ。まあ、意外と無事かもしれないぞ」

エアロックに歩みよった。ハッチンズが内扉を開く。なかにはいってふりかえり、彼女が離れていることを確認。手を上げ、落ち着いていこうと合図する。自分で制御パネルを操作して内扉を閉鎖。エアロックは減圧を開始した。ステータスランプが黄色から緑へ。外扉を開く。

つかのま強い光に目がくらんだ。すぐに暗くなる。また強い光。闇。

防眩《ぼうげん》フィルターの効果を強くした。〝オシレーション・ステーションへようこそ〟の文字が視界でまたたく。ハッチンズも画面でおなじ映像を見ているはずだ。

エアロックの端で立ち止まり、ブーツのマグネットを切った。ジェットパックは失敗したときの用心にすぎない。この距離で跳び渡るのに失敗するようなら引退を考えたほうがいい。船を蹴り、なにもない宇宙空間を数メートル漂った。ブーツのマグネットを起動して、むこうのエアロックのすぐ脇に着地する。

ステーション側に足をつけて立ち上がると、ぐるりと上下感覚がいれかわった。いつものことだ。ステーションの外壁が床、エアロックは下りるべき穴になる。ほぼ垂直だった光のパルスは横になる。カパーヘッド号はすぐ頭上。軽いめまいに襲われた。

「大丈夫ですか、ジェイク？」

「問題ない」

それでも感覚が落ち着くまですこし待った。

エアロックの操作パネルはカバーで保護されている。それを上げて操作すると、外扉が開いた。なかは広い。八人から九人が一度にはいれそうだ。はいって壁に足をつける。実際にはそこが床だ。ふたたび上下感覚が九十度回転する。

内側の操作パネルを押すと、外扉がしまった。そして注気……のはずだが、なにも起きない。ステータスさえ点灯しない。内扉には非常用パネルがある。そこを開いてハンドルを引き出し、まわした。ステーション内が与圧されていれば内扉は開かないはずだ。しかし開いた。

惨状が広がっていた。天井に大穴があいている。そこから強烈な光が差しこんでいる。反復する明と暗のなかに、穴をうがたれた床と破壊されて焼けこげた機材が浮かび上がった。乗員区画だったところは見る影もない。瓦礫《がれき》のあいだを通って隣の区画へ移動した。前回訪れたときは会議室だった。いまはねじれた黒い鉄板しか残っていない。床はない。衝突した岩にすべて引き裂かれている。

乗員区画にもどり、今度はブリッジにはいった。焼けた遺体の一部が操縦機器のあいだに引っかかっていた。ハッチンズが息を詰まらせるのが聞こえた。ハルかもしれない。しかし確認する手段はない。

座席は焼け、機器はちぎれている。こげた人体の一部がさらにみつかった。ジェイクが着ているのとおなじゴンゾースーツが二着あったが、いずれも裂けている。

「残念です、ジェイク」

ハッチンズが聞きとりづらい声でささやいた。同感だとジェイクは思った。

「わたしもだ」

瓦礫のあいだをふらふらと通過し、後部への通路にはいった。その先は損傷が少なかった。食堂エリアを抜けて貨物エリアへ。

ようやく閉鎖された気密扉をみつけた。赤のステータスが点灯している。開放不可。むこう側が与圧されていることを意味する。

「はいれませんね」

言わずもがなのことをハッチンズが言った。

「ハッチ、ベニーと話させてくれ」

『ご用でしょうか、ジェイク』

「ほかにエアロックはあるか？」

『貨物エリアの下側に一カ所。ただしそれは前部です』

「それでは意味ないな。ほかには？」

『後部区画に整備用出入口が一カ所あります』

エアロックから出て、ステーションの外壁を後部へむけて歩いた。

『大型望遠鏡の下です』ベニーが言った。

外壁の高いところに上がってみた。スキャナーがカパーヘッド号を追尾している。センサーとパラボラアンテナの複合設備では複数のステータスが点灯している。奥では望遠鏡がゆっくりと旋回している。そのむこうには二本の支持塔がそびえる。外壁から約二十メートル突き出し、先端に大型望遠鏡が固定されている。支持塔の基部はつながった構造だ。

『整備用出入口は二本の塔のあいだにあります』

出入口はメインエアロックにくらべると小さかった。二本の塔と大型望遠鏡のせいでよけいに小さく感じられる。制御パネルを軽く押すと、今度は機能した。外部扉が引きこまれて出入口があらわれる。そこにはいって外扉を閉鎖。すぐに黄色のステータスが点灯し、注気がはじまった。

「こちらの区画は電源が生きてるな、ハッチ」もちろんハッチンズは逐一見ているのだから言わずもがなだが、それでも言いたくなる。「聞いてるか?」

「はい」しばし沈黙してから続けた。「生存者がいるかもしれませんね。気密扉のこちら側はだれか生きているかも」

「そう祈ろう」

緑のステータスが点灯し、内扉が開いた。あらわれたのは照明のともったラウンジエリアだ。快適な状態をたもっている。テーブル一つとまわりに椅子が六脚。隔壁ぞいには戸棚がいくつか。前部の破壊はここまでおよんでいない。

ゴンゾースーツの計器を見ると、このラウンジの空気圧は正常値だ。どこかで稼働中の機関音もする。ヘルメットを脱いでみた。息苦しい。酸素が薄いらしい。換気口から風は出ていない。

「おおい、だれかいるか？」

壁の奥で電子機器のうなりが聞こえる。

左手に閉鎖された気密扉があり、赤のステータスがともっている。反対側で行く手をさえぎられた扉だろう。

正面にはラウンジから奥へ通路が延びている。通路の左右にはドアが三つずつ並び、いずれも閉まっている。つきあたりはトレーニングルームで、エアロバイクが一台見える。

ヘルメットをテーブルにおいて、もう一度呼んでみた。

「だれかいるか？」

深呼吸を一つして、リンクのほうへ言った。

「ハッチ、生命維持系が停止しているようだ」

「そうですか。気をつけて。もしそちらで動けなくなったら助けにいけません。お忘れなく」

「わかってる」

ラウンジを通り抜けた。ある椅子の背後に二つ重ねたコンテナがあった。通路にはいり、最初のむかいあわせのドアのところで立ち止まった。まず右のドアにそっとふれ、ノックする。

「だれか？」

返事がないのでドアを開けた。クッション入りの椅子、きれいにシーツがかかった寝台、戸棚、モニター。壁の一部にはカーテンが引かれている。かつて船窓があった場所だ。カパーヘッド号もこうなっている。

ほかのドアも一つずつ開けていった。中央の片方はトイレで、ほかはすべて似た間取りの個室だ。戸棚には服、ノート類、歯ブラシ、その他の生活用品があった。

最後のドアを開けたとき、なにかが動く音がした。

「だれかいるぞ」リンクへむけて言う。

「あきらめかけていました、ジェイク」ハッチンズが答えた。

また音がした。ごく小さな音。ただしドアのむこうの個室ではない。エアロバイクのほうだ。

「トレーニングルームらしい」

必要ないのに、思わず小声になる。そっと声をかけた。

「だれか……?」

返事はない。

トレーニングルームには無重力プールとストレッチ用の椅子二脚がある。前屈や腹筋運動で足を固定するバンドが床にいくつか設置されている。壁には戸棚が並び、一部は開いている。

一つ目にはプールで使う呼吸マスクがはいっていた。

二つ目はタオルの山。

三つ目に猫がいた。

ジェイクを見上げ、伸びをして、床に下りてきた。足にマグネットブーツをはいている。

トーニーだ。

「信じられない」ハッチンズが言った。

三毛《みけ》で、頭のてっぺんに白いところがある。じっとジェイクを見て、歩みよって小さく鳴き、スーツの足首に体をこすりつけた。

「寂しかったんだな、トーニー」

黒い瞳がじっと見ている。その奥に恐怖がある気がしたが、考えすぎかもしれない。

「隅にトイレの箱がありますね。たまたまそれがもどってきているときに衝突が起きたのでしょう」

聞きとがめた。それじゃない。彼女だ。

「名前はトーニーというんだ、プリシラ」

「猫が乗っているとご存じだったんですか？」

「もちろんだ。トーニーは古い友人だ」グローブをはずして頭をなでた。「いったいいつからここに閉じこめられているんだろうな」

通路へ連れていこうとすると、いやがるそぶりを見せる。床に下ろすと、自分でついてきた。

ラウンジの椅子のうしろのコンテナに餌がはいっていた。厚手の袋に充塡《じゅうてん》された肉片をふくむ粘液状のペースト。袋は壁に固定され、スリットから必要な分が出てくる。ほぼ空になっている。予備がどこかにあるはずだが、前部区画だったら絶望だ。水は柔らかいボトル容器にはいっていた。

「さて、どうやってステーションから出すかな」

トーニーはボトルに歩み寄り、左右の前足で踏んだ。するとディスペンサーから水が出て、小さな球になった。猫はそれをなめてから、あたりまえの行動のようにそこにすわった。

「かわいいですね」とハッチンズ。

「ああ」

「ほかに生存者はいませんか?」

「いないようだ。全員、前部区画にいたのだろう」

「ベニーによると、ステーションにはゴンゾースーツが二着あるはずです。それをみつけて、一着の内側に猫をいれて運べばいいでしょう」

「スーツは二着とも爆発で破損していた」

「見たんですか?」

「見た」

トーニーがまた近づいて、スーツの足首に頭をすりつけた。

「もう一度行って、本当に使えないのか確認してみては」

「無駄だ、ハッチ。見たんだ。どっちも使えない」

「そうなると困りましたね」

ジェイクは黒い瞳をのぞきこんだ。ハッチンズが続けた。

「いずれ救難チームが来るはずです。それまでそこで生存できませんか」

「救難が来るまで日数がかかる。ここの空気はかなり悪くなっている」

「となると――」

「なんだ？」

「いえ、なんでも」

「置き去りにはしたくないんだ、ハッチ」

「でも方法がないように思います」

椅子の一つにすわって、ベルトをかけて体を固定し、背中を倒して猫をなでた。トーニーは喉を鳴らした。背を弓なりにして、もっとなでろと要求する。

「ジェイク、猫にとって慈悲深いのは、眠らせて終わりにすることだと思います」

「気密扉を開けろと」

「それが早いでしょう」

トーニーが見上げる。

「ジェイク、一匹の猫に――」

「だめだ、プリシラ。黙れ」

脱いだグローブを苛立《いらだ》って部屋のむこうに投げた。驚いたトーニーは椅子の裏に隠れた。

このゴンゾースーツのなかにトーニーを押しこむのは残念ながら無理だ。とすると、どんな方法があるか。通常の救難なら気密コンテナにトーニーをいれてカパーヘッド号へ運べばいい。しかしここの環境では、エアロックの外扉をすこし開けただけで致死量の放射線を浴びてしまう。

トーニーを膝に抱き上げた。するとゴンゾースーツと肘掛けのあいだにもぐりこんだ。すきまにはいりたがる理由は明白だ。空中に漂っていかないためだ。頭をスーツに押しつけている。

ハッチンズの声がした。

「聞いていますか?」

「ああ、聞いている」

「やはりそこに残すしかないと思います」

「あきらめるつもりはない」

「ジェイク、ほかに方法がありません」

「ちょっと黙ってろ」

室内を見まわす。個室の寝台が目にはいった。方法はあるかもしれない。

「ハッチ、エアロックにどこまで寄せられる?」

「カパーヘッド号をですか？　八十メートルくらいでしょう。望遠鏡があいだにはいるので」

「そうだな。着陸船ではどうだ？」

「もうすこし近づけるでしょう。それでも支持塔がじゃまです」

「四十メートル以内まで寄せられるだろう」

ハッチンズはすこし考えた。

「はい。でもなぜ？　解決になりますか？」

「またあとで連絡する」

個室を見た。寝台ごとにシーツが二枚かかっている。それらを剝《は》がした。戸棚を探すとさらに十枚みつけた。長さ二メートル。対角線では三メートル近くある。それらのシーツをラウンジに運び、たたんでひとまとめにした。

「ハッチ、うまくいきそうだぞ」

「どうするんですか？」

「いったんそちらへもどる。そこで説明する」

たばねたシーツをかかえて作業用出入口の内扉を開いた。ふりかえるとトーニーが見ている。表情に恐怖があらわれている気がしたが、思いこみかもしれない。人間は自分の気分をペットに投影してしまいがちだ。

内扉を閉じて、数分後に支持塔と望遠鏡のあいだから外壁に出た。カパーヘッド号へむけてジャンプする。今回は狙いをはずしてしまい、ジェットパックに頼って船のエアロックへもどった。

船内へもどるとハッチンズはエアロック前で待っていた。大量のシーツに目を丸くする。

「どうするつもりですか？」

ジェイクはシーツの山をさしだした。

「これを着陸船に運んでくれ」

「なんのために？」

「あとから行く。ほかに必要なものがある」

自分の個室にもどった。寝台からベッドマットをはずす。無重力環境でベッドマットの必要性は少ない。固定クリップをはずしてマットを持ち上げた。残ったのはベッドフレームだ。床の固定をはずして、個室の外へ運び出した。

ハッチンズとシーツの姿はすでにない。ジェイクはベッドフレームを運んで貨物ベイへ下りた。備品入れからケーブルを出し、ベッドフレームを縦にして着陸船の丸い船首にくりつける。ハッチンズはわけがわからないという顔で見ている。

できあがって、ジェイクは言った。

「よし、これで平たい船首のできあがりだ」

「それが重要ですか？」

「不可欠だ」

「なんのために？」

「じきにわかる」

　自分たちのシーツも山に加えて、二人はそれらを結んでつなぎはじめた。これで約六十メートルの一本の紐《ひも》になる。完成したあと、昨夜の夕食で残った七面鳥の切れ端をハッチンズに厨房《ちゅうぼう》から取ってこさせた。訓練生は驚いた顔をしてから、うなずいた。

「なるほど」

　そのあいだにジェイクはシーツの紐の一端をゴンゾースーツの腰に結んだ。ハッチンズが布ナプキンに包んで持ってきた七面鳥の切れ端を、ナプキンごとゴンゾースーツの内ポケットにいれた。

「これで準備完了ですか？」

「幸運を祈ろう」

　ハッチンズはうなずき、着陸船に乗りこんだ。ジェイクはその扉を外から閉めると、ヘルメットをかぶり、貨物ベイの減圧を開始した。

「ハッチ、聞こえるか？」

「よく聞こえます。ジェイク、無謀な作戦ではないでしょうか」

「落ち着け。うまくいく」

シーツの紐を輪にして腕にかけ、反対の端を着陸船の右の脚部に結んだ。

「準備よしだ、ハッチ」

「もしもわたしが船長のかわりに猫一匹を連れて帰還したら、なんて言われるでしょうか」

「無事に帰る。心配するな」

脚部にしっかりとつかまった。猫のことを考え、それから、失敗したらイラスコになにを言われるか考えた。それでも母親は息子を英雄と思ってくれるだろう。

緑のステータスが点灯した。減圧完了だ。

「準備いいですか」とハッチ。

「いいぞ」

着陸船はクレードルに載せられたまま移動し、船外へ放出された。エンジンが始動し、ハッチンズの操縦で着陸船はカパーヘッド号から離れた。

オシレーション・ステーションの障害物だらけの外壁を見やる。なかでも目立つのが大型望遠鏡だ。そちらへゆっくり移動した。

「幸運を祈ります、ジェイク」

パルサーの光が望遠鏡と支持塔を断続的に照らす。基部にある作業用出入口は影に沈んで見えない。

「これも難易度を上げる要因だな」

「光ですか？」

「そうだ」

「たしかに」ハッチンズの声が緊張をおびていく。

「ハッチ」

「はい」

「きみがこの作戦に賛同していないことはわかっている。危険だと感じていることも」

「べつにかまいません」

「記録のために言っておきたい。きみは直接命令を受け、意に反したことをやらされているだけだ」

ハッチンズはしばらく考えこんでから答えた。

「ありがとうございます、ジェイク。その宣言に守られずにすむことを願っています」

「わたしもだ」

ジェットパックを使って慎重に二本の支持塔にそって下り、ハッチの脇に穏やかに着地した。シーツの紐に問題はない。頭上に伸びて着陸船とのあいだをつなぎ、ほぼ静止している。

「うまいぞ」

「はい。船長を引きずらないように気をつけています」

出入口の外扉を開き、エアロックにはいる。まだシーツを引っぱっている。二、三メートル分を内側に引きこみ、できるだけ平らなところを外扉の位置にあてがって操作パネルを押した。外扉が出てきて閉じる。警報を恐れて息を詰めたが、鳴らなかった。障害物とは検知されなかった。

内扉はあけたままにしておいた。トーニーはすぐそばで待っていた。床にすわって尻尾を前後に揺らしている。

「よくなついていますね」とハッチンズ。

「そう思っているなら、きみは猫を知らないな」

ヘルメットを脱ぎ、ジェットパックをはずして、ゴンゾースーツから出た。背面着脱設計なので、背中側の開口から出入りする。床にうつぶせにおき、背中は開いたままにした。

猫を抱き上げ、頭をなでる。おとなしくなったところで、スーツのなかにいれる。しかし背面を閉じるまえに出てきてしまった。

しばらくよそ見をしながら待った。

それからナプキンで包んだ七面鳥をポケットから出し、トーニーに見せた。それをスーツのなかにいれて、動かないようにしばらく指で押さえた。

トーニーは自分からスーツにはいってきて、指を押しのけ、かじりついた。ジェイクは左右に開いた背面をゆっくりと閉じた。今度は逃げない。操作して接合部をロック。まだおとなしくしているのを確認して、ヘルメットをつけた。

「うまくいったぞ」

「慣れた手つきですね」

ジェットパックはステーション内に残して、ゴンゾースーツだけをエアロックにもどした。トーニーはスーツのなかで動きまわっている。

「すぐに出してやるからな」

こもった鳴き声らしいものが聞こえた気がした。

スーツから手を離すと、一方の壁へ漂っていく。シーツの紐がその腰にしっかり結ばれているのを用心のために再確認した。そしてステーション内にもどって内扉を閉じ、減圧を開始した。

エアロック内の空気を抜くのに二分半。しかしもっと長く感じた。椅子にすわり、体が浮かないようにベルトをかける。ゼロGには慣れているが、いまはうんざりしていた。

このラウンジでどんな会話があったのだろう。実際にここにすわって、一日の疲れをいやしたのだろうか。トーニーは夫婦の妻のほうが飼っていた。名前を思い出せない。レイラか、ララか、そんな名前だった。美人で好感の持てる女性だった。しかしほとんど顔をあわせなかった。ジェイクの滞在中、ハル以外はみんなずっと仕事をしていた。トーニーだけがジェイクとハルといっしょにいた。

ステータスが緑に変わった。減圧完了。外扉を開いた。

「いいぞ、ハッチ。あとはまかせる」

「移動開始」ハッチンズが言った。

シーツの紐が伸びていくところをジェイクは想像した。ゴンゾースーツがエアロックから引き出される。

「ジェイク、このあとはすこし時間がかかります」

「急がなくていいぞ」

着陸船はいま猫をゆっくりと支持塔のあいだから引き出している。望遠鏡の脇を通過する。

「きっとNFPAからマン・オブ・ザ・イヤーとして表彰されますよ」とハッチンズ。

「NFPAってなんだ?」

「全国猫保護協会です」

「そんな組織があったかな」

「たぶんないでしょう。帰ったらわたしが設立します」

『アプローチ角度を調整する必要があります。船はすこし後退します』ベニーがハッチンズに言った。

「ジェイク、聞こえましたか?」

「聞こえた」

「ベニーがカバーヘッド号を移動させます」

「どれくらい後退するんだ?」

「約三百メートルまで退《さ》がります」

トーニーは分速十メートルで移動中だ。いざというときに猫にもスーツにも被害がおよばないように低速で動かしている。しかしこれだと船に到着するまで三十分かかる計算になる。しかたない。空気が悪くなるとしても、予定どおりに進めば問題にはならないはずだ。そもそも最初より悪い状況にはなりえない。

自分にできることがなくなると、なにか暇つぶしがほしくなった。読むものでも持ってくればよかったと悔やむ。オシレーション・ステーションのライブラリーをのぞいてみることにしたが、あまり期待はしなかった。ＡＩが動いていないのなら、ライブラリーも停止しているだろうと思ったからだ。ところが予想はいい方向に裏切られた。ファイルを眺めて、グレゴリー・マカリスターの『バイアス』を選んだ。

マカリスターは好きな作家だ。彼はだれにも媚《こ》びない。大学教授も、ボーイスカウトも、聖職者も、政治家も、ほかの作家も、ほとんどだれでもからかいの対象にする。女性は男性より頭がいいと考える。結婚は女性が男性から独立などを奪うための戦略だそうだ。ジェイクとしては同意できない主張ばかりだが、こんな批判ができるのは彼だけだ。地球で最高におもしろい作家だ。

いまのジェイクはこういう時間を必要としていた。

「あと一分でカパーヘッド号に到着します、ジェイク」

「わかった、ハッチ。針路は予定どおりか？」

「はい。ご心配なく。この部分は——」

口をすべらせたようすで言いよどんだ。〝この部分は簡単〟と言ってしまうと、〝難しいのはこのあと〟という含意が出てしまう。

「そうか。よし」ジェイクは答えた。

カパーヘッド号の貨物ベイはドアを大きくあけているはずだ。ハッチンズの最終アプローチの操縦を想像した。着陸船を横にむけて貨物ベイにゆっくりとすべりこむ。右の脚部から伸びる白く長い尻尾の後端につながれたゴンゾースーツは、そのあとから近づいてくる。

ベニーが言った。

『ハッチ、すこし高すぎるので、船を上へ移動させます』

「了解、ベニー。まかせる」

狭いゴンゾースーツに閉じこめられたトーニーはそろそろ機嫌が悪くなっているだろう。

「ジェイク、スーツの軌道と開いたドアが整列しました。順調に近づいてきます。シーツはかならずしもきれいにもどりませんが」

「シーツはどうでもいい。ドアにからみさえしなければ」

「そこまで心配しなくても大丈夫ですよ、ジェイク」大きく息をつく。「いま、ベイにはいってきました」

「うまくいきそうか？」

「ベイの途中です」

着陸船内を移動する音が聞こえた。

「無事に止まりました」

「ソフトランディングか?」

「もちろん」それからAIにむけて言った。「いいわ、ベニー、貨物ベイのドアを閉鎖」

『閉鎖中です』

「スーツはいまどこだ?」ジェイクは訊いた。

「奥の備品棚のそばです。出られるようになったら確保します」

ジェイクはステーションにあるキャットフードと水のディスペンサーを見た。持っていってやろう。

「ドア閉鎖しました、ジェイク。ベニー、与圧開始」

「ハッチ、なかで猫が動いているかどうかわかるか?」

「ゴンゾースーツの素材はかなり固いんです、ジェイク。たとえヘラジカがはいっていてもわからないと思いますよ」

貨物ベイの再与圧は通常数分ですむ。しかし今回はとても長く感じられた。

やがてハッチンズが緑の点灯を報告。さらにフリッキンガー場を切る音がした。用心のために着陸船から出られるようになるまで使用していたのだ。すぐに続いて着陸船のエアロックを抜ける一連の音が聞こえた。

「スーツを確保しました。なかの猫は無事に動いています」

「貨物ベイで出すなよ」

貨物ベイ内に猫が逃げ出した場合のさまざまな状況が急に心配になった。

「もちろんそんなことはしません」さらに気密扉をいくつか開閉する音。「乗員区画に持ちこみました。ここで猫を出します」

「そこならいい」

クリップがはずれていく音。やがてうなり声が聞こえた。

「怒ってますね」ハッチンズが言った。

ハッチンズは七面鳥をさらに食べさせ、水も飲ませた。

「救出するという決断はさいわいでした」

「それ以外の選択はなかった」

「では、フェーズ2に移りましょうか」

「ああ。よろしく頼む」

「ちょっと待っててね」これはトーニーに言ったようだ。

ハッチンズは貨物ベイにもどった。

「シーツの大半は失われました。貨物ベイにはいってこなかった分は切り離すしかありませんでした」

「かまわない。もう不要だ」

「それを聞いて安心しましたが、本当にいらないんですか？」

「むしろじゃまだ。スーツをこちらのエアロックにいれるやり方は、そちらの貨物ベイのドアを通過させる方法とは異なる。シーツの紐がつながったまま送ってこられると、外扉を閉めるときにひっかかりかねない。そうなったら万事休すだ。ないほうがいい。もしスーツが跳ね返ってエアロックから飛び出したら、きみが追いかけてつかまえて、再挑戦すればいいだけだ」

「わかりました。ただ、すこし待ってください。すぐもどります」

「どうかしたのか？」

「いえ、もう一度出るまえにお手洗いをすませておきたいだけです」

お手洗いにしては長かった。あるいはこちらが緊張しているせいか。ラウンジで孤立状態になってから時間が長く感じられる。

とはいえ、あとの手順は単純だ。ハッチンズは五、六枚のシーツをつないで紐をつくる。それをゴンゾースーツに巻きつけ、着陸船の船首に取り付けたベッドフレームに固定するように通す。両端は着陸船の外では縛らない。どちらもエアロック内に引きいれ、一端は手すりに縛る。もう一端はどこにも縛らず、エアロック内に引きいれた状態で外扉を閉める。

その作業の物音をジェイクは聞いた。

「なぜ時間がかかっているんだ、ハッチ？」

「できるだけ急いでいるつもりです」

「こちらは空気が悪くなっているんだ」

「辛抱してください。ほんの数分です」

まだ数分もかかるのか。いったいなにをやっているのか。

ようやくハッチンズが言った。

「できました、ジェイク。これで出発できます」

「待ちかねたぞ」

着陸船内でスイッチを次々といれていく音。

「ベニー、貨物ベイを減圧」

『減圧開始します、ハッチ』

「やっと迎えにいけます、ジェイク。しばらく寒々しい船内でした」

「このステーションで二時間すごすほうが寒々しいぞ」

待機するあいだは雑談をした。こういう事件はよく起きるのかと尋ねられた（そんなわけはない）。ハッチンズには、アカデミーのパイロットになろうと思ったわけを尋ねた。

「トランスワールド社で貨物を運んだほうがよほど稼げるだろう」

「お金が好きなら銀行に就職しますよ」

「家族にパイロットがいるのか？」

「いいえ。父は天文学者でした。母には正気じゃないと言われました」

「心配するのも無理はないな」

ハッチンズは笑った。そこへベニーが割りこんだ。

『減圧完了しました』

「貨物ベイのドアを開放して、ベニー」

エンジンの始動音がした。


作戦後半の問題点は不確実な点が多いことだ。操縦の大半をＡＩのベニーにまかせるとはいえ、ベッドフレーム上でのゴンゾースーツの正確な位置までベニーには知りようがない。それでもうまくいくはずだ。

ハッチンズが呼びかけてきた。

「ジェイク、オシレーション・ステーションへのアプローチにはいりました。低速です。歩くほうが速いくらい」

「了解」

正しいやり方だが、待つのにあきはじめていた。

「エアロックをまっすぐ狙っています」

「距離は？」

「約二百メートル。エアロックの位置は見えています。ただし細部はよく見えません。外扉は開いていますよね？」

「もちろんだ」

「了解。たんなる確認です」

空気が息苦しくなってきた。猫はここで二日以上生き延び、このままでもさらに二、三日は生き延びられただろう。しかし人間は猫より多くの酸素を消費する。

ベニーの声が聞こえた。

『ハッチ、スーツの固定を解く準備をしてください』

「おおせのとおりに、ベニー」

『二十秒前』

「了解」ハッチンズが座席から立ち上がる音がした。「もうすこしです、ジェイク」

ジェイクはマカリスターの本にもどろうとした。皮相的な演劇に怒り狂う評論家について書かれた部分だ。著者は彼らを太鼓叩きと呼び、その筆頭であるジョンソン・ハワードは〝哲学教授の脳を持っている〟と書いている。

『開放してください、ハッチ』とベニーの声。

ハッチンズが制御パネルを押したらしく、エアロック外扉の開く音がした。これでシーツをつないだ紐の一端がはずれる。

続いて着陸船は減速をはじめる。ごくゆっくりだ。ゴンゾースーツは速度を維持して前進し、着陸船と紐は遅れはじめる。スーツはエアロックへの軌道に残される。

ただし少々問題も起きる。シーツの紐がはずれるときの摩擦に引っぱられて、スーツの軌道は必然的にずれる。そこで、紐がはずれたら、着陸船はふたたびスーツに追いついてベッドフレームに押しつけ、軌道を修正したうえで、あらためてエアロックの開口へむけて押し出すのだ。

その過程も順調に進んだ。ハッチンズが言った。

「そちらへむかっています、ジェイク。針路はよさそうです」

ジェイクは本を閉じた。

「五分三十秒後にそちらに到着予定です」とハッチンズ。

着陸船はふたたび減速しているはずだ。スーツだけが支持塔と望遠鏡のあいだの空間をめざして下りている。

ジェイクは落ち着こうとした。気をまぎらわせるために、ハッチンズを操縦士訓練学校へ帰すまでのあと二回の配送任務について考えた。すこし経験を積めばいいパイロットになるだろう。彼女にとっては造作ないはずだ。むしろ問題なのは、星間飛行の孤独さを知ってからだ。現実の生活から切り離され、何週間も鉄の箱に閉じこめられる生活のくりかえしになると知ったら、辞めるだろう。もっとましな仕事を探すだろう。父親の職業は退屈なのだと話したことが一、二度ある。ジェイクはなにも言わなかった。自分で知るべきだ。知れば彼女は実家にもどって、たぶん法律の勉強をはじめるだろう。あるいは不動産取引か。

「軌道を維持しています。あと三分」

この教官役が終われば、べつの任務が待っている。クラクア星の考古学チームへ物資を配送する。そこでは遺跡が発見されている。大昔のものだ。三千年は経過しているという。クラクア星にはまだ行ったことがない。楽しみな任務はひさしぶりだ。この星には興味を惹《ひ》かれる。考古学者たちが発見したものを見たい。きっとよろこんで案内し、見せてくれるだろう。研究者というのはいつも――

エアロックからゴトリと音が聞こえた。

「ハッチ、届いたぞ」

最後の難関だ。制御パネルへ行って、外扉の閉鎖とエアロックの注気をはじめるボタンを押した。

しかしステータスの点灯は赤。外扉が閉じないのだ。

もう一度ボタンを押す。

「ハッチ……?」

「見えました。スーツの一部がエアロックにはいっていません。半分がなか、半分が外です」

落ち着け。

換気口を見上げる。

もう一度ボタンを押した。

「くそっ、閉まれ」

「すこし時間をください」ハッチンズが言った。

「きみになにができるというんだ。着陸船は近づけないんだぞ」

「もうすこし辛抱してください。すぐ出してあげますからね」

「どうやって？」

「ちょっと忙しいので。お静かに」

どっちが上司か忘れているのではないか。しかし怒ってもしかたない。待つしかない。

もしだめでも、宇宙に伝わる民話になるだろう。猫を救って命を落とした男として。

空気を節約するために呼吸を浅くした。

ハッチ、なにをする気だ？

人生において悔いを残している人間関係が次々と思い出された。ひどい別れ方をしてしまった女性がいた。父に育ててもらった恩を感謝する機会がなかった。ほかにも——

ふいに、エアロックで音がした。だれかがなにかを動かしたような音だ。しかしありえない。

「ハッチ」

「どうかしましたか、ジェイク？」じゃまするなとでも言いたげな口調だ。

「まさかフリッキンガー場だけで船外に出てるんじゃないだろうな」

「いいえ。いくら船長のためでも、被曝《ひばく》したくはありません」

「それならいいが。エアロックから音が聞こえた気がしたんだ」

「はい、わかりましたからじっとしててください。こっちにまかせて」

自分は凡人とはちがうと思っていた時期がある。こういう仕事をしている自分は普通の人間より優秀なのだと思っていた。たいていの人は地面にへばりついて生きている。屋根より上を見ない。それができる自分はすごいと思った。そんな気持ちをおもてに出すべきではなかったが、出していた。得意になっていた。

いまは凡人の暮らしがうらやましかった。


どれだけ時間がすぎたのだろう。時間経過を確認する手段がない。四、五歳のころに肝炎で入院したことがある。両親の姿を数日見ていない気がして、捨てられたと思った。実際には病室でずっと付き添われていたことをあとで知った。

そのときの気分だ。時間だけがすぎる。自分しかいない。

またエアロックでゴトンと音がした。

「うまくいきました。試してください」ハッチの声がした。

操作パネルを押した。黄色のステータスがついた。動いた。続いて外扉の閉まる音がした。

すごい。

「ハッチ、いったいどうやったんだ?」

計画を無視したのだ。ハッチンズは数枚のシーツを細長い帯状に切って結んで、サッカーのフィールドくらいの長さの紐をつくっていた。ゴンゾースーツは完全に切り離されず、投げられたあとも着陸船とつながっていた。

「どこかにひっかかるのが心配だったんです」

「実際にそうなったな」

「引っぱるだけではずれました」

「しかしそれだけでは不可能だ。あんなに早くエアロックにもどせるわけがない。追いかけなくてはいけなかったはずだ」

「カパーヘッド号にもどったときに仕掛けをしたんです。ブーツのマグネットソールをベニーの遠隔操作で起動、停止できる強化品に交換しました。磁力も強くなっています」

「交換するには時間が……。そうか、きみがお手洗いにと言ったときはそれをやっていたのか」

「そうです。スーツがひっかかったときは、軽く引いてはずして、マグネットを起動しました。一回目はうまくいかずに、外扉に張りついてしまいました。二回目で成功し、エアロック内にはいりました」

「たいしたものだ」

二人はカパーヘッド号の乗員区画にいた。

「これで心おきなくこのステーションを去れるな」

「こんな動物救出作戦をよそでもやるつもりですか?」

トーニーはいま、ハッチンズの足首に頭をすりつけている。忠誠の相手を変えたようだ。

「いや、もうこれっきりにしたい」

餌と水のディスペンサーをジェイクは見た。ステーションから持ってきたものだ。ハッチンズが言った。

「ところで新たな問題を指摘して恐縮ですが、猫用トイレが必要ですね」

解説

岡部《おかべ》いさく

本書は、パワードスーツをテーマとしたアンソロジー *Armored*（2012）の邦訳である。原書の二十三編から、訳者の中原尚哉氏のセレクトによって十二編を厳選したものだ。

人間の体では及びもつかない力を持ち、宇宙空間でも有毒な大気の中でも活動でき、強固な装甲で覆われ、多様で強力な武器を操る。パワードアーマーは今日のＳＦに現れるガジェットの中でも最も人気があり、最も心躍らされるものの一つだ。

ＳＦにパワードスーツが現れた始まりとして、ＳＦのファンのほとんどはロバート・Ａ・ハインラインの『宇宙の戦士』を思い起こすだろう。あるいはSF考古学に詳しい人ならば、それより以前のこんな作品にこんなメカニズムが、と教えてくれるかもしれない。実際、さてはと思って手元にあった、ハル・クレメントの『重力への挑戦』（創元SF文庫）をめくってみると、地球よりもはるかに強い、惑星メスクリンの重力の下で活動するため、人間の登場人物は「巧妙なサーボ装置」のついた「装甲」を身にまとっていた。『重力への挑戦』の原著は一九五四年に出版されており、一九五九年刊行の『宇宙の戦士』よりも五年早い。このときにはすでに動力補助のついた装甲宇宙服がSFに現れていたのだ。ただし『重力への挑戦』では、装甲宇宙服は単に極端な環境での行動のための装備でしかない。装甲宇宙服を兵器として、それをまとう兵士を主人公に据えて、未来の戦争を描くという点で、たしかに『宇宙の戦士』はパワードスーツというガジェットを確立したものといえるだろう。

とくに日本のSFファンは、一九七七年に刊行されたハヤカワ文庫SF版の『宇宙の戦士』のカバーと口絵の、スタジオぬえの宮武一貴氏がデザインし、加藤直之氏が描いたパワードスーツで、装甲と力と火力を備えた兵士の姿を強烈に焼き付けられている。『宇宙の戦士』の後も、そのパロディである一九六〇年代のハリイ・ハリスンの『宇宙兵ブルース』（ハヤカワ文庫SF）や、一九七〇年代のジョー・ホールドマンの『終りなき戦い』（同）など、装甲宇宙服を身に着けた兵士は多くのSFで描かれている。

このアンソロジーの編者、ジョン・ジョゼフ・アダムズがイントロダクションで言及しているジョン・スティークリーの *Armor* は、一九八四年にDAWブックスから出版された小説で、未読だがそのタイトルのとおりにパワードスーツを着た兵士を主人公とする、昆虫型の異星人「アント」との凄絶な戦いの物語という。作者のジョン・スティークリーは一九九〇年に *Vampire$* という原題の吸血鬼狩りの小説を書き――日本では集英社文庫から『ヴァンパイア・バスターズ』の邦題で一九九四年刊――、一九九八年にジョン・カーペンター監督により『ヴァンパイア／最期の聖戦』として映画化されたが、二〇一〇年に病のため世を去っている。

その他、近年でもリチャード・フォックスの『鉄の竜騎兵――新兵選抜試験、開始』（ハヤカワ文庫SF）や、リンダ・ナガタの『接続戦闘分隊――暗闇のパトロール』（同）など、パワードスーツの出てくる戦争SFは数多くある。本アンソロジーの巻頭作「この地獄の片隅に」の作者、ジャック・キャンベルは、ご存じのとおり宇宙艦隊ものの戦争SF《彷徨《さまよ》える艦隊》シリーズ（ハヤカワ文庫SF）で日本でもお馴染《なじ》みだが、その《彷徨える艦隊》シリーズでも艦隊に乗り組む宙兵隊の兵士たちがパワーアシストとデータリンク・ネットワークを備えた装甲宇宙服を着ている。歩兵たちを結ぶデータリンク・ネットワークに注目すれば、兵士自身は後方の基地にいて、遠隔操作でロボット兵を操作して戦う、クリストファー・ゴールデンの『遠隔機動歩兵――ティン・メン』（ハヤカワ文庫SF）もパワードスーツものの変種ということになるだろうか。パワードスーツはSFの基本的なガジェットとして定着し、パワードスーツをモチーフとするSFも、このアンソロジーに見られるように、戦争SFのカテゴリーを超えて、さまざまに広がって、パワードスーツが現れる時代や場所も、未来の系外惑星や地球だけでなく、十九世紀や第二次世界大戦直前など、多様になっている。

装甲として身に着けるパワードスーツでなく、人体を改造して強化し、脳内にネットワークの端末を取り付ける兵士ならば、ジョン・スコルジーの《老人と宇宙《そら》》シリーズ（ハヤカワ文庫SF）のコロニー防衛軍兵士があり、ギャビン・スミス《帰還兵の戦場》、《天空の標的》シリーズ（創元SF文庫）はサイボーグ兵士の激痛の戦闘が主体だが、パワードスーツも登場する。パワードスーツの拡張、延長という意味では、『機動戦士ガンダム』のモビルスーツもスタジオぬえのパワードスーツの影響を受けているといわれ、乗員搭乗型巨大人型ロボットもSFガジェットの進化系統樹の中ではパワードスーツと同じ大枝に属することになる。

パワードスーツはいろいろなSFガジェットの中でも、今日の世界では最も現実との地続き感の強いものの一つだ。少なくとも超光速航法で飛ぶ宇宙戦艦よりはこの世界での実現の可能性は高い(ただしパワードスーツが登場する戦争SFの多くでは、パワードスーツをまとった兵士は超光速宇宙艦でどこかの惑星に展開するのだが)。

すでに、人間が装着して、電気モーターや気圧などで人力を補い、重量物を持ち上げたり運んだりするパワーアシスト装置は実用化され、市販されて、介護や建設、農業、災害救助などに用いられている。最初に現実的なパワーアシスト装置として作られたのは、一九六五年にアメリカのジェネラル・エレクトリック社が開発に取り組んだ「ハーディマン」だったという。このハーディマンは重量過大や動作の遅さなどの難点に加えて、原因不明の誤動作などもあって失敗に終わったが、当時の技術ではそれが精いっぱいだったのだろう。ハインラインの『宇宙の戦士』はハーディマンよりも六年早く、おそらくハインラインにとっては、パワードスーツは将来実現可能なメカニズムというよりも、純粋に空想的な装置であったことだろう。

パワーアシスト装置はもちろん軍用にも用途がある。日本でも防衛装備庁は「高機動パワードスーツ」の研究と実験を行っている。これは災害救助での瓦礫《がれき》の撤去や負傷者の救出、運搬などで自衛隊員の力を補助することを目的として二〇一八年に試作された。下肢に装着する外骨格（エクソスケルトン）式で、股関節と膝関節を電気モーターで動かし、足関節は板バネで補助、腰部にバッテリーを装着する。このパワードスーツは「高機動」と銘打つだけに、平坦地では時速一三・五キロメートルで走ることができるとされ、最初の試作装置で重量五〇キログラムまで運ぶことができたが、最近の改良型試作装置では携行重量は七〇キログラムに強化されている。

アメリカ陸軍でも兵士の運搬能力や行動能力の補助と強化を目的として、パワーアシスト装置の開発を進めている。アメリカ陸軍の兵員が背負うバックパックの重量は推奨では二五キログラム以下とされているが、実際にはボディアーマーや暗視ゴーグル、無線機などが加わって六〇キログラムを超えているといわれ、その負担を多少なりとも緩和することが求められている。このパワーアシスト開発計画には、航空宇宙兵器メーカー最大手の一つロッキード・マーチン社の「オニキス」という、下肢外骨格や足首補助に特化したデファイ社のエクソブーツが試作研究契約を結んでおり、将来的には全身のパワーアシスト化を目指すという。他にもレイセオン・テクノロジーズ社など有力な防衛技術企業がさまざまな外骨格パワーアシスト装置を研究している。

戦闘目的のパワードスーツも開発が行われた。アメリカ特殊戦司令部は、特殊部隊隊員の装備として、パワーアシストだけでなく自己修復機能付きボディアーマーや、赤外線カメラなどのセンサー、通信と情報共有・配分のためのデータリンク、それらの情報を表示するデイスプレイなどを備えたＴＡＬＯＳの開発を二〇一三年から開始した。ＴＡＬＯＳとはTactical Assault Light Operator Suit（戦術強襲軽量オペレーター・スーツ）の略で、ギリシャ神話のアルゴー号の冒険譚《たん》に出てくる青銅の巨人タロスにも通じる。ＴＡＬＯＳの装備や機能を見ると、現実のテクノロジーがＳＦの戦闘用パワードスーツまであとわずかのところに来たように見える。しかしＴＡＬＯＳは総重量が二七〇〜三一五キログラムにも達し、予算の制約もあって、二〇一九年に開発中止となってしまった。

ＴＡＬＯＳの問題点は重量や予算の他に、兵士の動作に外骨格が反応するまでにタイムラグがあって、歩く際の感覚がまるでゼリーの中を歩いているようだという違和感があることや、膝関節は単純に曲がるだけでパワーアシストも簡単だが、腰や足首、肩など回ったり捻《ねじ》ったりする関節の補助が難しいことなどがあった。また現実の戦闘用パワードスーツの未解決の問題として、動力をどうするかという難問がある。燃料を使うエンジンでは大きくて重く、電池では重くて持続時間も短い、水素を用いる燃料電池は危険性が高く、持続的な戦闘環境で用いるパワードスーツの動力源にはどれも弱点が多い。ＳＦのパワードスーツは動力源の問題は何であれうまく解決されていて、本アンソロジーでも蒸気動力のパワードスーツが現れるが、現実には動力に何かのブレイクスルーが起きなければ、戦闘用パワードスーツの実用化は遠そうだ。

現実の戦闘用パワードスーツでは中の人間の保護も難問で、強い力で投げ出されたときに、パワードスーツの装甲は衝撃に耐えられても、人体は耐えられないことも考えられる。人体の骨格は衝撃吸収パッドや液体で保護するとしても、内臓が大きな加速度で損傷を受けるかもしれない。またパワードスーツは兵士個々の体格に正確に合っていなければならない。さもないと動作のセンサーがうまく機能しなかったり、兵士の体と擦れて長時間の装着ができなくなってしまう。パワードスーツは軍靴のように「靴に足を合わせろ」というわけにはいきそうもない。そのためパワードスーツはいわば個々の兵士に合せたオーダーメイドに近いものにならざるを得ない。修理や部品交換は大変な手間となり、その補給態勢も複雑となる。果たして実際の戦場で実用可能なのか？

しかしパワードスーツが実現されるかどうかはこの現実世界の技術者や軍隊に考えてもらうとして、とにかくＳＦファンとしては空想のパワードスーツという魅力的なガジェットと、それをまとう人間のさまざまな物語を楽しませてもらおう。

二〇二一年一月

訳者紹介　1964年生まれ。東京都立大学人文学部英米文学科卒。訳書にヴィンジ『遠き神々の炎』『星の涯の空』、ホールドマン『終わりなき平和』、マーサ・ウェルズ『マーダーボット・ダイアリー』ほか多数。

検印
廃止

パワードスーツSF傑作選
この地獄の片隅に

2021年3月12日　初版
2021年4月9日　再版

編　者　ジョン・ジョゼフ・アダムズ
訳　者　中《なか》　原《はら》　尚《なお》　哉《や》

発行所　（株）東京創元社
代表者　渋谷健太郎

162-0814/東京都新宿区新小川町1-5
電　話　03·3268·8231-営業部
03·3268·8204-編集部
U R L　http://www.tsogen.co.jp
フォレスト・本間製本

乱丁・落丁本は、ご面倒ですが小社までご送付ください。送料小社負担にてお取替えいたします。

ISBN978-4-488-77202-4　C0197

前人未踏、3年連続ヒューゴー賞受賞の破滅SF

THE FIFTH SEASON◆N. K. Jemisin

第五の季節

N·K·ジェミシン

小野田和子 訳

カバーイラスト＝K, Kanehira

創元SF文庫

◆

数百年ごとに〈第五の季節〉と呼ばれる天変地異が勃発し、
そのつど文明を滅ぼす歴史がくりかえされてきた
超大陸スティルネス。
この世界には、地球と通じる特別な能力を持つがゆえに
激しく差別され、苛酷な人生を運命づけられた
“オロジェン”と呼ばれる人々がいた。
いま、あらたな〈季節〉が到来しようとする中、
息子を殺し娘を連れ去った夫を追う
オロジェン・ナッスンの旅がはじまる。
前人未踏、3年連続で三部作すべてが
ヒューゴー賞長編部門受賞のシリーズ開幕編！

SFだけが描ける、切ない恋の物語

DOUBLE TAKE AND OTHER STORIES

時の娘

ロマンティック時間SF傑作選

ジャック・フィニイ、
ロバート・F・ヤング他

中村 融 編　カバーイラスト＝鈴木康士

創元SF文庫

◆

時間という、越えることのできない絶対的な壁。
これに挑むことを夢見てタイム・トラヴェルという
アイデアが現われてから一世紀以上が過ぎた。
この時間SFというジャンルは
ことのほかロマンスと相性がよく、
傑作秀作が数多く生まれている。
本集にはこのジャンルの定番作家と言える
フィニイ、ヤングの心温まる恋の物語から
作品の仕掛けに技巧を凝らしたナイトや
グリーン・ジュニアの傑作まで
本邦初訳作３編を含む名手たちの９編を収録。